U0097318

古典詩歌研究彙刊

第七輯

龔鵬程 主編

第 5 冊

中晚唐三家詩探微

陳靜芬 著

國家圖書館出版品預行編目資料

中晚唐三家詩探微／陳靜芬 著 -- 初版 -- 台北縣永和市：花
木蘭文化出版社，2010〔民 99〕
目 2+210 面；17×24 公分
（古典詩歌研究彙刊 第七輯：第 5 冊）
ISBN 978-986-254-120-3（精裝）
1.（唐）李商隱 2.（唐）杜牧 3.（唐）李賀 4. 唐詩
5. 詩評
821.8   99001772

ISBN - 978-986-2541-20-3

9 789862 541203

古典詩歌研究彙刊
第七輯 第 五 冊   ISBN：978-986-254-120-3

中晚唐三家詩探微

作   者 陳靜芬
主   編 龔鵬程
總 編 輯 杜潔祥
出   版 花木蘭文化出版社
發 行 所 花木蘭文化出版社
發 行 人 高小娟
聯絡地址 台北縣永和市中正路五九五號七樓之三
         電話：02-2923-1455／傳眞：02-2923-1452
網   址 http://www.huamulan.tw 信箱 sut81518@ms59.hinet.net
印   刷 普羅文化出版廣告事業
初   版 2010 年 3 月
定   價 第七輯 20 冊（精裝）新台幣 28,000 元

中晚唐三家詩探微

陳靜芬　著

作者簡介

陳靜芬，台灣桃園人，輔仁大學中文研究所碩士。主要以宋詞及中晚唐詩、現代詩為研究範疇。任教於明新科技大學人文社會與科學學院人文藝術組，講授中文領域、現代詩與人生、唐詩等課程。

提　　要

　　唐代詩歌雲蒸霞蔚，詩人各擅其場，在深美閎約的詩歌花園，綻放綺旎多姿的璀璨之花。本論文集試圖觀察中晚唐三家詩人李商隱、杜牧、李賀的詩歌美學，在「文變染乎世情，興廢繫乎時序」的文風遞嬗中，思索變化的潛因，觀想時代美學興發更迭的次序對於詩人詩歌美學的啟示，或從詩人審美觀的理論與實踐、或從歷史意識、或從詠物詩等不同的角度發論，期能抽絲剝繭解讀詩歌的深層內蘊，為詮釋此三家詩提供全新的視域，進而辨明及貞定詩人在詩歌發展史中的價值與意義。

目次

第一章　李商隱審美觀之形成及其理論初探

第一節　緒　論

清代美學家葉燮在〈原詩〉中曾說：

> 論者謂晚唐之詩，其音衰颯。然衰颯之論，晚唐不辭，若
> 以衰颯爲貶，晚唐不受也。夫天有四時，四時有春秋，春
> 氣滋生，秋氣肅殺，滋生則繁榮，肅殺則衰颯，氣之候不
> 同，非氣有優劣也。……盛唐之詩，春花也，桃李之穠華，
> 牡丹、芍藥之妍艷，其品華美貴重，略無寒瘦儉薄之德，
> 固足美也。晚唐之詩，秋花也，江上之芙蓉，籬邊之叢菊，
> 極幽艷晚香之韻，可不爲美乎？[註1]

這段論述精闢的以四季的氣候與所生養的花類之特質爲喻，比較盛唐與晚唐之詩的差別，以爲二者各有其蘊藉生成的條件與背景，故各成風姿，不分軒輊，晚唐之詩如肅殺秋氣中的芙蓉、秋菊，雖未若盛唐的桃李、牡丹之妍麗，卻自有幽艷晚香之韻，清楚標舉出晚唐詩歌特有的衰颯與幽艷的美學特質。

[註1] 王夫之等，《清詩話》下。西南書局，1979 年，頁 551。

　　而李商隱是晚唐詩壇的絕響，他的審美觀的理論或實踐都完全具現了晚唐時歌美學的風致。他以低迷婉約的情意綴連起一段段無以言說的紅塵心事，他的詩「香艷而不輕薄，清麗而不浮淺」，〔註2〕一千年來在情感江流中，與顛連無告的悸動生命，緊緊相接，每一翻騰都激動起多情者心中的浪濤滾滾，他是一個永遠的情感朝聖者，引領人間癡兒女，走向純粹而無纖介之塵的情感淨土。論者每以爲其詩具沉鬱與穠麗之特質：

　　　清人施補華：義山七律得於少陵者深，於穠麗之中，時帶沉鬱。(《峴傭說詩》)〔註3〕

　　　張采田曰：哀感頑艷，語僻情深，使人不易尋其脈絡。(《玉谿生年譜會箋》)〔註4〕

　　　朱鶴齡曰：沉博絕麗。(《朱鶴齡箋注李義山詩集注》)

　　　近人葉嘉瑩先生更說：悲與美所構成的種種形象，豈不正是李商隱其人其詩，與其不幸之身世際遇相結合的濃縮概括。〔註5〕

這些評論都有一共同傾向，即「穠麗」與「沈鬱」，「哀」與「艷」，「沉」與「麗」，「哀」與「美」並舉，彷彿在美麗與哀愁間變換著情意的符碼，與前述葉燮〈原詩〉中所說的「衰颯」與「幽艷」有著異曲同工之妙。

　　正是這悲與美交融的詩境，成爲義山詩歌的審美特質，它不僅是李商隱審美理論的具現，更與晚唐審美觀有著密不可分的關聯。基於此，本論文試著把義山置放在歷史巨大的時空中，分就晚唐社會氛圍、詩人個人生命中的悲劇意識，以及晚唐的審美觀三個角度，剖析李商隱個人之審美理論之形成，並闡釋其審美理論，期望透過對其審美理論的觀察，重新論述其美學成就。

〔註2〕 葉詩慶炳，《中國文學史》，學生書局，新一版，1980年，頁364。
〔註3〕 王夫之等撰，《清詩話》下。西南書局，1979年，頁913。
〔註4〕 張爾田，《玉谿生年譜會箋》，台灣中華書局，1979年。
〔註5〕 葉迦瑩，《詩馨篇》上。書泉出版社，第一版，1993年，頁349。

第二節　李商隱審美觀的形成

一、晚唐社會氛圍

　　晚唐在歷史上正是社會、文化發生空前劇變的時期，安史之亂留下的藩鎮禍害，如影隨形攀附著帝國漸趨枯萎的枝椏，他們或「據險要，專方面，既有其土地，又有其人民，又有其甲兵，又有其財賦」。〔註6〕不僅自奉甚厚，貽其子孫，威加百姓，更有甚者則擁兵自重「爲合從以抗天子」，〔註7〕雖曾經歷憲宗、武宗的討伐，但終究陷入「一寇死，一賊生」〔註8〕的發展模式，使其「萬國困杼軸，內庫無金錢。健兒立霜雪，腹歉衣裳單……國蹙賦更重，人稀役彌繁」（李商隱〈行次西郊作一百韻〉），而終於逐次斮傷著大唐帝國的經絡。

　　牛李黨爭是晚唐的第二大禍害，起於憲、穆，終於武、宣，兩者之出身、政論、習性歧異，故各成一黨，牛黨爲高宗之後科舉制度下拔擢的新興進士階級，主張對藩鎮言和，習性放浪不羈。李黨則是兩晉、北朝以來山東士族，政治上主張對藩鎮外族用兵，嚴守禮法，〔註9〕兩黨之爭與其說是經學、文詞之爭，不如說是政治利益之爭，二黨互相傾軋，甚至加上宦官與之互鬥之局面，因而禍亂不絕，最後連唐文宗也要發出「去此朋黨實難」〔註10〕的哀嘆。

　　晚唐社會的第三禍害是宦官擅權，宦官擅權始於肅宗之世，他們由於參與唐王室繼承的政治鬥爭而日益作大，最後「宦官之權，反在人主之上，立君、弒君、廢君，有同兒戲」，〔註11〕自元和十五年憲宗爲宦官陳弘志、王守澄等殺害，直至唐帝國滅亡，共有穆宗、敬宗、

〔註6〕　歐陽修，《新唐書》卷五十〈兵志〉，鼎文書局，1998 年，頁 1328。
〔註7〕　歐陽修，《新唐書》卷二百一十〈藩鎮魏博列傳〉，鼎文書局，1998年，頁 5921。
〔註8〕　同上註。
〔註9〕　陳寅恪，《唐代政治史述論稿》，臺灣商務印書館，1994 年，頁 81。
〔註10〕　《舊唐書》卷一七六〈李宗閔傳〉，鼎文書局，2000 年，頁 4554。
〔註11〕　趙翼，《二十二史箚記》卷二十，〈唐代宦官之禍〉，北京中華書局，1980 年，頁 383。

文宗、武宗、宣宗、懿宗、僖宗、昭宗、哀宗等九個皇帝，其中七人
為宦官所立，而敬宗、文宗、武宗亦皆死於宦官之手。宦官專權之禍
日益劇烈。再加上外廷士大夫與宦官的權力衝突，一切黨人均與宦官
交結，其間發生過兩次大衝突，分別是永貞內禪、甘露之變，兩次皆
由宦官獲勝，最後演變成「宮掖閹寺競爭之勝敗影響於外朝士大夫之
進退」，〔註12〕李商隱的友人劉蕡曾上疏諫言，痛斥宦官之害：「奈何
以褻近五六人，總天下之大政，外專陛下之命，內竊陛下之權，威懾
朝廷，勢傾海內，群臣莫敢指其狀，天子不得制其心，禍稔蕭牆，姦
生帷幄。」，〔註13〕一士諤諤，振聲發聵，卻慘遭閹豎所嫉恨，誣罪
貶居柳卅，而終使朝臣噤不敢言，宦官勢力更趨囂張跋扈。

　　這樣一個藩鎮割據、牛李黨爭、宦官擅權交互摧折的時代，晚
唐岌岌可危之勢在風中飄揚，整個社會籠罩在破弊衰頹的氛圍中，
正如司馬光通鑑中所說：「于斯之時，閹寺專權，脅君於內，弗能
遠也，藩鎮阻兵，陵慢於外，弗能治也，士卒殺逐主帥，拒命自立，
弗能詰也，軍旅歲興，賦斂日急，骨肉縱橫於原野，杼機空竭於里
閭」，〔註14〕而時代蘊釀成的哀傷與絕望，恰好孕育了李商隱審美
觀中「悲」的特質。

二、李商隱生命中的悲劇意識

　　生命充斥苦難，無法參透的情愛迷思、無法完成的生命理想，這
空虛與難解，正如烏納穆諾所說：

> 生命是一場悲劇，一場持續不斷的掙扎，其中沒有任何的
> 勝算或者是任何勝算的希望，那麼，生命便是矛盾。〔註15〕

這無垠的悲哀與矛盾串聯著李商隱的人生，他個人的生命正是縱橫交

〔註12〕陳寅恪，《唐代政治史述論稿》，臺灣商務印書館，1994年，頁132。
〔註13〕《唐文粹》卷三十。臺灣商務印書館，1968年，頁561。
〔註14〕司馬光，《資治通鑑》二四四卷，唐紀六十。逸舜出版社，頁7880。
〔註15〕烏納穆諾著，蔡英俊譯，《生命的悲劇意識》，（遠景出版公司），1978
　　　年，頁17。

錯的悲劇之混合，以下茲就（一）個人情感世界（二）政治宦遊歷程（三）社會家國情懷三方面，論述其生命中的悲劇意識之形成，為其詩歌美學之蔚成，尋找根源性的肇因。

（一）個人情感世界

李商隱身處晚唐帝國漸趨式微的轉折點上，短暫的一生在宦官專權、藩鎮割劇、朋黨傾軋交織成的衰頹與崩潰中度過。四十六年的短暫人生卻已經歷了，憲宗、穆宗、敬宗、文宗、武宗、宣宗六朝遞嬗。十歲喪父，「家難旋臻，躬奉板輿，以引丹旐。四海無可歸之地，九族無可倚之親。既祔故丘，便同逋駭。生人窮困，聞見所無」，〔註16〕孤兒寡母，形影相弔，「傭書販舂」，〔註17〕流離失所，僅有的兩個姊姊相繼在出嫁後過世，母親也在他任職秘書省時撒手人寰。三年守喪期間，他不僅完成母親的喪事，也奔走兩京、鄭州、懷州之間，完成了處士房叔父、徐氏姊、裴氏姊及小姪女寄寄的墳墓遷葬事宜，使家人墳冢相連，以達成使「五服之內，更無流寓之魂，一門之中，悉共歸全之地」〔註18〕的多年宿願。

對於這些親人，李商隱深情款款，即便是對一個年僅四歲就夭折的小姪女，他也眷眷然不能忘情，「明知過禮之文，何忍深情所屬」，〔註19〕縱然依禮俗不應刊石書銘以悼，但他卻依乎人倫之深情指引，寫出撼動人心的祭悼之文，他以一個長輩慈愛幼輩的心情，寫日麗風華的人間歲月裏，睹「竹馬玉環，繡襜文褓」〔註20〕時點檢子姪，徒少一人的遺憾，他以慈父之心想像女娃來往山間水涯的孤獨身影，必然時懷驚恐不安的心情，因而禱慰以「嗚呼！滎水之上，壇山之側，汝乃曾乃祖，松檟森行，伯姑仲姑，冢墳相接。汝來往於此，勿怖勿

〔註16〕劉學鍇、余誠恕著，《李商隱文編年校注》，〈祭裴氏姊文〉，（北京中華書局），2002年，頁814。

〔註17〕同註十六，頁814。

〔註18〕同註十六，頁816。

〔註19〕同註十六，〈祭小姪女寄寄文〉，頁830。

〔註20〕同上註。

驚。華絲衣裳，甘香飲食，汝來受此，無少無多。汝伯祭汝，汝父哭汝，哀哀寄寄，汝知之耶？」〔註21〕這跨越生死且陰陽相通的感知與惦念，唯一可解的就只是一個「情」字而已。

即使在受盡這一連串親人變故的煎熬後，命運依然以招搖凌虐之姿、咄咄逼人，那個「紵衣縞帶，雅況或比於僑吳；荊釵布裙，高義每符於梁孟」〔註22〕的摯愛妻子，那個與他一起「前耕後餉，並食易衣。不忮不求，道誠有在」〔註23〕的人生伴侶，在大中五年，為他留下一雙稚齡幼兒，與他天人永隔。這沉重的打擊，使他悲痛欲絕，「愁到天地翻」（〈房中曲〉），一雙兒女的失母之悲，「嵇氏幼男猶可憫，左家嬌女豈能忘」（〈王十二兄與畏之員外相訪見招小飲時，予以悼亡日近不去因寄〉），更重挫著他，使他陷入悲情的泥淖，無以自拔。

喪妻之後，柳仲郢欲將樂伎張懿仙賜予商隱，商隱辭曰：

> 某悼傷以來，光陰未幾，梧桐半死，方有述哀，靈光獨存，且兼多病，眷言息胤，不暇提攜。或小於叔夜之男，或幼於伯喈之女，檢庾信荀娘之啟，常有酸辛，詠陶潛通子之詩，每嗟漂泊。〔註24〕

文中巧妙引用嵇康、蔡邕、庾信、陶潛之典故，婉轉陳辭，從字面上解讀，彷彿僅在陳述自己悼傷後的孤獨衰病，並述及遠居他鄉就幕，無暇照顧提攜一雙稚齡兒女的愧疚與悲淒，但實際上卻句句訴說著自己思念亡妻，思慕兒女的眷眷深情，豈能忘情而有他想？詩人的深情、癡迷、悲悽，濡染在筆墨之間，令人神傷。

（二）政治宦遊歷程

在政治歷程上，李商隱在文宗大和三年初謁朝廷元老令狐楚，一路追隨並蒙其殊遇，這是他在文學創作上的轉捩點，也是他踏向政壇

〔註21〕同上註。
〔註22〕同註十六，〈重祭外舅司徒公文〉，頁958。
〔註23〕同上註。
〔註24〕同註十六，〈上河東公啟〉，頁1902。

的起點，更是悲劇命運的開始。令狐楚傾囊相授駢文寫作的訣竅，「自蒙半夜傳衣後，不羨王祥得佩刀」（〈謝書〉），正說明了義山對令狐楚知遇之感佩與自得。也因爲令狐楚父子的鼎力相助，他在二十五歲考上進士，然而，終因娶李黨王茂元之女，而與令狐楚所屬的牛黨發生衝突，尤其他在大中元年隨李黨鄭亞至桂林一舉，更被令狐綯視爲「詭薄無行」、「放利偷合」，〔註25〕從此擺盪在兩黨間，不僅仕途塞困驢嘶，精神上更承受著永難平復的煎熬與折磨，而致「仕宦不進，坎壈終身」，〔註26〕這份悲情，困擾其一生，正如途窮末路的悲哀，盤據不去。義山曾以〈亂石〉爲題：

> 虎踞龍蹲縱復橫，星光漸減雨痕生，不須併礙東西路，哭殺廚頭阮步兵

詩中以亂石縱橫盤據要路已久，譬喻政治的黑暗昏亂，在黨派的爭執中，義山以阮籍途窮而哭的悲憤，宣洩自己身陷朋黨之爭的困阨悲情，命運多舛，人生無奈，前途已然命定的困頓，使他「洞庭湖闊蛟龍惡，卻羨楊朱泣路歧」（〈荊門西下〉）、「東西南北皆垂淚，卻是楊朱眞本師」（〈別智玄法師〉），他的徘徊踟躕、無所適從，遠甚於楊朱，楊朱徬徨不安的歧路之泣，反倒爲義山所羨，其孤憤無助的悲哀可知。

除了朋黨攻詰問難的窘境，使他仕途走向無垠的黑暗之路外，他長期處在唐代幕僚文化中，不論在政治、經濟上都必須依附府主，而幕僚的特殊地位，「極易滋長心理上的壓抑感、自卑感、甚至屈辱感」，〔註27〕這雙重的悲劇境遇，使他「欲逐風波千萬里」（〈春日寄懷〉）的豪情壯志更顯不堪。他在〈爲司徒濮陽公祭忠武都押衙張士隱文〉說：

> 舉無遺算，仕匪遭時。何茲皓首，不識丹墀。劍折而空留

〔註25〕 歐陽修，《新唐書》卷二三，列傳一二八文藝下〈李商隱傳〉。鼎文書局，1998年，頁5793。

〔註26〕 同上註。

〔註27〕 董乃斌，《李商隱的心世界》，上海古籍出版社，1992年，頁22。

玉匣，馬死而猶掛金羈……泉驚夜壑，草變寒原，荒陌是
永歸之里，老松無重啓之門。〔註28〕

借他人心事澆心中塊壘，於是懷才不遇、時運不濟的悲涼不覺傾洩而
出。他在仕途上懷抱仁道與忠厚治事，在官場上初試啼聲，任職於弘
農縣府時，即為了幫蒙冤受難的犯人減免刑罰而與上司孫簡發生衝
突，在〈任弘農縣尉獻卅刺史乞假歸京〉一詩曰：

黃昏封印點刑徒，愧負荊山入座隅，卻羨卞和雙刖足，一
生無復沒階趨。

強烈表現了義山對人民的悲憫與同情、對酷虐政治的不滿、對枉顧民
權的官吏之抗議，是詩人至高無上的政治情操之展現，以卞和自比，
用典出人意表，藉卞和獻玉卻遭楚武王、屬王刖其雙足的悲慘命運，
感慨自己連卞和都自嘆弗如，因為卞和雖失去雙足，卻終究比他幸
運，至少再也毋需屈居下僚，義山內心無限的哀傷與不平之氣充塞詩
中。那「中路因循我所長，古來長命兩相妨」（〈有感〉）的悲哀日夜
啃囓著他的靈魂，於是歷史上與他同病相憐的悲苦人物，或如宋玉：

山上離宮宮上樓，樓前宮畔暮江流，楚天長短黃昏雨，宋
玉無怨亦自愁。（〈楚吟〉）

歷史無情、江流無盡，轟然向前，卻留下「無怨自愁」矛盾不已的詩
人在樓台兀自佇立的悲吟，恍惚中我們已分不清是詩人自己還是宋玉
的身影，那落寞寂寥的悲情像長短錯落的黃昏雨，敲擊深藏在心靈深
處的弦柱。或如賈誼，被漢宣帝召為大中大夫，卻遭讒被貶，抑鬱以
終，商隱在賈誼的生命中鋪寫自己的缺憾與悲哀：

有客虛投筆，無憀獨上城，沙禽失侶遠，江樹著輕陰，邊
遽稽天討，軍須竭地征，貴生游刃極，作賦又論兵。（〈城上〉）

追隨鄭亞到桂林任職，展開天涯漂泊的旅程，首聯自嘆投筆的徒然無
功，百無聊賴中的孑然。頷聯即景抒情，一方面是眼前景物的呈現，
一方面也是內心孤單的照映，腹聯寫西北的党項寇掠致使賦稅擾民，

〔註28〕同註十六，頁524。

尾聯以賈誼自比，感歎自身空有治國韜略，卻苦無用世的機會。

在其他詩中，他也曾藉為諸葛亮的際遇抱不平而說出「管樂有才終不忝，關張無命欲何如，他年錦里經祠廟，梁父吟成恨有餘」（〈籌筆驛〉），這不可解的宿命，豈是「欲迴天地入扁舟」（〈安定城樓〉）的義山可堪承受？他在〈上尚書范陽公啓〉中提到：

> 時亨命屯，道泰身否。成名踰于一紀，旅宦過於十年。恩舊凋零，路歧悽愴。薦禰衡之表，空出人間。〔註29〕

回首昨日，慨然無用於世的悽愴，溢於言表，縱然明知「古來才命兩相妨」，但纖細易感、深情綣綣的靈魂卻永遠要在人世的蒼莽陣雲中迤邐跌撞，鍥而不捨的追索那來自永恆與美好世界的召喚，而這永無止盡的追索，終將使詩人的靈魂陷入永劫不復的哀愁與悲苦境域。

（三）社會家國情懷

李商隱關懷國家民生，具有強烈救國救民的熱情，大和九年，未及第的義山面對宦官與朝臣間衝突的巔峰——甘露之變，他以飽蘸著熱情的激憤之思，寫下〈有感二首〉其二：

> 丹陛猶歜奏，彤庭歘戰爭，臨危對盧植，始悔用龐萌。御仗收前殿，凶徒劇背城，蒼蒼五色棒，掩過一陽生。古有清君側，今非乏老成。素心雖未易，此舉太無名，誰瞑銜冤目，寧吞欲絕聲，近聞開壽讌，不廢用咸英。

此詩以如椽之筆議論甘露事變，何焯曰：「唐人論甘露事，當以此詩為最，筆力亦全」（《義門讀書記》〈李義山詩〉卷末），一方面批判事件的主謀者鄭注、李訓之失策誤國，導致王涯等大臣慘遭宦官無情殺戮，一方面藉事變後宮中重開壽讌，宴席中彈奏的卻是王涯生前所定的《雲韶樂》，諷刺唐中宗的粉飾太平，全詩以議論之法寫悲憤之情，字字沈鬱頓挫，展現義山個人的的政治見解與淑世熱情。

李商隱關懷國家民生，具有強烈濟世救民的熱忱，他在唐文宗開成二年冬由興元（陝西漢中）護送令狐楚的靈柩回京的途中，行經長

〔註29〕同註十六，頁1788。

安西郊，親眼目睹農村的衰敝，寫下〈行次西郊作一百韻〉，反省唐朝開國兩百年來興衰治亂之因，詩中以誇張手法強烈批判安史之亂後的慘狀：

> 農具棄道旁，飢牛死空墩。依依過墟落，十室無一存……
> 城空雀鼠死，人去豺狼喧……

到處是藩鎮割據的戰場，舉目是生民的塗炭與凋敝，他分析當時政綱紊亂乃起因於

> 中原遂多故，除授非至尊，或出倖臣輩，或因帝感恩

帝王昏聵，佞臣獨攬大權的悲劇，愈演愈熾，「巍巍政事堂，宰相厭八珍」，那些飽食終日無所事事的大臣，使國家危機四伏，面對此情此景，義山表達強烈的救國熱忱：

> 又聞理與亂，繫人不繫天，我願為此事，君前剖心肝。叩
> 頭出鮮血，滂沱污紫宸，九重黯已隔，涕泗空沾唇。

義憤填膺、悲不可抑，為封建時代受苦的百姓質問君王，氣勢磅礡，震人心魄。

另外〈賈生〉一詩：

> 宣室求賢訪逐臣，賈生才調更無倫，可憐夜半虛席前，不
> 問蒼生問鬼神。

此詩用西漢政治家、文學家賈誼的典故，不僅訴說懷才不遇的悲凄，也抒發了知識份子關心蒼生的襟抱與深情與為政者間有著極大的落差，那洶湧澎湃的濟世熱情，幾乎要淹沒李商隱，於是，他完全能體會好友劉蕡的悲凄。

劉蕡是晚唐黑暗時代的見証者，也是壯烈的犧牲者，他曾於西元八二八年在應賢良方正考試的對策中，強烈抨擊宦官專權與藩鎮割據（如前述），卻因而遭宦官仇士良等嫉恨，被貶柳州司戶軍，而最終客死溢浦，他在〈哭劉司戶〉二首之二曰：

> 有美扶皇運，無誰薦直言，已為秦逐客，復作楚冤魂，溢
> 浦應分派，荊江有會源，併將添恨淚，一灑問乾坤。

本詩首聯標舉劉蕡具美才與直諫的特質，頷聯寫其蒙冤被貶，客死他

鄉的不幸結局，頸聯以江水的分合比喻自己與劉蕡曾在荊楚相遇又分開的情形，末聯將對劉蕡的哀悼之情與對命運的怨懟之恨所迸發的淚水，一併灑向天地，質問正義公理的所在。全詩「一氣轉折，沈鬱震盪」，〔註30〕述說的已不是劉蕡的悲哀，而是天地之間所有遭受無理對待的美才義士，內心沉沉的悲哀。

　　由以上的論述可知，李商隱一生深情蘊藉，無論在個人情感世界、政治宦遊歷程、或社會家國情懷，他都渴求美好、追求圓滿之境，可惜命運總以苦難試鍊他，因而激揚出他生命中強烈的悲劇意識，正如鏐越所說：

> 李義山以善感之心，生多故之世，觀當時帝王之尊，宰相
> 之貴，生死不常，榮衰倏變，己身復牽於黨爭恩怨之間，
> 心事難明，所遇多迕，故對人生為悲觀，其作品中充滿哀
> 音。〔註31〕

因而在情愛中他有著「劉郎已恨蓬山遠，更隔蓬山一萬重」（〈無題〉）的痴迷與無助，在政治上他有著「不知腐鼠成滋味，猜意鵷雛竟未休」（〈安定城樓〉）的清明與激憤，在社會家國上則是「如何匡國分，不與夙心期」（〈幽居冬暮〉）的熱情與絕望，而這種種糾葛與矛盾終歸化作「悲音」，流竄詩篇，成為其詩歌的美學特質。

三、晚唐的審美觀

　　「文變染乎世情，興廢繫乎時序」（《文心雕龍》〈時序〉），是故在美學的創發過程中，每個朝代的審美觀必然與當時的社會狀況息息相關，美學家（Hans Robert Jauss）亦曾說：

> 藝術的功能之一便是在變化著的現實中發現經驗的新類
> 型，或者是對變化著的現實提出不同的解決辦法。〔註32〕

〔註30〕紀昀，《玉谿生詩說》，《槐廬叢書》中《玉谿生詩說》，藝文印書館。

〔註31〕鏐越，《詩詞散論》，〈論李義山詩〉，開明書店，1979年，頁62。

〔註32〕Hans Robert Jauss 著，顧建光、顧靜宇、張樂天譯，《審美經驗與文學解釋學》（Aesthetic Experience and Literary Hermeneutics）。上海譯文出版社，2006年，頁75。

亦說明了現實的變化與文學審美觀有著密不可分的關係。而觀察晚唐美學的發展，正是循著此一規則在蛻變著，爲了了解晚唐的審美觀，本節擬由中國文論發展的脈絡爲主軸，作一歷史性的回顧與省思。

　　詩大序曰：

　　　　詩者，志之所之也，在心爲志，發言爲詩，情動於中而形
　　　　於言，言之不足故嗟嘆之，嗟嘆之不足故永歌之，永歌之
　　　　不足，不知手之舞之，足之蹈之

這段文字以爲詩言志，然而「志」有兩個指涉，一指個人的情感、懷抱，一指由個人內在情思擴充而成的社會公眾的意志，由於詮解的角度不同，從此以後，中國文學就在「情」與「志」這兩種特質的消長中，於不同的時代衍出不同的文學論題與派別，前者即「緣情」說，後者即「言志」說，大抵在漢末以前，都是「反情以和其志」，〔註33〕到了漢末，由於現實政治的紊亂，時代的黑暗與傾頹使人重新反省自我，以「一國之事繫一人之本」〈詩大序〉的言志理論已不能滿足人們內心的需求，代之而起的是個人的感物之「情」，亦即自我生命經驗的反省成爲此時詩歌的特質。至六朝，陸機文賦更明確觸及此一論題，他提出「詩緣情而綺靡」，認爲詩的本質是緣情，他在敘述創作的過程時論述曰：

　　　　其始也，皆收視反聽，耽思傍訊，精騖八極，心遊萬仞，
　　　　其致也，情瞳曨而彌鮮，物昭晰而互進。〔註34〕

在創作過程中，人才是創作的主體，人受外在世界情狀所感，生命的感受複雜而多變，或模糊或清明，自我生命的醒悟與自覺，明顯成爲時代文學的主要特質，詩歌因而不再是反映客觀的政治得失與興發，而在於發抒個人的主觀的情意。

　　文心雕龍明詩篇曰：人稟七情，應物斯感，感物唸志，莫
　　非自然。

〔註33〕陳昌明，《緣情文學觀》，臺灣書店，1994 年，頁 54。
〔註34〕楊牧，《陸機文賦校釋》，洪範書店，1985 年，頁 16。

鍾嶸詩品序曰：氣之動物，物之感人，故搖蕩性情，形諸
舞詠。

他們都認爲詩的本質是抒情，即使是「吟志」，強調的也是個人內心
的情感之自然流露，只不過他們更提出情感的抒發是透過物象的描
摹。魏晉時代這種由「言志」轉到「緣情」的論述，絕非單純由「人
倫、刑政到一般性的個人哀樂，而是從社會群體的和諧轉到個人的死
生問題」，〔註35〕蔡英俊先生認爲那是緣自於魏晉人「自我生命的醒
悟與自覺」，即「抒情主體」的重新發現，他說：

造成魏晉名士特殊生命情調最重要的原因，更在於漢魏之
際生死問題的愴痛所帶給人自我生命的醒悟與自覺……，
這種生命意識的轉變是中國文化史上一項重大的突
破。……借助於這種生命意識的覺醒，……中國的文學傳
統也才得以推衍出「緣情」的創作理念，進而完成抒情傳
統的典範。〔註36〕

魏晉時代的緣情說是人們對日益淪喪傾覆的時代完全絕望之後，轉
而走向對自我生命全心關注與反省的具體表現，文學於是隆重的宣
示以情感的抒發爲其最重要的特質，而中國的文學抒情傳統之典範
已然完成。

　　緣情說的成立，使文學的表達形成、內容、技巧發生劇烈的變化，
由於緣情說重視創作的心理活動，作者完全可以就個人喜怒哀樂好惡
的角度，去思考表達的方式，因而作者可有更多自由使用各種藝術技
巧，去描述內心受外物感發之後，各種複雜的情愫，文學的審美特質
在緣情說的推波助瀾下被重新思考，文學美的本質成爲作家有自覺的
追求，文學思想在內容上試圖擺脫政治社會的束縛，在形式上則致力
追求語言之美。

　　到了南朝後期，由於文人多不關心政治，只圖生活享樂，發爲文
辭，只著重形式之美，文學徒然成爲文字遊戲，故初唐時王勃曰：

〔註35〕 呂正惠，《抒情傳統與政治現實》，長安出版社，1989 年，頁 28。
〔註36〕 蔡英俊，《比興、物色與情景交融》，大安出版社，1995 年，頁 36。

> 故文章經國之大業，不朽之盛事。而君子所役心勞神，宜
> 於大者，遠者，非緣情體物、雕蟲小技而已。〔註37〕

反對「緣情體物」，強調文學的社會責任——經國之大業。陳子昂更以「彩麗競繁，而興寄都絕」〔註38〕批評齊梁詩歌，以恢復詩經風雅及漢魏風骨爲職志。「緣情」的觀念，在此面臨被批判的命運。

　　至中唐，由於朝廷日衰，政治、社會陷人紊亂，以「宗經」、「原道」、「徵聖」爲主的觀念成爲文學思想的主流。

　　安史之亂以後，中唐的知識份子急於解決戰亂的社會窘境，以自居易爲首的新樂府運動，以急切激進的方式試圖改變社會的亂象，他繼承漢代樂府「感於哀樂，緣事而發」的傳統，以儒家美學的理想——「文章合爲時而著，詩歌合爲事而作」〈與元九書〉爲口號，其新樂府序中說：

> 其辭質而徑，欲見之者易諭也；其言直而切，欲聞之者深誠也。其事覈而實，使采之者傳信也；其體順而肆，可以播於樂章歌曲也。總而言之，爲君、爲臣、爲民、爲物、爲事而作，不爲文而作也。〔註39〕

積極鼓吹文學言志的功用，投入以文學救國的新樂府運動。柳宗元也提出：

> 及長，乃知文者以明道。是故不苟爲炳炳烺烺、務采色、夸聲音而以爲能也。(〈答韋中立論師道書〉)

又說：

> 聖人之言，期以明道。學者務求諸道而遺其辭。辭之傳於世者，必由於書，道假辭而明，辭假書而傳。〔註40〕

這種重視明道的思想，的確能使文章發揮爲政治服務的作用，然而，從另一角度思考，則與魏晉強調「緣情」的文學思想——個人自我生

〔註37〕羅聯添編輯，《中國文學批評資料彙編——隋唐五代》，〈平臺秘畧論藝文三〉，成文出版社，1979 年，頁 26。
〔註38〕同上註，〈陳伯玉文集・修竹篇序〉，頁 35。
〔註39〕同上註，〈白氏長慶集〉卷三，頁 172。
〔註40〕同上註，〈報崔黯秀才論爲文書〉，頁 194。

命、抒情主體的發現等相較，則明顯是一種抹殺文學獨立性的實用文學觀。

　　然而，到了晚唐，誠如本章上節所述，宦官擅權於內，藩鎮割據於外，牛李黨派激烈競爭，現實世界已脫離正軌，日益衰敝，原本在中唐還存在的改革幻夢完全粉碎，盛唐時期視爲理所當然的人生追求——功成名就、榮華富貴已被完全放棄，在唐德宗、憲宗流行一時的《枕中記》已透露了頹廢、絕望的端倪，繁華煙雲，一切只是夢幻一場。他們之中，有一部分人，〔註41〕仍是新樂府運動的繼承者，相信文學有起死回生的救世之力道。皮日休在《文藪》卷十：正樂府序中說：

　　　樂府蓋古聖王採天下之詩，欲以知國之利病，民之休戚者
　　　也。得之者，命司樂氏入之於塤箎，和之以管籥。詩之美
　　　也，聞之足以觀乎功；詩之刺也，聞之足以戒乎政。〔註42〕

這篇序文認爲詩的本質在反映「國之利病，民之休戚」，詩的社會作用則是「觀乎功」、「戒乎政」，完全著重詩的實用性，與白居易新樂府理論如出一轍。

　　另外一派則是絕望的放棄現實者，他們絕望的放棄濟世匡國的社會使命，不再單純相信「以一國之事，繫一人之本」〈毛詩序〉的創作理論，他們在時代的氛圍中尋找個人的審美典型，開始學會在變化的現實中提出不同的解決之道，逐次修正自己的人生追求和審美理想，「時代的精神，不在馬上，而在閨房，不在世間，而在心境。」，〔註43〕他們把生命的重心轉向內心世界的關注與發現，即抒情主體的發現，尋找文學最原始純粹的意義，就像漢帝國的瓦解，現實生死問題的激盪，導致魏晉個體意識的自益覺醒，晚唐的詩人被逼迫逃回內心的世界，正如許總所說：

　　　由於政治環境的陰惡，文人對現實的不滿卻罕見批評的鋒

〔註41〕皮日休、聶夷中、杜荀鶴、于濆、邵謁、劉駕等屬此派。
〔註42〕羅聯添編輯，《中國文學批評資料彙編——隋唐五代》，〈平臺秘署論藝文三〉，成文出版社，1979年，頁238。
〔註43〕李澤厚，《美的歷程》，元山書局，1984年，頁156。

芒與直露的方式，而是在避禍全身的心理祈願中將生活的
視野由廣闊的社會現實轉向狹小的個人範圍，詩歌也就更
多地成爲個人抒發一己情懷之工具。〔註44〕

那刀光劍影、唇槍舌戰的討伐之聲已不再，詩歌成爲最純粹的審美形
式，所以詩歌可以變成生命苦心經營的場域，因而賈島可以爲一首詩
「二句三年得，吟雙淚垂」（〈題後詩〉），盧廷讓可以「吟完一箇字，
撚斷數莖鬚」（〈苦吟〉），杜牧要「苦心爲詩、惟求高絕」（〈獻詩啓〉），
他們輕詩教重抒情，以靡麗之音作爲安頓生命的處所，所以均發出絕
美之聲，說詩者曾分別以「沉博絕麗」〔註45〕、「才思艷麗」〔註46〕、
「輕倩秀豔」〔註47〕形容晚唐三位作家李商隱、溫庭筠、杜牧的詩風，
這樣的巧合其實是因爲：

時代的沒落、都市的靡華，薰染了人們脆弱和頑艷的心態，
他們對華艷景象、色彩表現出特別的敏感和官能滿足。〔註48〕

陳炎討論這一問題時也認爲：

對於走向心靈深處、沈浸於各種複雜矛盾情感之中的晚唐
詩人，他們的心靈始終籠罩在絢麗斑爛的色彩世界之中。
當他們身臨亂境，感受絕望時，内心往往會產生飛蛾撲火
似的「死亡衝動」，而情感的宣洩與燃燒恰恰是一種不自覺
的生命耗費形式。與此同時，斑爛的色彩就伴隨著複雜的
情感一躍而出了。〔註49〕

晚唐的詩人處在破敗殘缺的世代，華麗世界自有一般強大的吸力誘引
著他們，於是純粹的審美形式結合華麗的表現形式，造就了晚唐特有
的審美情趣。因而有人提倡注重形式，追求刺激，繼承六朝宮體之風
的綺靡之作，主張以綺麗之筆寫「柳巷青樓」、「金閨繡戶」之境。韓

〔註44〕 許總，《唐詩史》，江蘇教育出版社，1995 年，頁 379。
〔註45〕 朱鶴齡注《李義山詩集注》原序。文淵閣四庫全書本。
〔註46〕 孫光憲，《北夢瑣言》卷四。源流出版社，1983 年，頁 29。
〔註47〕 李調元，《雨村詩話等六種》，宏業書局，1972 年，頁 17632。
〔註48〕 吳功正，《唐代美學史》，陝西師範大學出版社，1999 年，頁 628。
〔註49〕 陳炎，《儒釋道背景下的唐代詩歌》，昆崙出版社，2003 年，頁 218。

偓〈香奩集序〉爲其代表：

> 柳巷青樓，未嘗棟杷，金閨繡戶，始預風流。咀五色之靈
> 芝，香生九竅，咽三危之瑞露，春動七情。〔註50〕

公然鼓吹以綺麗之辭寫靡爛之音。

　　而這一派之外，更值得注意的是隱藏在陰暗時代背後，有另外一群詩人，他們不只是尋求亂世的解脫而已，他們內心有更深遠的情感世界，有著對時代的哀感、對人生的絕望、對前途的憂忡，在面對現實時不斷被壓縮遏抑，當他們透過文學抒發情感時，面對這純粹而不受拘限的審美形式時，內在的深情自然要急切而熱烈地奔迸而出，以飛蛾撲火的艷麗絕決之姿、以最美麗的語言、以最深重的情感，傾空而出，而李商隱正是此派的支持者。李商隱身處晚唐兩股極端的審美理論之中，他並未僅提倡「言志」的實用性文學主張，也並未走向華而不實，純粹的審美形式之追求而已，他以靈明之智巧妙折衷調和二派，一方面感知抒情主體的存在，發現文學審美形式之特質，遙應魏晉時期緣情的文學觀，因而對文學的表達形式、內容、技巧有更透闢的領會，在形式上，他以絕麗之姿、深邃幽渺之態，譜寫情意；在內容上，則以深情哀婉之慨，冶鑄詩篇，不僅有個人情感的私密傳達，也有家國社會的濃重關懷與批判，內容的視野，寬闊無邊，他主張直抒眞情，注重文學的多樣性與獨創性、標舉文質並重，並強調取法上的兼容並蓄，轉益多師，因而塑造出美而不浮、麗而不淫的審美特質，使晚唐詩歌在他手中延續魏晉，爲抒情傳統再次完成另一個典範。

　　由本章所論，晚唐的社會氛圍、李商隱的悲劇意識、晚唐的審美觀，這三種因素錯綜交錯、渾融爲一和諧又完美的風格，時代與個人的風格在義山詩歌的理論與實踐中得到前所未有的和諧之境，那「美麗」的晚唐之殘陽落日；那「愁苦」的個人與家國的哀感悲情，終於在義山的作品中交融成沉博絕麗的烙印。

〔註50〕　羅聯添編輯，《中國文學批評資料彙編——隋唐五代》，〈平臺秘署論藝文三〉，成文出版社，1979年，頁265。

第三節　李商隱的審美理論

　　李商隱在文論中提出了四個重要的審美主張，茲分成四點，分別是（一）文學以抒發眞情爲主（二）強調文學的多樣性與獨創性（三）文質兼備（四）轉益多師，兼容並蓄，茲論述如下：

一、文學以抒發眞情爲主

　　這一觀點可以說是對六朝「緣情」傳統的繼承，他認爲文源於眞情非源於孔孟、周公，在〈重寄外舅司徒公文〉中他說：

> 人之生也，變而往耶？人之逝也，變而來耶？冥寞之間，
> 杳惚之內，虛變而有氣，氣變而有形，形變而有生。今將
> 還生於形，歸形於氣，漠然其不識，浩然其無端，則雖有
> 憂喜悲歡，而亦勿能措於其間矣。苟或以變而之有，變而
> 之無，若朝昏之相交，若春夏之相易，則四時見代，尚動
> 於情，豈百生莫追，遂可無恨？倘或去此，亦孰貴於最靈
> 哉！〔註51〕

在〈獻相國京兆公啓〉中又曰：

> 人稟五行之秀，備七情之動，必有詠歎，以通性靈。
> 故陰慘陽舒，其塗不一，安樂哀思，厥源數千。〔註52〕

這兩段文字認爲人是藉由自然元氣（五行之氣）變化而成，人因爲是具有喜怒哀樂愛惡欲七情之存在，因爲這七情，人在面對朝昏春夏陰慘陽舒等各種自然變化時，自然受感發而「動於情」，而有「憂喜悲歡」、「安樂哀思」的反應，這也是自然與元氣的表現，而文學作品就是人受外在物象感發後，情感自然的抒發與反映。義山已傳承了劉勰所述「情以物遷，辭以情發」〔註53〕「綴文者情動而辭發」〔註54〕的道理，對於文學的精神特質即是人的生命質性的觀念，有了深切的領悟。緣乎此，義山有一段驚世駭俗的論述：

〔註51〕同註十六，頁956。
〔註52〕同註十六，頁1911。
〔註53〕《文心雕龍》〈物色篇〉。
〔註54〕《文心雕龍》〈知音篇〉。

愚生二十五年矣，五年讀經書、七歲弄筆硯，始聞長老言，學道必求古，爲文必有師法，常悒悒不快。退自思曰：夫所謂道，豈古所謂周公、孔子者獨能耶？蓋愚與周孔俱身之耳。以是有行道不繫今古，直揮筆爲文，不愛攘取經史，諱忌時世。百經萬書，異品殊流，又豈能意分出其下哉。〔註55〕

這段文字對文必「求古」，學道必有「師法」的傳統文學「載道」、「言志」觀，提出了強烈反駁，他認爲文學是「直揮筆爲文」的直抒情性，不須師法周公、孔子等聖人之道，更毋須「攘取經史」，凡是以眞情爲主的創作就是好的作品，不可用僵化板滯的傳統觀念任意批判，分其高下。「愚與周孔俱身之耳」一句，充分表露李商隱自信自負、率眞豪邁的眞性情。因而他曾說：

有請作文，或時得好對切事，聲勢物景，哀上浮壯，能感動人。〔註56〕

他明顯推崇能巧妙運用聲韻氣勢、景物描述激切昂揚、動人心魄的文學作品。

他也以此作爲批評他人作品的標準：

次山之作，其綿遠長大，以自然爲祖，元氣爲根，變化移易之。……論者徒曰次山不師法孔氏，爲非。嗚呼！孔氏於道德仁義外有何物？百千萬年，聖賢相隨於塗中耳。次山之書：「三皇用眞而恥聖，五帝用聖而恥明，三王用明而恥察」，嗟嗟此書，可以無書。孔氏周聖矣，次山安在其必師之邪。〔註57〕

義山評元結不過是想要藉著對元結作品的推崇，強調元結祖於自然，表現眞情的特色，用以反對明道說，甚至對孔孟的道德仁義之說提出懷疑，認爲文章最高境界是「眞」，若能直抒胸臆，一抒自我之眞情，

〔註55〕 劉學鍇、余誠恕著，《李商隱文編年校注》文集卷八，〈上崔華州集〉，中華書局，2002年，頁108。

〔註56〕 劉學鍇、余誠恕著，《李商隱文編年校注》〈樊南甲集序〉，中華書局，2002年，頁1713。

〔註57〕 同註十六。文集卷七〈容州經略使元結文集後序〉，頁2256。

何必師法周孔？周孔又有何值得學習？義山主張真情，以寫真情作爲文學的精神特質，並據此反對聖人之道，較諸杜牧之說：

> 凡文以意爲主，氣爲輔，以辭采章句爲之兵衛。未有主強盛而輔不飄逸者，兵衛不華赫而莊整者。……苟意不先立，止以文彩辭句，繞前捧後，是言愈多而理愈亂。〔註58〕

更爲激烈，杜牧認爲文以意爲主，但李商隱不僅是超越了重內容的「以意爲主」的概念，而是更進一層提出「真情」說去批評文明道說，反對以周公、孔子之道爲文的觀念，的確是對六朝緣情之說的唱和。晚唐詩人韓偓深受其影響，雖然最後仍走向綺靡的六朝宮體之風，但曾曰：

> 余溺於章句，信有年矣！誠知非士大夫所爲，不能忘情，天所賦也。〔註59〕

這「不能忘情」正是李商隱審美理論中最重要的觀念。

二、強調文學的多樣性與獨創性

由於對「情」的重視（如前節所述），李商隱特別著重文學作品因作者不同的情懷，不同的際遇，而有歧異多元的創作風格，他說：

> 遠則酈、邶、曹、齊，以揚領袖，近則蘇、李、顏、謝，用極菁華。嘈囋而鼓鐘在懸，煥爛而錦繡入䀓，刺時見志，各有取焉。〔註60〕

文學作品既是個性的、情感的反映，透過不同作家對世界不同的感發，因而各自呈現其獨特性與多樣性，所謂：

> 不隨世人腳根，並亦不隨古人腳根。非薄古人爲不足學也，蓋天地有自然之文章，隨我之所觸而發宣之。〔註61〕

〔註58〕 杜牧，《樊川文集》，〈答莊充書〉，漢京文化事業公司，1983年，頁194。

〔註59〕 羅聯添編輯，《中國文學批評資料彙編，隋唐五代卷》，〈香奩集序〉，成文出版社，1979年，頁265。

〔註60〕 同註16，〈獻相國京兆公啓〉，頁1911。

〔註61〕 王夫之等撰，《清詩話》下，〈原詩〉卷二內篇下。西南書局，1979年，頁526。

只有藝術家的獨創性才能使藝術歷久彌新，在歷史長河中展現不同的
風格與形式。或如詩經國風之純樸簡約，或如蘇武、李陵、顏延年、
謝朓等之作，極宮商聲律之美，展現如錦繡般之文彩，炫人耳目，抒
情寫志，諷刺時事，各有其長，絕不可拘泥於一體、一格，更不需有
所師法，他對於「刺時見志」反映現實的作品，特強調其與「綺麗纈
密」之美的完美結合。

　　他曾評元結之作，讚美其文中多樣的藝術風格：

> 其疾怒急擊，快利勁果，出行萬里……其詳緩柔潤，壓抑
> 趨儒，……重屋深宮，但見其脊，牽縳長河，不知其載。……
> 其正聽嚴毅，不淳不濁，……其碎細分擘，切葴纖顆，如
> 墜地碎，……其總旨會源，條綱正目，若國大治，若年大
> 熟……〔註62〕

謂其風格多樣，有時勁疾，有時安詳和緩，有時又含蓄深沈，有時又條
理分明，可見義山不僅重視文學的原創性，也能欣賞其審美的多元性。

三、文質兼備

　　李商隱不僅主張文學以抒發個人真性情為主，是個人生命質性的
反映，他也重視形式之美。關於內容與形式的關係，即是人類內心的
情緒狀態如何透過藝術形式傳達出來，一直是美學上的重要論題。陸
機所謂「詩緣情而綺靡」的重要意義，並不僅在於重視「緣情」，還
在於他強調了「綺靡」的詩歌審美特徵，換言之，情感的優美動人還
有賴於用以表現情感的文辭形式之美。劉勰在《文心雕龍》〈情采〉
中曾論述其間的關係：

> 夫鉛黛所以飾容，而盼倩生於淑姿，文采所以飾言，而辯
> 麗本於情性。故情者，文之經，辭者，理之緯。經正而後
> 緯成，理定而後辭暢，此立文之本源也。

他以為情理是經，文辭是緯，經正緯成，理正辭暢才是文學的本質，
追求文采而忽略情性是「採濫忽真」，施粉抹黛而無雅淑之姿，缺真

〔註62〕同註十六，〈容州經略使元結文集後序〉，頁2256。

切之情性，則絕不能得盼倩與辭麗之美，只有情性加上文采才是美的
極致。在文學創作中，作者當然不是粗糙而混亂無序的再現原始情感
而已，而是經過藝術化的形式呈現出來，「藝術的情感表現絕不是一
個簡單的還原過程，不是回到原初的情緒狀態，而是不斷發展昇華的
過程，是發現和融會的過程，也是深化藝術家自己對情感理解的過
程」。﹝註63﹞透過文學形式的傳承、實驗、創發等試鍊，透過情感本
身的發現、剖析、深入探究的過程，兩相交集融匯，於是文學家在創
作中逐次明白自己的情感深度，相對地也使作品意蘊深刻得到昇華與
發展的可能，可以不斷被咀嚼、玩味與解讀。李商隱延續傳統文論的
精髓，亦提倡文質兼備說，他在創作中著力形式的創發，總是以「包
蘊密緻」、「寄託深而措辭婉」，﹝註64﹞致力於形式的縝密構建，以抒
發內在深情隱曲，在〈謝河東公和詩啟〉﹝註65﹞中曰：

> 某前因假日，出次西溪，既惜斜陽，聊裁短什。蓋以徘徊
> 勝境，顧慕佳辰，為芳草以怨王孫，借美人以喻君子

他喜好藉物詠嘆，香草美人之喻自然模糊了詩意，留下許多引人爭論
的作品，在〈有感〉一詩中：

> 非關宋玉有微辭，卻是襄王夢覺遲，一自〈高唐賦〉成後，
> 楚天雲雨盡堪疑

他借宋玉自喻，表白自己承繼宋玉作〈高唐賦〉的特色，著意於塑造
一種朦朧幽約的情境，這種創作的自覺影響了詩人的風格，後世元好
問有「詩家總愛西崑好，獨恨無人作鄭箋」（〈論詩絕句〉）之慨，實
亦緣於此。張采田曰：「借香倩語點化，是玉溪慣法，不得以纖佻目
之」，﹝註66﹞而義山這種主張，在其文論中有明確的抉發：

﹝註63﹞周憲《美學是什麼》，揚智出版社，2002年，頁153。
﹝註64﹞王夫之等撰，《清詩話》〈原詩〉卷四外篇下。西南書局，1979年，頁556。
﹝註65﹞劉學鍇、余誠恕著，《李商隱文編年校注》，北京中華書局，2002年，頁1961。
﹝註66﹞張爾田，《玉谿生年譜會箋》中《李義山詩辨證》〈南朝〉一詩之評論。台灣中華書局，1979年，頁357。

夫玄黃備采者繡之用，清越爲樂者玉之奇。固以慮合玄
機，運清俗累，……況屬詞之工，言志爲最。自魯毛兆軌，
蘇李揚聲，代有遺音，時無絕響，雖古今異制，而律呂同
歸。我朝以來，此道尤盛。皆陷於偏巧，罕或兼材。枕石
漱流，則尚於枯槁寂寥之句，攀龍附翼，則先於驕奢豔佚
之篇。推李、杜則怨刺居多，效沈、宋則綺靡爲甚。至於
秉無私之刀尺，立莫測之門牆，自非託於降神，安可定夫
眾製？〔註67〕

文中藉稱美魏扶之故，闡釋了文質兼備說的觀點，李商隱重視文學
作品的形式之美，他從審美的角度看重「玄黃」色彩、「清越」之音，
對詩歌的色彩與音律之美了然於心，以其爲文學的重要質素，「古今
異制、律呂同歸」更是對音律美的肯定，以爲詩家正法。除了形式
之美外，他所謂的「言志爲最」，正如前述，是重視抒寫情感，是不
「諱忌時世」抒發個人對時代與家國的情懷，與「緣情」說如出一
轍。所以他反對白居易用通俗、質樸的語言諷刺時政，他主張將「怨」
鎔鑄於「綺靡」精巧富麗的形式之中，因而批評唐詩人多未能及此，
以致「陷於偏巧，罕或兼材」，寫隱逸之情者，無透徹清明之感語，
卻見「枯槁寂寥」的無病呻吟，求宦達者，爲攀龍附翼，所作皆驕
奢艷佚之作，不僅情意不眞，盡是阿諛取悅權貴之詞，而且脫離現
實、逃避現實。有學於李白、杜甫者則僅及怨刺，而無眞切的憂時
感事之情。學於沈佺期、宋之問者則僅得綺靡，亦乏眞情。凡此種
種，批判之聲不一而足，明確表現義山個人的審美觀。他在〈漫成
五章〉之一曰：

沈宋裁辭矜變律，王楊落筆得良明，當時自謂宗師妙，今
日惟觀對屬能

文學發展的歷史是一段複雜又多變的曲折史，初唐時，面對六朝綺靡
頹廢的詩風，自然必須力求變革，然而六朝以來，詩人們在創作上累

〔註67〕 同註五十六，〈獻侍郎鉅鹿公啓〉，頁 1188。

積的豐富之藝術經驗——尤其是聲律上的講究，也不可一概抹殺，所以初唐的詩人們如初唐四傑除繼承沈約、庾信「以音韻相婉附，屬對精密」〔註68〕的特色外，又承襲沈佺期、宋之問「又加靡麗，回忌聲病，約句準篇，如錦繡成文」〔註69〕的特質，因而他們在文學上的成就主要在於「繼承和發展了六朝的技巧，奠定了唐代今體詩的形式」，〔註70〕李商隱在這首詩中以「矜變律」、「得良朋」，確認沈、宋與四傑在文學史上對律體形式的貢獻，然而卻在末二句提出了他寬闊通達的歷史性評斷，認為此數子在當時猶自矜誇於位居文壇宗師的地位，但若從長遠的文學史發展的觀點論定其價值與意義，就會發現他們只留下「對屬能」的技巧成就罷了。李商隱在此已經意識到除了形式之外，詩的內容也具有相同的重要性，尤其唐詩至晚唐，僅僅注重形式之美已不受能滿足時代的需要，他還要求文學應該有更含蓄深厚、深情綿邈的表達方式，展現了文質兼重的文學觀。

四、轉益多師，兼容並蓄

由前所論，由於李商隱批評唐代文壇「皆陷偏巧，罕或兼材」，所以他自己的審美觀就儘可能不陷入偏執，因而他積極向前代詩人學習，茲分就（一）楚騷傳統的繼承（二）齊梁風調的轉化，加以論述。

（一）楚騷傳統的繼承

《文心雕龍》〈辨騷篇〉：

> 是以枚、賈追風以入麗，馬、揚沿波而得奇，其衣被詞人，非一代也。故才高者苑其鴻裁，中巧者獵其艷辭，吟諷者銜其山川，童蒙者拾其香草。

屈原的作品彷彿母性豐沃的田壤，不同的詩人在他身上汲取源源不盡

〔註68〕歐陽修，《新唐書》，卷二百二〈宋之問傳〉，鼎文書局，1990 年，頁 5751。

〔註69〕同註六十八。

〔註70〕馬茂元，《論唐詩》，〈論駱賓王及其在四傑中的地位〉，上海古籍出版，1999 年，頁 4。

的養分，塑造出自我的藝術風華。屈原的作品在兩方面影響著李商隱，一為情志內容的抒發。二者都懷抱深厚的愛國主義情感與積極頑強對抗邪佞的奮鬥精神，他們都有不可扼抑的感時憂國之情，也都藉詩歌抒發內心怨懟之情。例如：屈原在〈離騷〉中曰：

> 吾令帝閽開關兮，倚閶闔而望予。時曖曖其將罷兮，結幽蘭而延佇。

與義山〈哭劉蕡〉詩中：

> 上帝深宮閉九閽，巫咸不下問銜冤

同是表達君門深似海，上下攀緣，渴求扣君門以陳辭，而終究只換來守門人的冷眼旁觀，巫咸的罔顧不應，屈原渴求用世卻遭逢冷落的無助與焦灼，在義山詩中死灰復燃。他的〈哭劉司戶〉二首之一：

> 離居星歲易，失望死生分。酒甕凝餘桂，書籤冷舊芸。江風吹雁急，山木帶蟬曛，一叫千迴首，天高不為聞。

詩中為哀悼「平生風義兼師友」（〈哭劉蕡〉）的劉蕡冤死他鄉之作。詩中描述在流動奔騰的歲月，中二人永恆的情誼，刻劃酒甕餘桂仍在、書籤餘香依然，卻已物是人非的慨然，並借景抒情，以江南舊飛的雁陣、淒厲的蟬鳴，象徵劉蕡困居江南、受摧折的淒然與落寞。末聯「一叫千迴首，天高不為聞」，寫頻頻回首，眷眷然不能割捨的家國之愛，與《離騷》：

> 陟陞皇之赫戲兮，忽臨睨夫舊鄉，僕夫悲余馬懷兮，蜷局顧而不行。
> 忽反顧以遊目兮，將往觀乎四荒，佩繽紛其繁飾兮，芳菲菲其彌章。民生各有所樂兮，余獨好修以為常雖體解吾猶未變兮，豈余心之可懲。

情韻一致，餘音繚繞，深得楚騷悲情之風致。朱鶴齡謂其「沉博絕麗」，[註71] 其中的「沉博」是也。「沉」指「細緻曲折、掩抑迂曲」，[註72]「博」指「深情遠識，多博通之趣，而融化排斡，不墜纖塵」

[註71] 朱鶴齡注《李義山詩集注》原序。文淵閣四庫全書本。
[註72] 龔鵬程〈讀玉谿生詩箚記〉收入國立中山大學中文學會主編，《李商

〔註73〕可知義山在情感的質地上追求隱微細緻、曲折婉曲的深情。

　　楚騷傳統之影響義山，表現在另一方面即形式上的華麗，〈辨騷篇〉曾以「文辭麗雅，為詞賦之宗」、「耀艷深華」、「驚采絕艷」、「金相玉式，艷溢錙毫」、「騷經九章，朗麗以哀志」等形容楚騷，足見屈原作品在語言特質上屬朗麗綺靡，再加上屈原用了大量神話與傳說，使語言具濃密性與多義性，而觀李商隱之詩風，朱鶴齡謂其「沉博絕麗」其中「絕麗」即指華采瑰妍，完全和屈原相似，屈原藉朗麗之文辭表達綿密委婉的深情，義山亦傳承了屈原的技巧，以華采瓌妍的形式，或用典故、或用神話，抒發悲憤深邃、委婉曲折的情意。王荊山論李義山詩曾說：「其身危，則顯言不可而曲言之，其思苦，則莊語不可而謾語之」，〔註74〕可謂深得義山表達技巧之三昧。茲以義山〈楚宮〉一詩為例，說明義山在技巧上師承屈原之處：

　　　湘波如淚色漻漻，楚厲迷魂逐恨遙。楓樹夜猿愁自斷，女
　　　蘿山鬼語相邀，空歸腐敗猶難復，更困腥臊豈易招，但使
　　　故鄉三戶在，綵絲誰惜懼長蛟。

李詩為義山於宣宗大中二年自桂州鄭亞幕回長安，途經楚地時哀悼屈原所作。首聯寫詩人經楚地時觸景傷情，遙想當年投江自沈的屈原冤魂必茫然無所終，在湘江的悠渺中逐恨而去的悲愴情緒。頷聯寫楓樹夜猿的淒然之聲，女蘿山鬼相邀的情境，完全重現屈原內心世界中「披薜荔兮帶女蘿」的山鬼形象，予人哀傷悲苦的慨歎。頸聯想像屈原葬身魚腹、遊魂難招的不幸際遇，「空」、「更」二字寫出了無限的嘆息與不忍，末聯使用了兩個典故，分別是《史記》〈項羽本紀〉：「楚雖三戶，亡秦必楚」，以及《續齊諧記》中屈原魂魄在漢建武年間出現於長沙，為歐回所遇之典，屈原謂回曰：

　　　聞君當見祭，甚善。但常年所遺，並為蛟龍所竊，今若有

　　　　隱詩研究論文集》，天工書局，1984 年，頁 368。
〔註73〕同上註。
〔註74〕同註七十一。

> 惠，可以楝樹葉塞其上，以五色絲縛之，此二物蛟龍所懼，
>
> 回依其言，世人作粽，并帶五色絲及楝葉，皆汨羅遺風也。

這兩個典故以高昂激越的筆力，表現世人對屈原的崇高愛戴與敬仰，也間接寄寓了商隱內心的山高水長，詩人與屈原的靈魂在文字典故的交錯建構中，化而爲一。這首詩不僅是屈原精神之再現，語言質地亦朗麗綺靡，再加上使用了傳說與神話，語言更具濃密性與多義性，故朱鶴齡說：「義山之詩乃風人之緒音，屈宋之遺響」。〔註75〕張爾田也說：「晚唐之有玉谿生詩也，拓宇於騷辨」，〔註76〕李商隱的審美觀與屈原的審美觀如出一轍，終於以「沉博絕麗」之姿重現屈原詩歌的風華。

（二）齊梁風調的轉化

所謂齊梁詩體乃泛指從齊武帝永明直至陳後主，甚至可向下延伸至隋煬帝晚年的詩歌風尚，這其間由於王室貴族之提倡，詩人創作以纖細工整，綺靡婉妍爲務，意象艷麗而柔美，音律和諧而微妙，題材多側重描述女性的體態與內心世界，其中，尤以徐陵與庾信描述麗人思婦之作的「徐庾體」著稱。李商隱在〈樊南甲集序〉中說：

> 後又兩爲秘省房中官，恣展古集，往往咽噱於任、范、徐、
>
> 庾之間。有請作文，或時得好對切事，聲勢物景，哀上浮
>
> 壯，能感動人。〔註77〕

公然推崇任昉、范雲、徐陵、庾信四人，以繼承四人爲己任，盛讚其工巧的對仗、切妥的典實、激切昂揚的情感，明確說出其自身創作與南朝綺靡文風的特殊淵源關係。而根據張溥之論評，謂徐陵曰：「如魚油龍屬，列堞明霞，比擬文字，形象亦然」，〔註78〕評庾信曰：「玉

〔註75〕 朱鶴齡注《李義山詩集注》原序。文淵閣四庫全書本。

〔註76〕 張爾田序《玉谿生年譜會箋》，中華書局，1979年，頁1。

〔註77〕 劉學鍇、余誠恕著，《李商隱文編年校注》，〈樊南甲集序〉，2002年，頁1713。

〔註78〕 張溥，《漢魏六朝百三名家集》，〈徐僕射集題辭〉，文津出版社，1979年，頁4361。

臺瓊樓，未易幾及」，〔註79〕不論是「魚油龍闕，列堞明霞」或「玉臺瓊樓」都不脫綺麗之形象，前文曾述及李商隱的「穠麗」、「頑艷」、「絕麗」自與六朝風格有所關聯。詩集中有些作品更直接以「效徐陵體」為名，顯見其對徐庾等「采色濃而澹語鮮」〔註80〕的嚮往，也造成義山詩中「精密華麗」〔註81〕的特色，茲以庾信〈燈賦〉〔註82〕與李商隱〈燈〉為例：

庾信〈燈賦〉

> 百枝同樹，四照連盤，看添然蜜，氣雜燒蘭，爐長宵久，光青夜寒，秀華掩映，蚖膏照灼，動鱗甲於鯨魚，鮫光芒於鳴鶴，蛾飄則花亂下，風起則流星細落……

李商隱〈燈〉

> 皎潔終無倦，煎熬亦自求，花時隨酒遠，雨後背窗休，冷暗黃茅驛，暄明紫桂樓，錦囊名畫揜，玉局收碁敗，何人無佳夢，誰人不隱憂……

二篇作品描述燈火幽明的變化，皆以綺麗妝點，前者以燃蜜、燒蘭形容燈火流洩一室的清香，以鱗甲、鳴鶴的明亮對比花、流星的冥窅，後者則以錦囊、玉局、紫桂樓的金碧輝煌，反襯子夜的「煎熬」、「無佳夢」與「隱憂」，李商隱除了襲用庾信華艷的辭采外，他更鎔鑄個人憂傷的氣質於詩中，以致表達出「力厚色濃，意曲語鍊」〔註83〕的特質，足見李商隱所推崇的「綺麗」並非重蹈六朝的風華而已，李商隱以他厚重深穠的內在情意，為「綺麗」作了另一番詮釋，所謂「沉博絕麗」是也。

〔註79〕 張溥，《漢魏六朝百三名家集》，〈庾開府集題辭〉，文津出版社，1979年，頁4709。

〔註80〕 馮浩，《李義山詩箋注》，〈齊梁晴雲箋〉，里仁書局，1981年，頁679。

〔註81〕 葉夢得，《石林詩話》，

〔註82〕 張溥，《漢魏六朝百三名家集》，〈徐僕射集題辭〉，文津出版社，1979年，頁4742。

〔註83〕 劉學鍇、余誠恕著，《李商隱文編年校注》引，錢良擇《唐音審體》，北京中華書局，2002年，頁741。

　　李商隱的審美理論以延續六朝緣情說為基礎，對於文學的精神特質，即人的生命質性之展現的觀念有深刻的體認，因而特重「情」論，主張抒發自我真情。而基於對情的重視，他同時也注重表達情感的方式，以期能文質兼備，達到「詩緣情而綺靡」既重內涵的質地，也兼顧審美特質的境界。而他在融滲前賢，含英咀華的過程中，汲取楚騷在情感質地上的執著不悔、深情蘊藉，師法齊梁詩歌的綺靡婉妍，因而融鑄成「沉博絕麗」的個人審美風格，為中國詩歌抒情美學樹立了一個完美的典範。

第四節　結　論

　　本論文試著把義山置放在歷史巨大的時空中，分就晚唐社會氛圍、詩人個人生命中的悲劇意識，以及晚唐的審美氛圍三方面論述其審美理論之形成。總結以上的論述可知，李商隱融貫各種特質，他靈敏的感知了抒情主體的存在，也發現了文學審美形式之特質，時代與個人的風格在義山詩歌的理論中得到了前所未有的和諧與一致，在形式上，著重提倡以絕麗之姿，深邃幽渺之態，表達情意，在內容上，則以深情哀婉之慨為主，冶鑄詩篇，從而形成自我的審美風貌。他的四個重要的審美主張分別是（一）文學以抒發真情為主（二）強調文學的獨特性與多樣性（三）文質兼備（四）轉益多師、兼容並蓄，這些審美理論與傳統「緣情」說關係密切，尤其是六朝緣情說，對文學的精神特質，即人的生命質性之展現的觀念有深刻的體認，故其特重「情」論。而基於對情的重視，他同時注重表達情感的形式，因而博采眾家，創出文質兼備之主張，而由於對形式的綺靡絕麗的要求，對內容以表達生命質性的真情為優先的考量，他終於融鑄成「沉博絕麗」的個人審美風格，凝聚這悲與美交融的詩境，成為義山詩歌的審美特質，它不僅是李商隱審美理論的具現，更為中國詩歌的抒情美學樹立了完美的典範。

參考文獻

1. 彭定求等編，《全唐詩》，北京中華書局，1999 年。

2. 歐陽修，《新唐書》，鼎文書局，1998 年。

3. 李商隱，《樊南文集》，上海古籍出版社，1988 年。

4. 劉學鍇、余恕誠，《李商隱詩歌集解》，洪葉書局，1992 年。

5. 張爾田，《玉谿生年譜會箋》，中華書局，1979 年。

6. 張溥，《漢魏六朝百三名家集》，文津出版社，1979 年。

7. 劉學鍇、余恕誠，《李商隱文編年校注》，北京中華書局，2002 年。

8. 馮浩，《玉谿生詩集箋注》，里仁書局，1981 年。

9. 郭紹虞，《中國歷代文學論著精選》，華正書局，1976 年。

10. 郭紹虞，《中國文學批評史新論》，元山書局，1985 年。

11. 羅聯添主編，《中國文學批評史資料彙編隋唐五代卷》，成文出版社，1979 年。

12. 王運熙、楊明，《隋唐五代文學批評史》（上）（下），上海古籍出版社，1994 年。

13. 王夫之等撰，《清詩話》下，西南書局，1979 年。

14. 黃保眞、成復旺、蔡鍾翔，《中國文學理論史》，洪葉出版社，1993 年。

15. 李澤厚、劉綱紀主編，《中國美學史》（一）（二），里仁出版社，1986 年。

16. 吳功正，《唐代美學史》，陝西師範大學出版社，1999 年。

17. 黑格爾著、朱光潛譯，《美學》，里仁書局，1981 年。

18. 劉若愚，《中國文學理論》，聯經出版公司，1981 年。

19. 蔡英俊，《比興物色與情景交融》，大安出版社，1995 年。

20. 陳世驤，《陳世驤文存》，志文出版社，1975 年。

21. 陳昌明，《六朝緣情說研究》，台灣書店，1994 年。

22. 葉嘉瑩，《迦陵論詩叢稿》，桂冠出版社，2000 年。

23. 呂正惠，《抒情傳統與政治現實》，大安出版社，1989 年。

24. 陳寅恪，《唐代政治史述論稿》，台灣商務印書館，1994 年。

26. 高友工，《中國美典與文學研究論集》，台灣大學出版中心，2004 年。

27. 國立中山大學中文學會，《李商隱詩研究論文集》，天工書局，1984 年。

第二章　杜牧詩歌中的歷史意識

第一節　緒　論

　　走過安史之亂的困頓顛躓，晚唐詩人在傾圯頹然中，飽蘸著深情淒然的淚水，聲嘶力竭地唱著渺渺悠悠的歷史興衰之感、細緻幽微的人生省悟之思、哀婉絕望的家國黍離之憾，那咿咿啞啞的聲氣，流竄在詩篇中，成就了晚唐獨特的動人風調。

　　吳經熊先生曾以季節流轉的生命觀觀照晚唐詩的氣象，認爲它是由秋入冬，表現一種蕭條、淒涼、絕望之美。〔註1〕清人葉燮也以「秋花」形容其風貌，謂其如「江上之芙蓉、籬邊之叢菊，極幽艷晚香之韻」，〔註2〕這些對晚唐詩歌的論述，都將其界定爲末世衰音，而在晚唐詩歌中，表現這種末世之音，又多以詠史懷古的方式呈現，其中，杜牧因其個人的家世，早年即對「治亂興亡之跡，財賦兵甲之事，地形之險易遠近，古人之長短得失」〔註3〕了然胸臆，他身處晚唐特殊的文化氛圍中，雖非史家，卻以其敏銳的歷史嗅覺與深厚的史學涵養，覷見生命荒涼的悲劇本質，評斷史實、批判現實、臧否是非、月

〔註1〕　吳經熊著，徐誠斌譯，《唐詩四季》，洪範書店，1980 年，頁 150。

〔註2〕　王夫之等撰，《清詩話》下。西南書局，1979 年，頁 511。

〔註3〕　《樊川文集》卷十二〈上李中丞書〉，漢京文化事業有限公司，1983年，頁 183。

且人物，甚至表達自我人生哲學，思辨永恆的生命價值，展現個人處於亙古歷史洪流中獨特的歷史意識，這歷史意識是他個人對歷史世界的情志反映，也記錄了他通今昔遠近而生發的各種複雜情懷，因而他的詩像一道穿透歷史長廊的智慧光羽，光彩熠熠、若隱若現。歷代詩評家評其詩已注意到這一特質：

> 許顗曰：僕嘗謂此詩（評其〈桃花夫人廟〉詩）爲二十八字史論。〔註4〕

> 李慈銘曰：卓然史才。〔註5〕

> 吳喬曰：古人詠史，但敘事而不出己意，則史也，非詩也。出己意發議論，而斧鑿錚錚，又落宋人之病。如牧之〈息嬀詩〉⋯⋯〈赤壁詩〉⋯⋯用意隱然，最爲得體。〔註6〕

謂其詩展現了詩人的「史論」、「史才」的特色，吳喬之說甚至稱美其敘事、抒情、議論兼擅其長，巧妙融合詩情史意的卓越才華，杜牧儼然一介史家，以春秋大義之筆，以史爲詩，在文學的場域縱橫捭闔，獨領風騷，力挽狂瀾，在晚唐萎靡的氛圍中，獨樹一幟。基於此，本論文將以杜牧詩歌中的歷史意識爲主軸，探究其歷史意識的形成，將其詩歌中所展現的歷史意識，置放在巨大的歷史學概念之中，剖析其建構出的歷史哲學，俾能抽絲剝繭，解讀其詩歌的深層內涵，重新界定其文學價值。

第二節　歷史意識的界定

歷史是構成人類過去的所有事件與行動，以及對這些事件與行動的記載。中國詩歌中，歷史與詩的交會，起源甚早，孟子曰：「王者之跡熄而《詩》亡，《詩》亡而後《春秋》作」，周平王東遷之後，周王室已名存實亡，使得《詩》銷聲匿跡，詩原本的興、觀、羣、

〔註 4〕 譚黎宗慕編纂，《杜牧研究資彙編》，第二篇引《許彥周詩話》，藝文印書館，1972 年，頁 366。

〔註 5〕 《越縵堂讀書記》卷八，〈文學〉。

〔註 6〕 同註四，引《圍爐詩話》，頁 327。

怨輔正教化之功數，蕩然無存，孔子於是作《春秋》以彌補詩的功
用，由此可見，詩和歷史在功能上有其相通之處，皆對世道人心的
裨益和啓發，有重要功效。孟子肯定孔子《春秋》的貢獻，故曰：
「世衰道微，邪說暴行有作。臣弒其君者有之，子弒其父者有之。
孔子懼，作《春秋》」。所以，歷史其實像詩，因爲它所展現的道德
意義而受到儒家的高度重視。對歷史的眷眷於懷，於是成爲孔子以
來中國儒者堅定不移的信念，讀史也成爲儒者的基本修養，對歷史
的解釋與建構，因而成爲儒家知識份子宣揚政治主張與道德標準，
甚至展現人生價值的主要方式。

　　從中國詩歌發展史去思考，更能精準的掌握中國文人面對歷史所
產生之歷史意識的變化。從詩經開始，如〈公劉〉〈緜〉〈皇矣〉〈大
明〉〈文王〉……等，這些詩篇是周朝開國的歷史記錄，藉著描述祖
先篳路襤褸的艱辛歷程、周文王的德治教化、人格事功，一方面感念
往昔的輝煌，以奠慰祖先，一方面傳達王道治國、殷紂失國的必然，
以達針貶時政、鑒古知今、戒愼警醒的目的，這些詩中所表現的歷史
意識是道德的、理性的。又如屈原，忠愛爲國卻遭讒毀，在〈天問〉
中對歷史的道德因果律充滿質疑：

　　　天命反側，何罰何佑，齊桓九分，辛然身殺。比干何逆，
　　　而抑沈之，雷開阿順，而賜封之。何聖人之一德，卒其異
　　　方，梅伯受醢，箕子佯狂。

對天命不公，無限悵惘，詩人論斷歷史，借以抒發憂憤、愁思。詩中
表現的歷史意識是抒情的、激憤的，從此以後，詩歌中理性或感性的
成份之消長，恰好成爲每一朝代詩人所表現之歷史意識的特質，如漢
代，當時「肇始于春秋戰國時期，定型于漢代的正規史學的獨立趨勢
和規範化趨勢已經成爲歷史學的核心內容，談史論史是文論體裁的份
內之事，詩歌則成爲局外人或旁觀者」，[註7] 所以此時正式以「詠史」

〔註 7〕　彭衛，〈中國古代詠史詩初論〉，《史學理論研究期刊》，1 卷 3 期，
　　　　　1994 年，頁 16。

為題寫作詩歌的東漢詩人班固，完全以道德意識主導全詩，強調了歷史的道德功能，表現歷史的理性部分。

　　而至六朝，由於「抒情主體」的重新發現，[註8]文學於是隆重宣示以情感的抒發為其最重要的特質，至此，規範性的、道德化的歷史陳述或評論，已無法滿足詩人內心豐富的自我情感，於是他們以史抒發情感，以史表達真實的自我，他們的詠史之作，除了史傳型、史論型外，詠懷型成了主要的部分，[註9]而左思的〈詠史八首〉是其中的代表作，如他的一首詠史詩：

> 荊軻飲燕市，酒酣氣益振。哀歌和漸離，謂若傍無人。雖
> 無壯士節，與世亦殊倫。高眄邈四海，豪右何足陳。貴者
> 雖自貴，視之若埃塵。賤者雖自賤，重之若千鈞。

這首詩擷取《史記》〈刺客列傳〉荊軻一生中最意興風發、豪氣干雲的片段，著力描寫其「高眄邈四海」的豪傑形象，最後更提出詩人自身的價值判斷，左思開始把個人的感懷寓託於歷史的人物之中，抒情詠懷取代了單純的敘事詠史。

　　至唐代，由於詩歌律絕體式的日趨成熟，詩人在作品中表達個人主觀情懷的部分逐漸加重，幾乎所有的詩人都曾引用歷史抒發情思，或把內在情思投射到歷史之中，如杜甫寫作〈蜀相〉：

> 丞相祠堂何處尋，錦官城外柏森森。映階碧草自春色，隔
> 葉黃鸝空好音。三顧頻煩天下計，兩朝開濟老臣心。出師
> 未捷身先死，長使英雄淚滿襟。

詩人忠君愛國，懷抱濟世熱情，然而仕途蹇困，棄官入蜀後，又值安史之亂未靖之際，國破家亡、報國無望，內心百感交集，於是借諸葛亮「鞠躬盡瘁，死而後已」的節操，寓託矢志不移的高潔情志。詩人藉歷史傾訴的其實是個人隱微的襟抱。又如李商隱的〈潭州〉：

> 潭州官舍暮樓空，今古無端入望中。湘淚淺深滋竹色，楚

[註8] 蔡英俊，《比興、物色與情景交融》，大安出版社，1995 年，頁 36。
[註9] 齊益壽，〈談六朝詠史詩的類型〉，《中國文化復興月刊》，10 卷 4 期，頁 9。

歌重疊院蘭叢。陶公戰艦空灘雨，賈傅承塵破廟風。目斷
故園人不至，松醪一醉與誰同。

本詩為詩人在大中二年離桂林北歸潭州官舍所作。詩中引用舜的妃子
娥皇、女英湘江泣淚與屈原在蘭叢反覆歌詠離騷的史事，暗寓內心深
摯卻無從言說的淒愴心事。頸聯感慨在歷史上長沙著名的兩個人物——
—陶侃、賈誼，隱約暗示「虛負凌雲萬文才，一生襟抱未嘗開」（崔
珏〈與李商隱詩〉）的身世悲憤，末聯則自傷流滯他鄉的孤寂寥落。
詩中歷史錯落並置，言說的只是個人身世的沉鬱悲涼，詩人善於化用
歷史故實，在懷古中滲入個人巧轉哀嘶的無盡悲情。

　　而杜牧亦然，他早已超越了平鋪直敘的描寫歷史之方式，他像歷
史家一樣，在面對歷史時，有一種自覺的意識，歷史題材對他而言已不
再只是一個僵化的歌頌對象或既定的概念，如果說「歷史是歷史家和事
實之間不斷交互作用的過程，現在和過去之間無終止的對話」，〔註10〕
歷史就是杜牧和事實之間不斷交互作用的過程，他以富激情和想像的方
式，按其感情和知識上的全部價值，以精湛多變的文學技巧，表現在詩
篇中。而且，他總是能把自己的視線投射到未來，超越時代限制，縱橫
古今，「通天人之際、究古今之變」（史記太史公自序），有效把握過去，
對過去有更深更持久的洞察，並清楚掌握過去和現在的牽連，作為幫助
人類瞭解現在、擘畫未來的基礎。誠如馬克‧布洛克所說：

　　　　優秀的史學家猶如神話中的巨人，他善於捕捉人類的踪
　　　　跡，人才是他追尋的目標。〔註11〕

哲學家羅素（Bertrand Arthur William Russell）也說：

　　　　從埋藏著被塗了油的過去時代的熱愛，希望和信仰的那些書
　　　　中，歷史學家在我們的心中喚起各種圖像，各種高遠的努力
　　　　和勇敢的希望的圖像，儘管他們也有失敗和死亡。〔註12〕

〔註10〕 Edward.H.Carr 著，《歷史論集》，王任光譯。幼獅文化事業公司，1983
　　　　年，頁23。
〔註11〕 《歷史學家的技藝》，上海社會科學出版社，1992年，頁23。
〔註12〕 嚴建強、王淵明著，《西方歷史哲學》，慧明文化事業有限公司，2001

而杜牧正像一個優秀的歷史學家,「人」才是他思考的重心,「生命」才是他關注的主題,因而,我們發現,在他詩歌裡所展現的歷史意識,歷史不只是提供借鑑而已,他甚至思考現在與未來的關係,表達對當代社會的批判與期許,對生命理想的渴慕與憧憬,對人生永恆價值的思辨與貞定,對宇宙中無以名狀的蒼茫又匆遽的美的渴望與求索。杜牧融鑄詩人之才情與史家之學識,在他的詩歌世界中,展現其精闢深雋的歷史意識,早就超越敘事詠史或抒情詠懷的層次,是以本論文將捨傳統「詠史詠懷」的研究方式,超越文學屬性特質,而標舉「歷史意識」,著重論述杜牧的歷史思維,肯定其在文學哲思上的成就,緣此,本節亦嘗試為「歷史意識」下一定義:「藉由歷史人物事件、或場景的反思,有自覺地省視其與自我、社會、人生、家國的關係後,所生發的情意與智識。」

第三節　杜牧詩歌中歷史意識的形成

一、晚唐政治背景

　　晚唐在歷史上正是社會、文化發生空前巨變的時期,安史之亂留下的藩鎮禍害,如影隨形攀附著帝國漸趨枯萎的枝椏。藩鎮首領多出身行伍小卒,祇知割據稱王,在其領域實行武裝統治,以田承嗣為例:

> 雖外受朝官,而陰圖身固,重加稅率,修繕兵甲,計戶口之眾寡,而老弱事耕稼,丁壯從征役,故數年之間,其眾十萬。仍選其魁偉強力者萬人以自衛,謂之衛兵,郡邑官吏,皆自署置,戶版不籍於天府,賦稅不入於朝廷,雖曰藩臣,實無臣節。﹝註13﹞

他們或「據險要,專方面,既有其士地,又有其人民,又有其甲兵,

年,頁 183。
﹝註13﹞　《舊唐書》〈田承嗣傳〉,鼎文書局,1998 年,頁 3837。

又有其財賦」，〔註 14〕不僅自奉甚厚，貽其子孫，威加百姓，更有甚者，擁兵自重「爲合從以抗天子」，〔註 15〕雖曾經歷憲宗、武宗的討伐，但終究陷入「一寇死，一賊生」〔註 16〕的發展模式，杜牧的〈感懷詩〉曾生動刻劃當時因藩鎮而起的社會亂象：

> 合環千里疆，爭爲一家事。逆子嫁虜孫，西鄰聘東里。急熱同手足，唱和如宮徵。法制自作爲，禮文爭僭擬。壓階螭鬭角，畫屋龍交尾。署紙日替名，分財賞稱賜。刳隍咸萬尋，繚垣疊千雉。誓將付屠孫，血絕然方已。〔註 17〕

詩中敘述宦官諸多醜行，或據地爲王，狼狽爲奸，或彼此通婚，沆瀣一氣，更有甚者，擅訂法令，僭越禮儀，整軍經武，誓傳子嗣，儼然以君王自詡，終於逐次斲傷著大唐帝國的經絡。

晚唐社會的第二禍害是宦官擅權，宦官擅權始於肅宗之世，他們由於參與唐王室繼承的政治鬭爭而日益坐大，最後「宦官之權，反在人主之上，立君、弑君、廢君，有同兒戲」，〔註 18〕自元和十五年憲宗爲宦官陳弘志、王守澄等殺害，直至唐帝國滅亡，共有穆宗、敬宗、文宗、武宗、宣宗、懿宗、僖宗、昭宗、哀宗等九個皇帝，其中七人爲宦官所立，而敬宗、文宗、武宗亦皆死於宦官之手。宦官專權之禍日益劇烈。再加上外廷士大夫與宦官的權力衝突，一切黨人均與宦官交結，其間發生過兩次大衝突，分別是永貞內禪、甘露之變，兩次皆由宦官獲勝，最後演變成「宮掖閹寺競爭之勝敗影響於外朝士夫之進退」，〔註 19〕大和九年的甘露之變，震驚朝野，杜牧義憤塡膺，不斷在詩歌中痛擊宦官惡行：

〔註 14〕《新唐書》卷五十〈兵志〉。鼎文書局，1998 年，頁 1328。

〔註 15〕《新唐書》卷二百一十〈藩鎮魏博列傳〉，鼎文書局，1998 年，頁 5921。

〔註 16〕同註十五。

〔註 17〕《樊川詩集注》，卷一。上海古籍出版社，1982 年，頁 28。

〔註 18〕趙翼，《二十二史箚記》卷二〈唐代宦官之禍〉，世界書局，1980 年，頁 262。

〔註 19〕陳寅恪，《唐代政治史述論稿》，臺灣商務印書館，1994 年，頁 88。

> 吾君不省覺，二凶日威武。操持北斗柄，開閉天門路。〔註20〕
> 紛紜白晝驚千古，鈇鑕朱殷幾一空。〔註21〕

也揭露權臣李訓、鄭注胡作非為、陷害忠良的醜陋：

> 狐威假白額，梟嘯得黃昏，馥馥芝蘭圃，森森枳棘藩，吠
> 聲喉國猘，公議怯脣門，竄逐諸丞相，蒼茫遠帝閽，一名
> 為吉士，誰免弔湘魂。〔註22〕

杜牧的友人李甘剛直不阿，忠貞愛國，不畏強權，在甘露事變後，堅持反對鄭注登相位，明言「當廷裂詔書，退立須鼎俎。」，〔註23〕後竟因而客死貶所，杜牧為此耿耿於懷，責備自己「膽薄多憂懼」，〔註24〕寫下「幽蘭思楚澤，恨水啼湘渚，悒悒三閭魂，悠悠一千年」，〔註25〕歌頌其對理想的執著與堅持，遙映屈原的幽蘭之質。當時士人劉蕡亦曾上疏諫言，痛斥宦官之害：「奈何以褻近五六人，總天下之大政，外專陛下之命，內竊陛下之權，威懾朝廷，勢傾海內，群臣莫敢指其狀，天子不得制其心，禍稔蕭牆，姦生帷幄。」〔註26〕然而這些士人皆因說出振聾發聵的諤諤之辭而慘遭閹豎嫉恨，客死他鄉，而終使朝臣噤不敢言，宦官勢力日漸囂張跋扈。

　　牛李黨爭是晚唐的的第三大禍害，起於憲、穆，終於武、宣，兩者之出身、政論、習性歧異，故各成一黨，牛黨為高宗之後科舉制度下拔擢的新興進士階級，主張對藩鎮言和，習性放浪不羈。李黨則是兩晉、北朝以來的山東士族，政治上主張對藩鎮用兵，嚴守禮法，〔註27〕兩黨之爭與其說是經學、文詞之爭，不如說是政治利益之爭，二黨互相傾軋，甚至加上宦官與之互鬥之局面，因而禍亂

〔註20〕同註十七。卷一，〈李甘〉，頁64。
〔註21〕同註十七，卷二，〈李給事二首〉，頁124。
〔註22〕同註十七，卷二，〈昔事文皇帝三十二韻〉，頁172。
〔註23〕同註十七。卷一，〈李甘〉，頁64。
〔註24〕同註二十三。
〔註25〕同上。
〔註26〕《唐文粹》卷三。世界書局，1972年，頁3。
〔註27〕陳寅恪，《唐代政治史述論稿》，臺灣商務印書館，1994年，頁81。

不絕，最後連唐文宗也要發出「去此朋黨實難」〔註28〕的感慨了。

　　這樣一個藩鎮割據、宦官擅權、牛李黨爭交互摧折的時代，晚唐岌岌可危之勢在風中飄搖，整個社會籠罩在破弊衰頹的氛圍中，正如司馬光通鑑中所說：「于斯之時，閹寺專權，脅君於內，弗能遠也，藩鎮阻兵，凌慢於外，弗能治也，士卒殺逐主帥，拒命自立，弗能詰也，軍旅歲興，賦斂日急，骨肉縱橫於於原野，杼機空竭於里閭。」〔註29〕現實的社會與政治，使熱情的杜牧發出激昂慷慨的批判，他的阿房宮賦，振古鑠今，爲「寶曆大起宮室，廣聲色而作」。〔註30〕身爲「世業儒學」〔註31〕的傳統知識份子，杜牧傳承了孔子以來「士」一階級的特色，以誠意、正心、修身、齊家、治國、平天下的內聖外王哲學爲生命最高的價值，他期望自己能「超越他自己個體和羣體的利害得失，而發展對整個社會的深層關懷」，〔註32〕因而立志要「平生五色線，願補舜衣裳，弦歌教燕趙，蘭芷浴河湟，腥膻一掃洒，凶狠皆披攘。生人但眠食，壽域富農桑」，〔註33〕雖然仕途偃蹇，他終究被排擠至權力的核心之外，但他關心體恤人民，在文章中盡是對人民處境的不忍與不平：

> 憲宗初寵于頔，來朝，以其子配以長女。皆挾恩佩勢，聚少俠狗馬爲事，日截馳道，縱擊平人，豪取民物，官不敢問，咸里相尚，不爲以爲窮弱。〔註34〕

熱情澎湃，強烈控訴豪取強奪的權貴，壓榨百姓的惡行。

　　他把握每一次外放的機會，爲民除弊，任職汴州時，發現當地因

〔註28〕　《舊唐書》卷一七六〈李宗閔傳〉，鼎文書局，1990 年，頁 4554。

〔註29〕　《資治通鑑》二四四卷，唐紀六十，文宗太和六年。

〔註30〕　《樊川文集》，卷十六，〈上知己文章書〉，漢京文化事業公司，1983 年，頁 241。

〔註31〕　同上註，卷十二，〈上李中丞書〉，頁 183。

〔註32〕　余英時著，《中國知識階層史論》古代篇。聯經出版公司，2001 年，頁 39。

〔註33〕　同註十七。卷一，〈郡齋獨酌〉，頁 46。

〔註34〕　同註三十，卷八，〈唐故歧陽公主墓誌銘〉，頁 ●。

貧富差距而造成勞役不均的現象，他提出：

> 某每任刺史，應是行夫及竹木瓦磚工巧之類，並自置板簿，
> 若要使役，即自檢自差，不下文帖付縣。若下縣後，縣令
> 付案，案司出帖，分付里正，一鄉只要兩夫，事在一鄉徧
> 著，赤帖懷中藏卻，巡門掠斂一徧，貧者即被差來。若籍
> 在手中，巡次差遣，不由里胥典正，無因更能用情。〔註35〕

身爲政務官，他認爲只有確實掌握百姓名冊，親自督導。方可避免
下層官員營私舞弊，迫害百姓。任職黃州刺史時，他爲因乾旱而飽
受荼毒之苦的百姓請命，表明願爲百姓犧牲性命的決心，祈求天降
百姓甘霖：

> 刺史性愚，治或不治，屬其身可也，絕其命可也，吉福殃
> 惡，止當其身。胡爲降旱，毒彼百姓。謹書誠懇，本之於
> 天，神能格天，爲我申聞。〔註36〕

眷眷情深，公忠爲民，令人動容。他內心的激情，在政治上屢受摧折，
尤其是黨爭，使他陷入痛苦的深淵，會昌六年秋，李黨失勢，牛黨得
權，杜牧或因曾不斷上書李德裕而爲牛黨誤解，因而不被重用，貶遷
睦州之際，感歎前途唯艱：

> 屈曲越嶂，如入洞穴，驚濤觸舟，幾至傾沒，萬山環合，
> 才千餘家，夜有哭鳥，晝有毒霧，病無與醫，饑不兼食，
> 抑喑偪塞，行少臥多。〔註37〕

困頓無望、鬱鬱寡歡，前景堪憂，彎曲迂迴的形勢正象徵內心的迂迴
千轉，在睦州任上更有進退維谷的慨嘆：

> 每遇時移節換，家遠身孤，弔影自傷，向隅獨泣。將欲漁
> 釣一壑，栖遲一丘，無易仕之田園，有仰食之骨肉，當道
> 每嘆，末路難循。〔註38〕

雖然仕途屢受挫折，但杜牧終究以家國爲念，晚年仍有〈上鹽鐵裴侍

〔註35〕同註三十，卷十三，〈與汴州從事書〉，頁197。
〔註36〕同註三十，卷十四，〈祭城隍神祈雨文〉二首，頁202。
〔註37〕同註三十，卷十四〈祭周相公文〉，頁205。
〔註38〕同註三十，卷十六，〈上吏部高尚書狀〉，頁238。

郎書〉，〔註39〕爲解決徵收鹽稅的弊病，積極建言獻策，始終保有對
社會的關注。

　　杜牧空有濟世熱情卻苦無用武之地，這矛盾的心情，使他很自然
表現爲深沈的思索，思索歷史人世盛衰興亡的哲理，正如查良球在分
析晚唐詩人的思考特性時所說：

> 黑暗的政治拒絕了他們的政治熱情，他們只得又回到學人
> 的本色上來了，他們只能以學者的方式來表現他們的存在
> 價值，多帶著學人的個性來思考現實政治問題，他們的目
> 光由現實轉向歷史，其思考方式多有史學化的傾向。〔註40〕

時代刺激了詩人，詩人在歷史中找到了紓解自我最好的方式，這是杜
牧詩歌中具有強烈歷史意識的重要因素，以歷史入詩，在詩中緬懷歷
史、批判歷史、批判現實、表現自我，也就成了杜牧關注現實的一種
特殊審美形式，而其獨特的歷史意識因此匯聚而成。

二、晚唐史學氛圍

　　唐代雖歷經藩鎮割據、宦官擅權、牛李黨爭等政治風暴，社會秩
序蕩然無存，生民塗炭，分崩離析。現實政治的黑暗，拒絕了文人們
的參政熱情，卻也激發了他們的思維，中唐以來，文人紛紛發表振衰
解弊的言論，他們的思考方式有漸趨史學化的傾向，如韓愈曾著《順
宗實錄》，凡「忠良奸佞，莫不備書，苟關于時，無所不錄」，〔註41〕
柳宗元寫作〈封建論〉〈非國語〉〈天對〉……等歷史文章，在〈封建
論〉中，以史家的犀利眼光分析封建制度的創立及沿革，李翱在〈答
皇浦湜書〉中曰：

> 「……故欲筆削國史，成不刊之書。用仲尼褒貶之心，取
> 天下公是公非以爲本。群黨之所謂是者，僕未必以爲是，
> 群黨之所謂非者，僕未必以爲非，使僕書成而傳，則富貴

〔註39〕同註三十，卷十三，頁196。
〔註40〕查良球著，《唐學與唐詩》，商務印書館，2001年，頁241。
〔註41〕《全唐文》，卷五四七，〈進順宗皇帝實錄表狀〉，

　　而功德不著者，未必聲名於後，貧賤而道德全者，未必不
　　烜赫於無窮」〔註42〕

因牛李朋黨之爭而思考出一套以「取天下公是公非以爲本」的著史標準，不以貧賤、富貴爲判斷之依據，這卓然不羣、剛正不阿的史識，擲地有聲。

　　而《通典》的出現，更是文人投身歷史，借歷史經世濟用，借歷史以抒救國熱忱的極致表現。杜佑因目睹安史之亂後「理道乖方，版圖脫漏，人如鳥獸飛走莫制，家以之乏，國以之貧，姦宄漸興，傾覆不悟」〔註43〕而寫作《通典》一書，懷抱著匡世濟俗的熱情，杜佑不再滿足於春秋「別嫌疑，明是非，定猶豫，善善惡惡，賢賢賤不肖，存亡國，繼絕世」（《史記》，太史公自序）僅以正名分、作殷鑒爲歷史的精神層次，他期許《通典》能落實政治，歷史能和政治合流，成爲實際可經世致用的史學，誠如《通典》序中所述：「所纂通典，實采群言，徵諸人事，將施有政」，〔註44〕「將施有政」明確表述了其治史的目的，至此，中國史學的經世思想，自精神層次發揮到治天下之道。〔註45〕

　　《通典》的致用性，一直爲後人所稱頌：「博取五經群史，及秦漢六朝人文集奏疏之有得失者，每事以類相從，凡歷代沿革，悉爲記載，詳而不煩，簡而有要，元元本本，皆爲有用之實學，非徒資記問者可比。」，〔註46〕它是史家以淵博的學養、濟世的熱情，激揚建構出的一套完美政治思想，史家懷著像文學家一樣的創造心情，用情感體會每一個人物，用理智思索每一件事、制度，在情感與理智的交會中，重新審視歷史的真相，這種把握歷史的方式，因而能對題材作多元化的思索，也能感同身受、設身處地，和歷史中的人事交融滙通，

〔註42〕　《全唐文》，卷六三五。
〔註43〕　《通典》卷七，〈食貨〉，
〔註44〕　《通典》卷一，自序。
〔註45〕　杜維運著，《中國史學史》冊二。三民書局，2000年，頁331。
〔註46〕　《四庫全書總目》，卷八一，史部政書類。

展現更深邃的體悟，而融鑄成其獨特的歷史意識。

三、杜牧家學背景

　　歷史彷彿杜牧宿命的志業，他出生於唐德宗貞元十九年（AD803）的世家大族，祖父杜佑歷任德宗、順宗、憲宗三朝宰相，但祖父杜佑、父親杜從郁在其幼年相繼過世，以致家道中落，生活困躓拮据，曾自述幼時生活曰：

> 某幼孤貧，安仁舊第，置於開元末，某有屋三十間。去元
> 和末，酬償息錢，為他人有，因此移去。八年中，凡十徙
> 其居，奴婢寒餓，衰老者死，少壯者當面逃去，不能呵制……
> 長兄以驢游丐于親舊，某與弟顗食野蒿藋，寒無夜燭，默
> 所記者，凡三周歲。〔註47〕

艱困的生活並未使他隳惰喪志，他反而深自惕勉，「讀書為文，日夜不倦」，〔註48〕甫成年，即博覽《左傳》、《國語》、十三代史書，〔註49〕祖父博學通達所營造的家風，杜牧一直引以為傲，嘗曰：

> 世業儒學，自高曾至於某身，家風不墜，少小孜孜，至今
> 不怠。〔註50〕

對於過往家風，念茲在茲，祖父杜佑經世致用的史學思想更深深影響著杜牧，使他特別關注「治亂興亡之跡，財賦兵甲之事，地形之險易遠近，古人之長短得失」，〔註51〕他繼承了祖父的志業，強調治史在通古變今，去短擷長，以應世之所需，嘗曰：

> 自漢已降，其有國者成敗廢興，事業蹤跡，一二億萬，青
> 黃白黑，據實控有，皆可圖畫，考其來由，裁其短長，十
> 得四五，足以應當時之務矣。〔註52〕

〔註47〕 同註三十，卷十六，〈上宰相求湖卅第二啟〉，頁244。
〔註48〕 同註三十，卷十六，〈上安州崔相公啟〉，頁239。
〔註49〕 同註三十，卷十，〈注孫子序〉，頁149。
〔註50〕 同註三十，卷十二，〈上李中丞書〉，頁183。
〔註51〕 同上註。
〔註52〕 《樊川文集》，卷十三，〈上池州李使君書〉，漢京文化事業公司，1983
　　　年，頁192。

又曰：

> 僕自元和已來，以至今日，其所見聞名公才人之所論討，
> 典刑制度，征伐叛亂，考其當時，參於前古，能不忘失而
> 思念，亦可以爲一家事業矣。〔註53〕

他論述治史之功效，在於應當時之務，著眼於現實政治的思考，與祖
父杜佑的史學理念，如出一轍。

　　史學的家世與教養，塑造了杜牧卓越的史識，面對晚唐的政治困
境如藩鎮割據，他曾在〈注孫子序〉〔註54〕中說：

> 及年二十，始讀《尚書》、《毛詩》、《左傳》、《國語》、十
> 三代史書，見其樹立其國，滅亡其國，未始不由兵也。主
> 兵者聖賢材能多聞博識之士，則必樹立其國也；壯健擊刺
> 不學之徒，則必敗亡其國也。然後信知爲國家者，兵最爲
> 大，非賢卿大夫，不可堪任其事，苟有敗滅，眞卿大夫之
> 辱，信不虛也。

杜牧在此不僅自述治學歷程，且他認爲兵事乃一國大事，主政者不僅須
多聞博識，更當知兵、重兵，方能承擔重責大任，他處處展現典閱史書、
融貫多識的見地，《新唐書》本傳中謂其「剛直有奇節，不爲齷齪小謹，
敢論列大事，指陳病利尤切至」，〔註55〕他的〈原十六衛〉〔註56〕回顧
府兵制產生、發展以及衰亡的歷史，肯定府兵制是抑止藩鎮割據最完善
的制度。而〈罪言〉〔註57〕則羅列自黃帝至當世的歷史事實，慷慨陳述
山東重要之戰略地位，向朝廷提出削平藩鎮的上、中、下三策，由於論
述擲地有聲，司馬光作《資治通鑑》甚至將此篇收錄其中。

　　杜牧不僅具有卓越的史識，他也以此告誡後輩「史書閱興亡」

〔註53〕　《樊川文集》，卷十三，〈上池州李使君書〉，漢京文化事業公司，1983
　　　　年，頁 192。

〔註54〕　《樊川文集》，卷十，〈注孫子序〉，頁 149。

〔註55〕　《新唐書》，列傳第九十一〈杜佑傳〉附。鼎文書局，1992 年，頁
　　　　5097。

〔註56〕　《樊川文集》，卷五，頁 89。

〔註57〕　《樊川文集》，卷五，頁 86。

〔註58〕的道理，亟欲傳承這累世的家業。而史家的人格修養甚至也成為其一生引領企及的生命典範，他曾在〈上宣卅崔大夫書〉〔註59〕中說：

> 司馬遷曰：「自古富貴，其名磨滅，不可勝紀。」靜言思之，
> 令人感動激發，當寐而寤，在饑而飽。

放眼千古，太史公對人生永恆價值的探究與體悟，激勵著在現實中傷痕累累的杜牧，使他心領神會，在困阨中不改其志。

杜牧不僅具有卓越的史學見識，表現在詩歌創作上，也自然展現出其獨特的歷史意識。胡震亨在《唐音癸籤》卷二五謂其「門第既高，神穎復雋，感慨時事，條畫率中機宜，居然具宰相作略」，可謂深得其奧。而源於這種對史學的深刻體悟，在詩歌創作主張上自然建構出一套獨特的詩歌審美觀，在〈答莊充書〉〔註60〕中：

> 凡文以意為主，氣為輔，以辭采章句為兵衛。……苟意不
> 先立，止於文彩辭句，繞前捧後，是言愈多而理愈亂，如
> 入闤闠，紛紛然莫知其誰，暮散而已。是以意全勝者，辭
> 愈樸而文愈高，意不勝者，辭愈華而文愈鄙，是意能遣辭，
> 辭不能成意。大抵為文之旨如此。

關於內容與形式的關係，即是人類內心情緒狀態如何透過藝術形式傳達出來，一直是美學上的重要論題，杜牧把文章分成意（思想內容）、氣（情感）、辭（辭藻）、章（章句）四部分，他認為「意能遣辭，辭不能成意」，強調思想內容主導藝術形式。在〈獻啟詩〉中他曾曰：

> 某苦心為詩，本求高絕，不務奇麗，不涉習俗，不今不古，
> 處於中間。〔註61〕

「高絕」即指內容之深刻蘊藉，超凡絕俗，即使面對自己的作品，他也用思想內容的「高絕」為標準，不肯造奇辭麗藻，也不願追隨當時

〔註58〕《樊川詩集注》，卷一，〈冬至日寄小姪阿宜〉，上海古籍出版社，1982年，頁9。

〔註59〕同上註，卷十三，〈上宣州崔大夫書〉，頁189。

〔註60〕《樊川文集》，卷十三，頁194。

〔註61〕《樊川文集》，卷十六，頁242。

流行的「元和體」，他曾痛批元、白詩曰：

> 詩者可以歌，可以流於竹，鼓於絲，婦人小兒，皆欲諷誦，
> 國俗薄厚，扇之於詩，如風之疾速。嘗痛自元和已來有元、
> 白詩者，纖豔不逞，非莊士雅人，多爲其所破壞。流於民間，
> 疏于屏壁，子父女母，交口教授，淫言媟語，冬寒夏熱，入
> 人肌骨，不可除去。吾無位，不得用法以治之。〔註62〕

杜牧引用李戡的意見，陳述自己對元白詩的憎惡，謂其「淫言媟語」，
敗壞世風，已到了要用法治消弭的地步，杜牧痛批元白，主要是因這
類作品的語言淺白、情感直露，與詩教的「莊」、「雅」、「溫柔敦厚」
互相違背，且元白體追求的詩藝術即口語俗話，致使內容缺少思想性
與創造性，更遑論歷史意識的展現。

他也以歷史意識的展現與否作爲批判詩歌的標準：

> 蓋騷之苗裔，理雖不及，辭或過之。騷有感怨刺懟，言及
> 君臣理亂，時有以激發人意。乃賀所爲，無得有是；賀能
> 探尋前事，所以深嘆恨今古未嘗經道者，如金銅仙人辭漢
> 歌、補梁庾肩吾宮體謠，求取情狀，離絕遠去筆墨畦徑間，
> 亦殊不能知之。〔註63〕

他認爲李賀的詩「理有不足」，在思想深度上未臻理想，但在辭藻上
卻能推陳出新，他尤其肯定李賀詩中引用歷史象徵朝代興衰的特質，
也應和了他深厚的史學觀。

杜牧受到晚唐政治背景、史學氛圍、個人家學背景的影響，具體
感受到歷史與個人生命的緊密聯繫，他不僅了解歷史的實用主義精
神，因而總能在歷史中尋繹應對人生的智慧，他也繼承了祖父把握歷
史的方式，以情以理，感受歷史、活化歷史，歷史在他的生命中已不
只是「構成人類的過去的所有事件與行動，或對這一過去的記載」而
已，而是一個個與他的生命融貫爲一的存在，他結合了學者的廣博和

〔註62〕《樊川文集》，卷九〈唐故平盧軍節巡官，隴西李府君墓誌銘〉，頁
136。

〔註63〕《樊川文集》，卷十，〈李賀集序〉，頁148。

精審與政治家的思想及詩人的理想與深情，因而在詩歌中展現出獨特
而深雋的歷史意識。

第四節　杜牧詩歌中的歷史意識

　　杜牧以厚實的史學涵養，在面對詩歌時，又總是追敘眞人實事，
「遙體人情，懸想時勢，設身局中，潛心腔內，忖之度之，以揣以摩，
庶幾入情合理」，〔註64〕像一個歷史學家，不僅用理智，也用情感去
揣想，正如唐君毅先生在闡述詩人與歷史的關係時曾說：

> 一切歷史性人物事蹟，經由詩人的歌詠，其原在公共時空
> 中之定位，即皆活轉，而遠者如近，近者如遠，古者如今，
> 今者如古。……在詩人心中，其貫通遠近今古之道，或直
> 接以其心，同時念古今，念遠近，而將之納於當下一念；
> 或憑當前之物，爲古今遠近的人所共見共知的，即以此物
> 而貫通之，而不爲歷史與現實的時空所限制。〔註65〕

透過詩人的同情共感，詩人與歷史彷彿合而爲一，歷史走入了詩人的
生命，成爲詩人內心世界的投射，詩人在歷史的邏輯中意識到繁華如
夢、人生無常的悲劇性，尋找自我生命的安頓與定位，或諷論現實，
或論斷是非，甚至在其中照鑑人格生命的典範，思辨生命的永恆價
值，歷史，不再只是煙銷雲散的往事，而是一個巨大豐富的內蘊。以
下將透過（一）歷史意識中的悲劇性（二）歷史意識中的批判性（三）
歷史意識中的理想性，探索杜詩中的歷史意識。

一、歷史意識中的悲劇性

　　深情是杜牧悲劇的來源，也是創作的泉源，李商隱曾作〈杜司勳〉
贈杜牧：

> 高樓風雨感斯文，短翼差池不及群，刻意傷春復傷別，人

〔註64〕錢鍾書，《管錐篇》冊一，頁166。
〔註65〕《民主評論》，第十五卷第十四、十五、十六期。

　　　　間惟有杜司勳。

就「傷春」而言，一指感傷時事、憂心國家命運的心情，一則泛指對
人間所有美好事物的傾頹與消逝所感受到的憂感與悲傷。杜牧〈惜春〉
一首曰：

　　　　春半年已除，其餘強爲有。即此醉殘花，便同嘗臘酒。悵
　　　　望送春盃，殷勤掃花帚。誰爲駐東流，年年長在手。〔註66〕

更是這種情愫的極致展現，深情的詩人總是要擁抱人生中所有的美
好，無奈美好事物如流水東逝，僅能對著殘花以酒相送，殷勤地爲花
的生命作最後一次珍重凝視。

　　對於時間，杜牧是敏感的，在他的詩中，時間總被當作是一種「賦
予生活以魅力的東西的特性」〔註67〕來鑑賞，「今日鬢絲禪榻畔，茶
煙輕颺落花風」〔註68〕歲月染上霜華，在吹落鮮花的風中輕輕的飛
揚、散去……，詩人宛若不捨前去的茶煙，在飄忽的時光、把握不住
的刹那中。

　　歷史是時間的串連，時間是歷史化整爲零的單位，因而詩人的歷
史意識也深受其時間意識的影響，敏銳的時間意識成爲他詩歌中的基
調：

　　　　前年鬢生雪，今年鬢帶霜，時節序鱗次，古今同雁行……
　　　　地頑壓不穴，天迴老不僵，屈指百萬世，過如霹靂忙，人
　　　　生落其內，何者爲彭殤……〔註69〕

詩人震懾於天地的浩瀚無垠，時間如大鷹，成群而逝，渺小如微塵的
生命，終究是歷史長河如露如電、如夢幻泡影的存在，他的〈汴河阻
凍〉：〔註70〕

〔註66〕 《樊川詩集注》，卷一。上海古籍出版社，1982 年，頁 86。以下本
　　　　論文引用杜牧作品，均以此版本爲依據。
〔註67〕 路易・加迪等著，鄭樂平、胡建平譯，《文化與時間》，〈中國人思維
　　　　中的時間經驗知覺和歷史觀〉，淑馨出版社，1989 年，頁 29。
〔註68〕 同註六十六，〈題禪院〉卷三，頁 245。
〔註69〕 同註六十六，卷一，〈郡齋獨酌〉，頁 46。
〔註70〕 同註六十六，卷四，頁 285。

　　千里長河初凍時，玉珂瑤珮響參差，浮生恰似冰底水，日
　　夜東流人不知。

〈重題絕句〉

　　郵亭寄人世，人世寄郵亭，何如自籌度，鴻路有冥冥。〔註71〕

〈望故園賦〉

　　萬世在上兮百世居後，中有一生兮孰爲壽夭，生即不足以
　　紐佩兮，顧他務之纖小。

這些詩用「冰底水」、「郵亭」形容人生的短暫匆遽與「萬世」相比的
虛渺，詩人在回憶中得到的盡是「悲哀的認識」，〔註72〕相對於歷史
長河，人生是荒誕、瑣碎、細小的存在。尤其他的〈題桐葉〉：

　　江樓今日送歸燕，正是去年題葉時。葉落燕歸眞可惜，東
　　流玄髮且無期。笑筵歌席反惆悵，朗月清風見別離，莊叟
　　彭殤同在夢，陶潛身世兩相遺，一九五色成虛語，石爛松
　　薪更莫疑……〔註73〕

表現了對過往的惋惜與眷戀，歷史終究像幻影，不可捉摸，使詩人的
悲傷流盪在生命中的每一個美好場景：「笑筵歌席」、「朗月清風」，徒
增惆悵，人生是一場夢，五色金丹是虛妄，石爛松薪的滄桑幻化才是
眞相，處在萬世與百世之中的刹那生命，只好學會看待這虛誕的方
式，要不，就選擇相遺忘。

　　正因如此，對於時間在脆弱的生命中輾轉的痕跡，詩人總是感觸
良深，他的〈張好好詩〉〔註74〕正是「感舊傷懷」（詩序）後的體悟，
以敏銳的時間之感，書寫張好好在短短六年間的際遇變化，借時序遷
移的時間風景，暗喻人生無常的悲情，由昔日張好好得寵時的「龍沙
看秋浪，明月遊東湖」的笙歌麗日，寫到「雙漪謝樓樹，沙暖句溪蒲」，
同是秋日，卻暗喻著幸福流光一點一滴的流失，終於「門館慟哭後，

〔註71〕　同註六十六，卷四，頁 292。
〔註72〕　何冠驥，〈中英詩中的時間觀念〉，《中外文學》。
〔註73〕　同註六十六，卷二，頁 163。
〔註74〕　同註六十六，卷一，頁 53。

水雲秋景日，斜日掛衰柳，涼風生座隅」，依舊是秋日，卻是失去了
顏色的悲秋，在沈傳師去世之後，張好好以當壚賣酒結束了風華歲
月。詩人在人的生命流轉中，閱歷了時間的無情、生命的虛無，歷史，
恍然一夢。又如〈杜秋娘〉〔註75〕序曰：

> 杜秋，金陵女也。年十五，爲李錡妾，後錡叛滅，籍之入
> 宮，有寵於景陵，穆宗即位，命秋爲皇子傅姆，皇子壯，
> 封漳王。鄭注用事，誣丞相欲去己者，指王爲根，王被罪
> 廢削，秋因賜歸故鄉，予過金陵，感其窮且老，爲之賦詩。

杜牧以敏銳的時間意識，感知了杜秋娘一生的虛誕與悲哀，「感其窮
且老」，一個「老」字，也是時間摧折的痕跡，寫杜秋娘坎坷的一生，
二十七年的宮中生活，竟經歷了四任君王，他爲杜秋娘感慨不平，詩
人對時間的敏銳充塞在：

> 「雷音後車遠，事往落花時」〔註76〕
> 「四朝三十載，似夢復疑非，潼關識舊吏，吏髮已如絲，卻
>   喚吳江度，舟人那得知，歸來四鄰改，茂苑草菲菲。」〔註77〕

時移事遷，歲月幻化人生的力量，使杜牧歔欷慨歎，時間如刺蝟，
刺痛他的脆弱熱情，他哀婉的質問：「自古皆一貫，變化安能推」，「女
子固不定，士林亦難期」，痛心的原來是實現自我的落空與絕望，於
是他像屈原的〈天問〉，對歷史、對人生，生發出一長串的問號：「主
張既難測，翻覆亦其宜，地盡有何物，天外復何之，指何爲而捉，
足何爲而馳，耳目何爲而聽，木何爲而窺，己身不自曉，此外何思
惟」，指天問地，慨歎福禍無常，終究仍無以安撫這時間、歷史撩動
人的創傷。

　　深情如杜牧，一生最大的悲劇即在於懷著如是深重、纖細、多感
的情愫，卻必須一次次在時間的摧折中形銷骨毀，童年的家道中落，命
運無情索盡他來不及擁有卻極致渴慕的輝煌家世，青年時「不得君王丈

〔註75〕同註六十六，卷一，頁35。
〔註76〕同上註。
〔註77〕同上註。

二叉」〔註78〕的壯志難酬，面對政治的黑暗險惡，弟弟杜顗的嚴重眼疾，使他已有「景物不盡人自老，誰知前事堪悲傷」，〔註79〕中年以後中酒花前，贏得青樓薄倖名，終成綠葉成蔭之慨，及至晚年「自笑苦無樓護智，可憐鉛槧竟無功」，〔註80〕深體重建唐王朝的無望，面對生命中所有美好的憧憬一一落空，杜牧在時間之流黯然神傷，他感受到歷史的蒼茫與悲哀，於是他以最靈敏的感受突破時空的扞格，將轟然前去的歷史拆解成一段段時間的場景，在登山臨水的遊歷中，照鑑了生命的荒涼與虛無，與歷史展開一場雋永的對話。他的〈題敬愛寺〉：

　　　暮景千山雪，春寒百尺樓，獨登還獨下，誰會我悠悠。〔註81〕

開成元年，三十四歲的詩人在暮色蒼茫的皚皚雪景中，登上了洛陽敬愛寺，面對現實政治的殘破與絕望，詩人翻唱著陳子昂「前不見古人，後不見來者，念天地之悠悠，獨愴然而涕下」的感傷基調，詩人把自己置放在歷史的長河中，一面透露著躊躇滿志、曲高和寡，彷彿古往今來皆在自己的感通中的孤高明澈，一面也意識到上下無依，往者已矣，來者未至的絕望孤獨、虛無與蒼涼，兩個「獨」字更洩露了自己的孑然無助。這複雜的心境正是典型的中國悲劇意識之展現，唐君毅先生曰：

　　　中國的悲劇意識，唯是先依於一自儒家而來之愛人間世及其歷史文化之深情；繼依於由道家、佛教之精神而來之忘我的空靈心境、超越智慧，直下悟得一切人間之人物與事業，在廣宇悠宙之下之「緣生性」、「實中之虛幻性」而生。此種虛幻性，乃直接自人間一切人物與事業所悟得，於是「虛幻性」之悟得，亦可不礙吾人最初於人間世所具之深情。既嘆其無常而生感慨，亦由此感嘆，而更增益深情，更肯定人間實在，於是成一種人生虛幻感與人生實在感之

〔註78〕同註六十六，卷二，〈聞慶州趙縱使君與黨項戰中箭身死長句〉，頁140。
〔註79〕同註六十六，卷一，〈大雨行〉，頁103。
〔註80〕同註六十六，卷二，〈長安雜題長句六首〉，頁116。
〔註81〕同註六十六，卷三，頁246。

交融。〔註82〕

原來杜牧的悲哀是來自儒家對現實深重承載的熱情，卻又體悟一切人物、事業皆為虛幻的道家智慧，兩相交融成如此糾葛、剪不斷理還亂的複雜情愫。

有時這種悲哀與朝代的衰頹結合而崩迸出這樣的詩句：

> 長空澹澹孤鳥没，萬古銷沈向此中。看取漢家何事業，五
> 陵無樹起秋風。（〈登樂遊原〉）〔註83〕

此詩乃詩人憑弔漢代五陵時的感慨。首句寫廣漠浩瀚的長空中，飛鳥杳無踪跡，在景物的蕭索淒清中渲染懷古的悲情，二句寫萬古往事銷沈一空，興廢有時，盛衰無常，一切化為烏有。末二句表達對漢代盛世已化為陳跡的無奈與感傷，對滿懷救世熱情又亟欲力挽狂瀾、振衰興弊的杜牧而言，漢代正是一面光可鑑人的歷史明鏡，照鑑了唐末的命運也打擊著杜牧內心殘存的最後一線希望，此詩可謂寄慨深遠。另一首〈過勤政樓〉，更是這種心態的呈現：

> 千秋佳節名空在，承露絲囊世已無，唯有紫苔偏稱意，年
> 年因雨上金鋪。〔註84〕

勤政樓是唐玄宗處理朝政、行大典的宮殿，樓南面題「勤政務本之樓」，表現玄宗當年欲勵精圖治、勤政愛民的偉大襟抱。千秋節本為紀念慶賀玄宗誕辰而設，當日全國休假，互相帶著預先備好的承露囊，相互餽贈，以示慰問祝福之意。詩人撫今日之破敗凋敝，心生無限感慨，所有美好的用心與儀式，卻在安史之亂後完全被摧毀。末二句以紫苔滋長爬上金鋪的誇張寫法，反襯唐帝國的衰頹，「偏稱意」三字道出萬物凋零，唯紫苔茂密，曲婉廻旋地寫出了帝國永遠的創傷，而相對於王朝的傾覆，詩人在繁華如夢的人生中看見的其實是更巨大的蒼茫，其他如〈故洛陽城有感〉〔註85〕也有著相似的感慨。

〔註82〕 唐君毅，《中國文化之精神價值》，正中書局，2000 年，頁 360。
〔註83〕 同註六十六，卷二，頁 140。
〔註84〕 同註六十六，卷二，頁 130。
〔註85〕 同註六十六，卷三，頁 191。

> 一片宮牆當道危，行人爲汝去遲遲。畢圭苑裡秋風後，平
> 樂館前斜日時。
> 鋼黨豈能留漢鼎，清談空解識胡兒。千燒萬戰坤靈死，慘
> 慘終年鳥雀悲。

而這種幻滅之感，也表現在對六朝人物、景物的憑弔或回顧，因爲東吳、東晉、宋、齊、梁、陳轉瞬即逝的朝代遞嬗，使人更能體現其中的歷史教訓，進而體悟人生的幻滅之感，例如〈江南春絕句〉：

> 千里鶯啼綠映紅，山村水郭酒旗風，南朝四百八十寺，多
> 少樓臺煙雨中〔註86〕

詩人在春天的黃鶯巧囀聲中來到江南，山河秀麗，風景如織，紅綠相映，山村水郭，酒旗飄飄，迷人的春色、光影、處處是時間流盪的痕跡，這一切使人如痴如醉，詩人突然意識到歷史中的朝代與廢，遞嬗無常。根據南史卷七十〈郭祖琛傳〉：

> 時帝大弘釋典，將以易俗，故祖深尤言其事，條以爲都下
> 佛寺五百餘所，窮極宏麗，僧尼十餘萬，資產豐沃。所在
> 郡縣，不可勝言。〔註87〕

在當時耗資與建，盛況空前的佛寺，雖然仍屹立在煙雨之中，但興建它們的王朝呢？早已灰飛煙滅，化爲塵土，詩人利用今昔對比，物是人非，深刻傳達了歷史的滄桑無情，人生荒蕪的悲劇性。又如〈題宣州開元寺〉：

> 南朝謝朓城，東吳最深處，亡國去如鴻，遺寺藏煙塢，樓
> 飛九十尺，廊環四百柱，高高下下中，風繞松桂樹，青苔
> 照朱閣，白鳥兩相語，溪聲入僧夢，月色暉粉堵，閱景無
> 旦夕，憑欄有今古，留我酒一罇，前山看春雨。〔註88〕

開元寺設置於東晉，原名永安，唐開元二十六年改爲開元寺，〔註89〕詩作於文宗開成三年，詩人在文宗大和四年時曾隨沈傳師在宣州寄寓

〔註86〕同註六十六，卷三，頁201。
〔註87〕《二十五史》《南史》，卷七十，〈循吏傳〉，藝文印書館，頁798。
〔註88〕同註六十六，卷一，頁100。
〔註89〕《唐會要》卷四十六。

三年，舊地重遊，因而發而為詩。前四句描寫南朝時位於東吳最中部的謝朓城，如今已渺無踪跡，只留下開元寺在煙霧飄渺的深山之中，「樓飛」以下二句描述寺院的壯闊雄渾之姿，「高高下下中」以下六句則敘寫寺院清麗靜謐幽美的風致，這六句正是詩人拆解歷史後的對時間的永恆印象。松樹桂樹雜陳，在風中喁喁作響，歷史的苔痕累累，像要攀爬上艷艷的紅樓；「白鳥兩相語」一句輕鬆藉一對白鳥的竊竊低語，鋪寫自然的清倩可愛，「溪聲」二句，看似靜謐優美，實則暗寓時光消逝的無情，走入僧侶夢境中的涓涓細流之聲與白牆上推移前進的月色，正象徵著時光分分秒秒匆遽消逝的無情之姿，而歷史亦正如月色、如溪聲，亙古依舊、永不止息，究竟修道中的僧侶在夢中體悟的是永恆的刹那、亦或是刹那的永恆？從未曾參禪悟道的杜牧，始終有一種能超越時空、凝聚時空中的刹那於亙古歷史長河中觀察與思維的敏銳能力，只是這靈光乍現的領悟，並未使他參悟人生，他反倒在今古的恍惚對照中，徒見惆悵與迷惘，由歷史照鑑的生之悲劇，令人低廻不已，在「憑欄有今古」中認清了生的現實，於是只好在淺斟低酌中，無奈地看著這蒼茫的春天綿綿的雨絲。

在憑弔金谷園的時候，他寫道：

> 繁華事散逐香塵，流水無情草自春，日暮東風怨啼鳥，落花猶似墜樓人。〔註90〕

金谷園位於洛陽西北金谷澗，是西晉富豪石崇的別墅，在唐時已荒廢，僅能供人憑弔，而綠珠事見《晉書》卷三十三〈石苞傳〉附〈石崇傳〉：

> 崇有妓曰綠珠，美而艷。孫秀使人求之。崇時在金谷別館，登涼臺，臨清流，婦人侍側。侍者以告，崇勃然曰：綠珠吾所愛，不可得也，竟不許。秀怒，乃矯詔收崇。崇正宴于樓上，介士到門，崇謂綠珠曰：我今為爾得罪。綠珠泣曰：當效死于君前。因自殺于樓下而死。〔註91〕

〔註90〕 同註六十六，《樊川別集》，頁 337。
〔註91〕 房玄齡等撰。卷三十三，鼎文書局，1979 年，頁 1004～1008。

全詩以金谷園中的歷史陳蹟爲主軸，首句本自王嘉《拾遺記》：

> 石季倫（崇）屑沉水之香如塵末，佈象床上，使所愛者踐
> 之，無迹者賜以眞珠

以美女們踐踏沈香粉末的歷史剎那，摹寫石崇豪奢靡爛的生活，點出繁華如夢，終無迹可尋。次句以「流水無情草自春」寫自然的「無情」，無視人世的幾度滄桑，依然兀自展現春色盎然的意態。詩人將這繁華自滅的人生和大自然的無情，兩相對照，益加體現了生命的悲劇性。最後在春天的暮色中，徘徊不能自己的詩人，只能聽任啼鳥哀鳴悲淒無奈，而在乍見落花的同時，末句巧妙以「落花猶似墮樓人」凝聚歷史的過往與現在交疊錯置的剎那，落花與當年墮樓的綠珠，在恍兮惚兮的照會中合而爲一了，彷彿成了歷史不止息的悲劇旋律。詩人以個別的歷史事件爲基調，抒發的卻是生命的短暫虛空與亙古不能逃脫的人生虛無之悲劇。盛唐詩人李文清曾以〈詠石季倫〉爲題，寫作詩歌：

> 金谷繁華石季倫，只能謀富不謀身，當時縱與綠珠去，猶
> 有無窮歌舞人。

這首詩旨在表達石崇雖富可敵國，卻「謀富不謀身」，無法拯救綠珠的悲哀，對財富的價值與意義，提出了深刻的質疑，而杜牧此詩則早已超越人生貧富的思考，直探生命的眞相，突顯悲劇的人生，繁華如夢幻的本質。

　　在登山臨水，尋幽訪勝中，杜牧的歷史世界裏流溢著生命巨大的荒涼與虛無，〈池州廢林泉寺〉正是這種心境最好的寫照：

> 廢寺碧溪上，頹垣倚亂峰，看棲歸樹鳥，猶想過山鐘，石
> 路尋僧去，此生應不逢。〔註92〕

零落的山峰旁盡是斑駁傾圮的斷垣殘壁，清溪旁是一座被歲月蝕融的破落古寺，荒煙蔓草中，僅有歸巢倦鳥，寺廟的鐘聲，當年如何敲響這寂寞的山寺？詩人發思古之幽情，在廢林泉寺深體興廢無常之道理，末二句輕倩托出生命短暫渺小的絕望慨歎，隱約敘寫人生

〔註92〕同註六十六，卷三，頁214。

的迷離。

二、歷史意識中的批判性

　　不論是東方或西方的歷史傳統，都把借鑑歷史、懲惡揚善、垂教後世當作是史學的崇高目標，西方歷史家（Edward. H. Carr）說：

> 歷史家的任務，既不是喜愛過去，也不是脫離過去，而是控制和了解過去，作為了解現在的關鍵。〔註93〕

說明了歷史鑑往知來的意義。中國上古時代也已盛行這種觀念：

> 殷鑒不遠，在夏后之世。（《詩經》〈蕩〉）
>
> 我不可不監于有夏，亦不可不監于有殷。（《尚書》〈召誥〉）
>
> 夫春秋上明三五之道，下辨人事之紀，別嫌疑，明是非，定猶豫，善善惡惡，賢賢賤不肖，存亡國，繼絕世，被散起廢，王道之大者《史記，太史公自序》

　　清楚標舉了以春秋褒貶大義為史學傳統的旗幟，從此中國史學傳統即依於某種特殊的道德理念，對歷史事件或人物，進行著價值的判斷，而中國的知識份子也把重構歷史事件或解釋歷史，當作是宣揚自我政治理念或道德標準的方式。杜牧秉持著這份對歷史的莊嚴信念，他要在詩歌中寓褒貶大義，他以過人的學識才情及深厚的史學素養，選擇適當的歷史人物與事件，通過追憶與批評，思考他們和現實的牽連，或批判現實，或評斷史實，或臧否是非、月旦人物，茲分（一）評斷史實（二）月旦人物兩部分論述之。

（一）評斷史實〈或進而批判現實〉

　　杜牧一向對「治亂興亡之跡」（〈上李中丞書〉）潛心思考，對帝國的興廢，有鞭闢入裡的見識，在詩中，他經常以歷代荒淫誤國的國君為對象，探究興廢繼絕之理。他的〈揚州〉三首之三：

> 街垂千步柳，霞映兩重城，天碧臺閣麗，風涼歌管清，纖腰間長袖，玉珮雜繁纓，柂軸誠為壯，豪華不可名，自是

〔註93〕　《歷史論集》，幼獅文化事業公司，1983 年，頁 19。

　　荒淫罪，何妨作帝京〔註94〕

此詩批判隋煬帝，展現春秋褒貶大義的批判精神。杜牧曾在揚州任
淮南節度府推官，揚州在他的印象中是「駿馬宜閑出，千金好暗投，
喧闐醉年少，半脫紫茸裘」(〈揚州三首之一〉)的奢靡華麗之都，是
「蜀船紅錦重，越橐水沉堆」的富庶之都，杜牧顯然對位於長江與
大河交會處商業繁榮、市井華奢的揚州有深入的體驗與觀察，而隋
煬帝當時都長安，卻在揚州大興驪宮，流連不去，並有遷都之議，《隋
書》：「大業十一年（AD615），帝國幸江都，……是年盜賊蜂起，道
路隔絕，帝懼，遂無還心，……由是築宮丹陽，將居焉。功未就而
帝被殺」，〔註95〕認爲煬帝因迷戀揚州而導致亡國，揚州似乎成了墮
落的淵藪，但詩人卻反駁此說，首二句刻劃揚州街道柳影婆娑、霞
光掩映的迷人景象。三、四句舖寫揚州秀麗的亭臺樓閣與清風中明
亮悠揚的樂音繚繞，五六句則敘述往來其間的仕女貴族、纖腰玉珮
的曼妙風致，七、八句則形容此地依山傍水、形勢壯闊、建築豪華、
不可一世，末二句則點出主題：遷都揚州不是滅亡之因，煬帝荒淫
無道、沉溺逸樂之中，才是禍亡之由。詩人在此嚴厲批判了荒誕的
君王，還原了歷史的眞相，具史識卓越、鏗鏘不凡，胡震亨謂杜牧
「門第既高，神穎復雋，感慨時事，條畫率中機宜，居然宰相作略」，
〔註96〕讚美其議論犀利，切中要害，爲難得的將相之才，可謂深知
杜牧矣。又如：〈臺城曲〉二首

　　整整復斜斜，隋旌簇晚沙，門外韓擒虎，樓頭張麗華，誰
　　憐容足地，卻陷井中蛙。

　　王頒兵勢急，鼓下坐蠻奴，潋灩倪塘水，叉牙出骨鬚，乾
　　蘆一炬火，迴首是平蕪。〔註97〕

　　臺城是三國時吳國的後苑城，後爲東晉、宋、齊、梁、陳各朝的

〔註94〕　同註六十六，卷三，頁195。
〔註95〕　《隋書》〈五行志〉。
〔註96〕　《唐音癸籤》卷二五，木鐸出版社，1982年，頁271。
〔註97〕　同註六十六，卷四，頁260。

臺省和宮殿所在。這組詩以批判陳後主荒淫誤國爲主題。第一首前兩句描寫隋軍蓄勢待發、虎視眈眈，隨時豎起軍旗準備攻陷陳國城門。三、四句刻劃陳後主的荒誕醜態，瀕於亡國卻仍眷戀著與寵妃張麗華飲酒作樂的情景。五、六句寫這群君王后妃的荒唐與無知，竟羨慕起能藏身井底的青蛙，卻毫無反省羞赧之意。

　　第二首首二句描寫隋朝將軍王頒發動猛烈攻勢，陳國將領任忠等紛紛投降，三、四句寫陳高祖當年創業維艱建立陳國，未料陳滅以後，竟被掘墓焚屍，末二句則述國亡城毀，臺城終成一片廢墟。兩首詩論說簡約，以理性思維批判了陳國滅亡之理。他的〈過驪山作〉：

> 始皇東遊出周鼎，劉項縱觀皆引頸。削平天下實辛勤，卻爲道旁窮百姓。黔首不愚爾益愚，千里函關囚獨夫。牧童火入九泉底，燒作灰時猶未枯。〔註98〕

杜牧一向深察治亂興亡之跡，他又身處晚唐頹圮傾覆之勢，二十二歲即作〈阿房宮賦〉，批判唐敬宗「大起宮室、廣聲色」〔註99〕之弊，提醒唐敬宗以秦驕奢淫逸滅國的歷史爲鑑，否則將使「後人而復哀後人也」（〈阿房宮賦〉）。本詩爲詩人行經陝西臨潼東南秦始皇墳墓時有感之作。詩人以律體型式延續〈阿房宮賦〉借古諷今的主題。首二句巧妙剪輯始皇東遊尋周鼎與劉項引頸縱觀兩件不同時空下的歷史事蹟，合而爲一，爲三、四句預設伏筆，點出秦王朝雖辛勤得天下，最後卻仍爲道旁縱觀的劉邦取得天下的悲哀，而秦失敗的關鍵正在於始皇之「愚」與黔首之「不愚」，以「獨夫」謂始皇正表現了杜牧對殘賊仁義者的深惡痛絕。末二句描述始皇死後，牧童不愼引燃陵墓的意外，龐大的帝國終付之一炬的慘狀，詩人以高度精緻委婉的語言，借古諷今，表達了他對秦帝國的批判與對當世的勸諫之意。而他的〈過華清宮〉絕句三首之一：

〔註98〕 同註六十六，卷一，頁87。
〔註99〕 《樊川文集》，卷十六，〈上知己文章啓〉，漢京文化事業公司，1983年，頁241。

長安迴望繡成堆，山頂千門次第開，一騎紅塵妃子笑，無
人知是荔枝來。〔註100〕

第一首根據《新唐書》〈后妃傳〉：「妃嗜荔支，必欲生致之，乃置騎傳
送，走數千里，味未變已至京師」，〔註101〕故選擇明皇爲取悅貴妃不惜
勞役百姓一事爲鋪寫之重點。首句描寫華清宮所在的驪山之景致，由長
安望驪山，花團錦簇，如大塊假我之文章，美不勝收。次句述華清宮中
壯麗雄偉的宮殿中之千門萬戶，次第展開。三句以「一騎紅塵」寫奔波
勞擾的專使，與「妃子笑」兩相對比，終於揭開了「千門次第開」原爲
專寵之美人所愛之荔枝。「妃子笑」更靈巧串連周幽王點烽火博褒姒一
笑而終致亡國的典故，含蓄婉轉地批判了唐玄宗亦爲取悅妃子，不惜勞
師動眾、傾國傾城的昏昧愚駭，全詩不著聲色，含蓄蘊藉，痛下議論，
含不盡褒貶之義。又〈過華清宮〉絕句三首之二：

新豐綠樹起黃埃，數騎漁陽探使回，霓裳一曲千峰上，舞
破中原始下來

此詩因唐玄宗寵信安祿山，不察其反，終導致安史之亂而作。詩人根
據《新唐書》〈安祿山傳〉（當年皇太子及宰相屢言祿山反，帝不信。）：
「楊國忠屢奏祿山必反。十二載，玄宗使中官輔璆琳覘之，得其賄賂，
盛言其忠」〔註102〕首二句點出關鍵的歷史場景：探使正由漁陽經新
豐回長安，準備傳遞受賄之後的不實情報。探使在疾馳中激揚起滾滾
黃沙，正暗示著驚天動地的戰火一觸即發，巧妙刻劃出玄宗的昏聵與
安祿山的詭詐。首二句誇張描寫一曲霓裳不僅可達千峰之上，且能破
中原，諷刺唐玄宗沉湎逸樂，夜夜昇歌、醉生夢死，終致中原殘破、
國家敗亡。

其〈過華清宮〉絕句第三首：

萬國笙歌醉太平，倚天樓殿月分明，雲中亂拍祿山舞，風
過重巒下笑聲。

〔註100〕同註六十六，卷二，頁138。
〔註101〕同註十四，卷七六〈后妃上〉，頁3495。
〔註102〕同註十四，卷二百上，頁5369。

此詩亦根據《舊唐書》〈安祿山傳〉：「玄宗前作胡旋舞，疾如風馬」。
全詩著力描寫笙歌太平、月明之夜，玄宗完全無察於安祿山已有異
心，仍夜夜高枕無憂，縱酒笙歌，甚至爲其胡旋舞亂拍助興，詩以
特寫方式誇大祿山舞這一歷史場景，構思新奇巧妙，再次以犀利而
尖銳的筆調鞭撻了君王的愚行。清黃白石《賀黃公載酒園詩話評》：

> 唐人妙處，正在隨拈一事，而諸事俱包括其中。若如許意，
> 必要將社稷存亡等字面眞眞寫出，然後贊其議論之純正。
> 具此詩解，無怪宋詩遠隔唐人一塵耳

杜牧以詩人含蓄蘊藉之筆，史家清明理性之智，巧妙擷取具體的史事
爲主軸，以送荔枝、霓裳曲、祿山舞三件典型化的事件，對唐代由盛
而衰的轉捩點，作出了歷史性的回顧與省思，以高妙的文學技巧擺脫
了史家說理議論的僵化模式與詩人感傷絕望的頹靡情緒，不僅活化了
歷史的生命，刻劃了歷史人物的血肉精神，使人對造成興盛衰亡的人
物，生發無限慨歎，而且其評斷論述，隱微含蓄，對統治階層無斧鑿
之痕地作了道德的譴責，更是精闢獨到，展現了一個偉大史家的風範。
正如袁枚所說：「讀史詩無新義，便成《二十一史彈詞》。雖著議論，
無雋永之味，又似史贊一派，俱非詩也。」〈隨園詩話卷九〉這些詩既
無一般詠史詩之囿於史事，而了無新義，亦無史家論贊之剛毅嚴正，
而了無詩意，作者在駕馭自如、輕鬆點化的歷史片段中，對歷史作出
了最嚴苛精準的褒貶。「不管歷史如何複雜多變，歷史家的道德評判應
以人性的尊嚴，人的自由、完善和幸福不受凌虐爲基本尺度」，[註103]
而在上述的作品中，杜牧總是站在廣大黎民庶子的角度，考量人的自
由與尊嚴，勇敢批判暴君昏君，若用此歷史家的角度去評價杜牧，他
也不愧爲一偉大史家！

（二）月旦人物、臧否是非，表現特殊史識

　　劉知幾《史通》認爲史家必具史才、史學、史識三個條件，方能

〔註103〕李公明，《歷史是什麼》，書林出版社，1998年，頁77。

勝任其職，而所謂「才」指搜集、鑒別和組織史料的能力和表達能力，「學」指淵博的歷史知識和對本學術門類的理解，「識」指對歷史事件和歷史人物是非曲直的觀察、鑒別判斷能力，〔註104〕杜牧既具史才、史學、史識，又在文學理論中主張「文以意爲主」，因而，在他的詩中對重大歷史事件與歷史人物每有全新的評論觀點。如：〈題烏江亭詩〉：

> 勝敗兵家事不期，包羞忍恥是男兒，江東子弟多才俊，卷
> 土重來未可知〔註105〕

此詩作於開成四年春經和州烏江時。詩中認爲勝敗乃兵家常事，敗而能忍羞受辱不氣餒，才是眞正男子漢，譴責項羽未能把握江東多才俊的優勢，蓄勢待發、東山再起，殊甚可惜。關於此詩，前人議論紛紛，且多反對杜牧之說：

> 好異而叛于理……項氏以八千人渡江，敗亡之餘，無一還
> 者，其失人心爲甚，誰肯復附之？其不能卷土重來，決矣。
> （《苕溪漁隱叢話》）
> 〈烏江亭〉皆不度時勢，徒作異端，以炫人耳，其實非確
> 論。（《甌北詩話》）

王安石更作〈烏江亭〉提出完全相左的觀點：

> 百戰疲勞壯士衰，中原一敗勢難回，江東子弟今雖在，肯
> 爲君王卷土來

他認爲軍士經過百戰早已疲憊不堪，恐怕情勢已定，難以逆轉。但誠如袁枚所說：

> 凡作詩者，各有身分，亦各有心胸
> 人所易言，我寡言之，人所難言，我易言，詩便不俗

杜牧在詩中展現的是卓越的軍事知識與政治洞察力，他要鼓吹的是一種堅毅不屈的軍事領導精神，藉此勉勵軍事將領，其苦心經營，言人之所難言，實有其值得肯定之處。又如：〈題商山四皓廟一絕〉：

> 呂氏強梁嗣子柔，我於天性豈恩讎。南軍不袒左邊袖，四

〔註104〕張豈文著，《中國歷史十五講》，頁323。
〔註105〕同註六十六，卷四，頁279。

老安劉是滅劉。〔註106〕

歷來詩人，對商山四皓，亦多有論評，如李白〈商山四皓〉：

> 秦人失金鏡，漢祖升紫極，陰虹濁太陽，前星遂淪匿，一
> 行佐明兩，欻起生羽翼，功成身不居，舒卷在胸臆。

李白肯定四皓功成不居、潔身自好，護衛太子、功不可沒。但杜牧因精研史實軍情，且早已洞悉呂后之陰謀，因而設身處地揣摹四皓所處的政治氛圍，思索惠帝的性格與呂后的野心，於是力排眾議，認爲四皓盲目擁戴柔弱的惠帝，若非禁衛軍聽從周勃之令，不袒左袖，天下早已歸呂氏所有，故批評四皓立太子一事非安劉之計，反而是滅劉之舉。杜牧見解獨到精闢，他掙脫狹隘短暫的時空限囿，以宏觀的視野、獨特的史識，重新思考四皓的歷史定位，提昇思考的層次至外戚的專權、漢帝國的賡續、王位繼承人的遴選等，故清袁枚對之讚譽倍至，清袁枚《隨園詩話》卷三：

> 余雅不喜四皓事，著論非之，且疑是子房好奇附會，非眞
> 有其人也。後讀杜牧「四皓安劉是滅劉」，錢辛楣先生「安
> 呂非安劉」二詩，可謂深得我心，顧祿伯亦有詩誚之云：「垂
> 老與人家國事，幾聞巢許出山來」

肯定其獨到的史識。又如其〈赤壁〉詩：

> 折戟沈沙鐵未銷，自將磨洗認前，東風不與周郎便，銅雀
> 春深鎖二喬。〔註107〕

此詩乃詩人經赤壁古戰場之作。首二句由一件埋藏在沙土中未銷蝕殆盡的斷戟，引發對三國赤壁之戰的無限感懷，古意盎然，末二句以假設語氣著墨，指出這場戰爭致勝的關鍵，並非周瑜的指揮統籌之功，而在周瑜因勢乘便，利用東風之利，始免除國破妻擄的悲劇。《彥國詩話》曰：

> 意謂不能縱火，爲曹公奪二橋，置之銅雀台也，孫氏霸業，
> 繫此一戰，社稷存亡，生靈塗炭都不問，只想捉了二喬，

〔註106〕同註六十六，卷四，頁308。
〔註107〕同註六十六，卷四，頁271。

可見措大不識惡。

沈德潛亦謂其：

近輕薄少年語。

這些評論完全不能欣賞杜牧的風趣與幽默以及操縱史實的輕快流麗，也不能理解兵法運作的極限，對一個深諳兵法又喜讀史書的人而言，思考史實進而提出歷史發展的另外一種可能的結局，不正展現出他靈活的史識？論者執守僵化教條，當然更遑論去體會杜牧心中在表現史識之外所隱含之鬱結。原來杜牧藉此反方向思考，說明了這場戰役攸關東吳存亡，詩中論述東致勝純屬僥倖，隱約欲淡化周瑜的英雄形象，而表達他對歷史上的英雄之成功不過是憑著偶然的機運之輕鄙，相較於自己才華橫溢、精通兵法、專擅謀略，卻終究「不得君王丈二殳」，〔註108〕其憤懣不平亦可知矣。另外，在杜牧〈題桃花夫人廟〉中，也展現卓然奇特的史識：

細腰宮裡露桃新，脈脈無言幾度春，至竟息亡緣底事，可憐金谷墮樓人。〔註109〕

桃花夫人即息夫人，廟位湖北黃陂縣東，息夫人事見《左傳》：（莊公十四年）

蔡哀侯為莘故，譖息媯，以語楚子，楚子知，息以食入享，遂滅息。以息媯歸，生堵敖及成王焉。未言，楚子問之，對曰：吾一婦人而事二夫，縱弗能死，其又奚言。

息夫人為春秋陳侯之女，媯姓，嫁息侯為夫人，故稱息媯，楚王因其美貌而滅息，並掠奪之為妃，生二子。息夫人因一女事二夫而終日不語，傳為美談，至唐有祭祀之廟。詩中首句以楚宮中綻放的灼灼桃花比喻息夫人的美貌，次句刻劃夫人以「無言」的方式自責一己之苟活，第三句詩人對這段史實提出了理性的思辨：息國滅亡和息夫人的關聯如何？息夫人是否必須為亡國負責？末句翻轉至東晉

〔註108〕同註五十六，卷二，〈聞慶州趙縱使君與黨項戰中箭身死長句〉，頁140。
〔註109〕同註六十六，卷四，頁274。

時為石崇效死墜樓的綠珠（見本節第一小節：歷史意識中的悲劇性），以「可憐」表達詩人為其犧牲的慨歎，兩位女性的悲劇皆肇因於男性的好色，雖然最後的生命抉擇有所不同，息夫人選擇沈默抗議，綠珠則毅然殉情，二者實無高下之別，杜牧均為她們不能掌控自己的命運感慨不已。

　　歷來解讀杜牧此詩，多圍於封建社會男尊女卑的觀念，如：

　　　　拙堂《絕句類選評本》，引東陽先生語：譏桃花夫人不能自

　　　　裁也。蓋以諸侯夫人不如一舞妓，不知恥甚矣。

　　　　沈德潛《唐詩別裁集》卷二：不言而生子，此何意邪？綠

　　　　珠之墜樓，不可及矣。

　　　　俞陛雲《詩境淺續編》：詩謂息之亡國，端為何人？乃僅以

　　　　不語表其哀怨，有愧于綠珠。

　　　　趙翼《甌北詩話》：以綠珠之死形息夫人之不死，高下自見

　　　　而詞語蘊藉，不顯露譏訕，尤得風人之旨。

這些詩評家解讀此詩有一共同的觀點，即認為息夫人忍辱苟活，綠珠剛烈殉死，綠珠之死，正反襯息夫人之不死，高下自見，他們都認為杜牧以此寓託褒貶，不露譏諷。而個人以為杜牧的確是「詞語蘊藉」，所以才引發後世如此豐富的「誤讀」，為辨析杜牧的真正用意，實須對杜牧在詩文集中對歷史人物所表露的道德評斷，作更深入的探析，茲從以下三個觀點論述：

　　（1）杜牧以人道立場體恤宮人處境：杜牧曾寫作以下二詩：

　　　　盡是離宮院中女，苑牆城外冢累累，少年入內教歌舞，不

　　　　識君王到老時。（〈宮人塚〉）〔註110〕

　　　　相如死後無詞客，延壽亡來絕畫工。玉顏不是黃金少，淚

　　　　滴秋山入壽宮。（〈奉陵宮人〉）〔註111〕

前者寫詩人面對宮外累累相次的宮人墓塚，悲憤不已，因借詩句批判

〔註110〕同註六十六，《樊川外集》，頁 383。

〔註111〕同註六十六，卷二，頁 146。

不合理、不人道的宮人制度，後者則批判皇帝駕崩，宮人中無子嗣者，必須至皇帝陵墓朝夕供奉，事死如事生的守陵舊制，對封建時代受君權父權壓迫的婦女仗義執言，兩首詩一致表現出對宮人不能選擇自己命運的惋惜與不平，對於她們必須被迫孤獨地消磨青春年華，深表同情與不忍，他以人道的立場體恤了宮人的處境，道出了她們內心渴求自由的心聲。

（2）杜牧不以「女人禍水」、「男尊女卑」的觀念評斷史實：

杜牧對於歷史中荒淫之君，多有論評（見本節第二小節：歷史意識中的批判性論〈臺城曲〉），他的〈隋宮春〉：

> 龍舟東下事成空，蔓草蕭蕭滿故宮，亡國亡家爲顏色，露
> 桃猶自恨春風〔註112〕

論述隋亡之因，純粹著眼於隋煬帝的淫逸好色，與女子本無關，「露桃猶自恨春風」寫出了如露桃般的美麗女子，宛在春風中的搖曳，楚楚可憐，對命運的流轉，國家的興衰莫可奈何！詩意完全超越了「女子禍國」的封建思想。

（3）杜牧對在政治風暴中殘存的女性之際遇，深表同情：

杜秋娘原爲李錡之妾，後又有寵於憲宗，但杜牧卻未苛責其變節事主，反而對她的不幸遭遇深表同情。〈參見本節第一小節歷史意識中的悲劇性〉

基於以上三點，我們看到一個真實的杜牧，一個如此設身處地爲女性請命發言的杜牧，如此看清封建統治者必須爲禍國殃民負全責的杜牧，如此明白女子如草芥般卑微的身份，尤其在家國的消歇之中，她們根本就是最無辜與無助的一群的杜牧，這樣的杜牧，如何會去苛責一個柔弱的女子必須爲國家興亡負責？甚至以死相殉？因而，個人認爲杜牧此詩的隱微之意，應是對封建權貴操控女子命運的控訴，對兩位女性的悲劇致上無限的哀憐之意。

由這些詩，我們觀察到了杜牧的胸襟、氣度與見識，他的詩有豐

〔註112〕同註六十六，《樊川別集》，頁338。

富的歷史知識，強烈的社會關懷，他能以聖人之心，取天下公是公非以爲本，不受限於現實的貴賤尊卑、男尊女卑，他始終秉持自我的道德價值，在評斷人物時，展現出卓然不群的史識。

三、歷史意識中的理想性

西方哲學家羅素認爲學習歷史的意義在於：

> 那就是善於與偉大的人物爲伍，生活於對崇高的思想的渴望之中，並且在每一次困惑中都會被高貴和眞理的火光所照亮。〔註113〕

這段話意指在歷史中存在著某種可供仰望或憧憬的價值，人不僅可從歷史中解決生存的迷惘與困惑，找到生存的自信、勇氣與意義，甚至可以藉此塑造出理想的人格典範，因而歷史具有其獨特的精神價值、審美價值與心靈價值，此即理想性之意義。太史公遭遇腐刑，支撐他忍辱含垢寫作史記的力量是「西伯拘而演周易，仲尼厄而作春秋，屈原放逐，乃賦離騷，左丘失明，厥有國語，孫子臏腳，兵法修列，不韋遷蜀，世傳呂覽，韓非囚秦，說難、孤憤」，歷史上一個個和他志同道合，有著相同的夢想、相同的挫折，甚至在挫折中包羞忍恥的堅毅生命，支持著他，使他終於完成「究天人之際，通古今之變，成一家之言」的不朽著作。

文天祥在「風簷展書讀」的時候，通過詩中引証的十二個歷史人物的「古道照顏色」，不僅紓解了自己現實的挫敗、疑惑，也體悟了生命的意義與價值，爲自己在歷史中找到了正確的位置，也爲生命的理想性，建構了一個美好的典範。史學既已成爲杜牧生命經驗的重心，他必然也在歷史中照鑑了人格生命的典範，發現了自我生命的安頓與定位，爲自己的生命找到了永恆的價值意義，完成了生命的理想性。因而歷史人物經常出現在他的詩中：

〔註113〕羅素著。何兆武、肖巍、張文杰譯，《論歷史》，廣西師範大學出版社，2001年，頁8。

還須整理韋弦佩，莫獨矜誇玳瑁簪，若去上元懷古去，謝
安墳下與沈吟。(〈送杜顗赴潤州幕〉)〔註 114〕

九原可作吾誰與，師友琅琊邴曼容。(〈長安雜題六首之四〉)
〔註 115〕

十載丈夫堪恥處，朱雲猶掉直言旗。(〈洛中監察病假滿，送韋
楚老拾遺歸朝〉)〔註 116〕

他以謝安的不矜誇名利與地位，勉勵弟弟杜顗，以西漢邴曼容養志自
修，不爲高官，自我惕勉，以漢代朱雲的仗義直言，自我要求，流盪
在詩篇中，也盡是典範的讚頌，如〈商山富水驛〉：

益戇猶來未覺賢，終須南去弔湘川。當時物議朱雲小，後
代聲華白日懸。邪佞每思當面唾，清貧長欠一杯錢。驛名
不合輕移改，留警朝天者惕然。〔註 117〕

這是爲懷念唐德宗右諫議大夫陽城而作。富水驛原名陽城驛，元稹以
該驛犯直諫之臣陽城諱，力主改名，杜牧則以爲毋須顧慮忌諱，應保
留原名，使人得以緬懷陽城直諫的精神。這首詩巧妙串連歷史上三個
耿言直諫之士，期勉身爲諫官的自己敢言直諫。「益戇」用漢汲黯勇
於面諫武帝典，《史記》〈汲黯列傳〉：

(黯)爲人性倨，少禮，面折，不能容人過。……天子方招
文學儒者，上曰吾欲云云，黯對曰：「陛下內多欲而外施仁
義，奈何欲效唐堯之治乎」，上默然，怒，變色而罷朝。公
卿皆爲黯懼。上退，謂左右曰：甚矣，汲黯之戇也。〔註 118〕

首聯以汲黯比陽城，謂耿言直諫如汲黯者，一向不易討好當權者，註
定要遭致貶謫外放的命運。「弔湘江」一句以賈誼比陽城，串連二者
的性格與際遇。領聯以成帝時的朱雲比陽城，朱雲上書求見皇上賜尙
方斬馬劍誅殺佞臣張禹，成帝大怒，欲殺朱雲，雲攀殿檻未死，後因

〔註 114〕同註六十六，《樊川外集》，頁 385。
〔註 115〕同註六十六，卷二，頁 117。
〔註 116〕同註六十六，卷三，頁 190。
〔註 117〕同註六十六，卷四，頁 263。
〔註 118〕《史記》，卷一百二十〈汲黯傳〉，文馨出版社，1978 年，頁 1268。

其他大臣求赦而免一死，〔註119〕朱雲豪氣干雲，聲譽終究如日中天。
頸聯寫陽城的正義凜然、嫉惡如仇，卻清貧自守。透過以上三人的比
喻，剛正不阿的性格與襟抱昭然若揭，杜牧在緬懷歷史的同時，也為
自己的生命找到了理想的典範。又如〈題魏文貞〉：

> 蟪蛄寧與雪霜期，賢哲難教俗士知。可憐貞觀太平後，天
> 且不留封德彝。〔註120〕

智者總是目光如炬，不同流俗，這彷彿是杜牧生命的信仰，所以，在
這首詩中，杜牧再次藉著對歷史名相魏徵創造了貞觀太平盛世的讚
美，對俗士短視如蟪蛄的批判，抒發了個人超凡絕俗的眼界與襟抱，
委婉中表達了以賢哲自期的生命理想。又如〈蘭溪〉：

> 蘭溪春盡碧泱泱，映水蘭花雨發香，楚國大夫憔悴日，應
> 尋此路去瀟湘〔註121〕

蘭溪在蘄州西（今湖北蘄春縣），古屬楚國，正處屈原流放所經之地，
本詩作於詩人任黃州刺史期間。首二句寫詩人在春末經此地，由蘭溪
多蘭聯想被貶至瀟湘的楚大夫屈原，而雨後散發的蘭花幽香，正如屈
原的高超志節，流芳千古。三、四句描寫屈原流放南行的路線應是沿
著蘭溪而至瀟湘。同樣是以屈原為仰慕的對象，他的〈贈漁父〉：

> 蘆花深澤靜垂綸，月夕煙朝幾十春，自說孤舟寒水畔，不
> 曾逢著獨醒人。〔註122〕

本詩源自史傳傳說屈原外放遇漁父一事，屈原曾對漁父表白：

> 安能以身之察察受物之汶汶者乎，寧赴湘流，葬於江魚之
> 腹中，安能以皓皓之白而蒙世俗之塵埃乎。

表達自己寧死亦不願與世俗同流合污的堅定意志，杜牧因而借此抒
懷。首二句刻劃秋日獨釣佈滿蘆花深水湖中的漁父，數十年如一日的
悠然形象，三、四句則借漁父之言感嘆如屈原之品行高潔者，已不復

〔註119〕同上註。
〔註120〕同註六十六，卷二，頁130。
〔註121〕同註六十六，卷三，頁219。
〔註122〕同註六十六，《樊川外集》，頁369。

可見。詩人在尋幽攬勝的外放生活中，帶著懷才不遇的憂戚，時時與歷史中的人物照會感通。屈原「雖九死其猶未悔」的堅毅絕決，「眾人皆醉我獨醒」的潔身自好，都化作了杜牧生命的音節，鏗鏘有力，頂天立地。

　　杜牧超越封建時代以男性為主的思考模式，對於歷史中不讓鬚眉、代父征戍中幗英雄，亦有讚頌，如〈題木蘭廟〉：

　　　彎弓征戰作男兒，夢裏曾經與畫眉，幾度思歸還把酒，拂

　　　雲堆上祝明妃。〔註123〕

這首詩歌詠木蘭為國獻身的愛國情操。首句生動塑造木蘭女扮男裝騎馬彎弓的英雄形象。次句不忘表現木蘭的女兒本色，「夢裏曾經與畫眉」透過夢中的攬鏡梳妝與現實的彎弓征戰，一實一虛互為襯托，表現木蘭既具男兒氣概又具女性柔婉本質，刻劃出木蘭的完整形象，筆法獨創新奇。三句詩人以高超的想像摹刻木蘭內心參與征戰的矛盾與掙扎，「幾度」二字，深刻婉轉展現了其內心糾葛於報國與歸鄉的兩難。末句巧妙借木蘭在拂雲堆上舉杯向自請和番的王昭君致上祈禱敬慕之意，表達木蘭以昭君為典範，終於撫平內心矛盾，勇敢留守戍邊，忠愛救國的偉大情操。詩人靈巧串連了歷史上兩個令人欽佩的女英雄，不論是為從軍或為和番來到塞上，她們的動機或處境縱然各異，但她們同是為了紓解國難而來，在詩人深自讚賞他們精神的同時，其實也隱約表白了詩人亟欲獻身救國，以紓國難的崇高情操，自我人格的理想就在詩人描摹歷史群像中，一一展演著。

　　詩人在重新建構、解釋、評價歷史的時候，他內心的抑鬱悲淒也隨著對歷史人物的人格、命運的體認，逐次剝落，在詩人與歷史人物相悅以解的照鑑中，我們感受到詩人表述的已不是對個體生命的悲傷或絕望，反而是一種不斷想要積極塑造自我完美人格的熱望與渴慕，這樣的渴慕使詩人與歷史的對話總蘊涵著激發與向上的無限力量，也終將引領著我們，亦步亦趨，後之視今，亦猶今之視昔，人格的典範，

〔註123〕同註六十六，卷四，頁305。

於是永遠可以穿越時空，歷久彌新，永垂千古。

　　杜牧除了在詩中展現人格生命的理想，也在與歷史古蹟的照會
中，思辨了永恆的生命的價值，他的〈題宣卅開元寺水閣，閣下宛溪，
夾溪居人〉：

　　　　六朝文物草連空，天澹雲閑今古同。鳥去鳥來山色裡，人
　　　　歌人哭水聲中。深秋簾幕千家雨，落日樓臺一笛風。惆悵
　　　　無因見范蠡，參差煙樹五湖東。〔註124〕

這首詩作於文宗開成三年杜牧任宣卅團練判官時，宣城中之開元寺建
於東晉為著名古蹟。首聯寫六朝繁華如過眼雲煙，眼前只留下碧草連
天，淡藍的天空與悠悠的白雲，一如過往。頷聯寫宛溪兩岸的景色：
飛鳥翱翔於山色之中，人們的歌哭歡笑，隨著水聲、歲月一起流逝。
頸聯描寫掛著簾幕的千家萬戶籠罩在秋雨之中，落日裡，晚風飄來陣
陣笛聲，景致一片清麗雋秀。面對這如詩般的風景，遙想物換星移中，
六朝風物盡散，人生的有限、宇宙的無垠，引起詩人更深的悲傷，全
詩不僅抒發繁華易逝的悲情而已，更重要的是它表現了豪邁悲壯、慷
慨瀟灑的泱泱氣度。詩人在范蠡脫身名利、徜徉五湖的抉擇中，尋索
到一個永恆的生之答案，全詩由歷史的感慨擴展至人生永恆價值的思
辨，詩人和歷史的對話竟翻唱出個人生命價值的思索，其健筆雄渾，
正如《一瓢詩話》所說：

　　　　杜牧之晚唐翹楚，名作頗多，而恃才縱筆處亦不少。如〈題
　　　　宣卅開元寺水閣〉直造老杜門墻，豈特人稱「小杜」已哉。

又如〈西江懷古〉：

　　　　上吞巴漢控瀟湘，怒似連山淨鏡光。魏帝縫囊真戲劇，苻
　　　　堅投棰更荒涼，千秋釣艇歌〈明月〉，萬里沙鷗弄夕陽，范
　　　　蠡清塵何寂寞，好風唯屬往來商。〔註125〕

首句摹寫激昂澎湃的長江氣勢，次句以連綿山丘，澄明如鏡形容長江
動、靜皆宜的風姿。頷聯以歷史上魏帝縫囊、苻堅投棰的典故，點出

〔註124〕同註六十六，卷三，頁202。
〔註125〕同註六十六，卷三，頁199。

人生的荒誕如戲。頸聯敘江邊清麗的自然秋節，明月沙鷗，流麗動人。如此山光水色之間，所景仰的歷史人物早已飄然而去，徒留無限思古幽情。詩人在臨江懷古之際，覷見歷史的荒誕與人生的短暫，在撫今思昔的刹那裏，內心隱然留存著對范蠡高風亮節的敬慕之意。末二句與前詩「惆悵無因見范蠡，參差煙樹五湖東」的詩意相同，詩人翻轉出慨歎的悲情，引領讀者在煙橫水漫、雲澹風清的秋日中，繼續著生命流向與人生價值的冥思。另外，詩人在緬懷六朝名士之際也展現出一種特殊的生命風調，一種對宇宙中無以名狀的蒼茫又匇遽的美的渴望與求索。例如：

〈潤州〉二首之一

　　句吳亭東千里秋，放歌曾作昔年游。青苔寺里無馬跡，綠水橋邊多酒樓。大抵南朝皆曠達，可憐東晉最風流。月明更想桓伊在，一笛聞吹出塞愁。

〈潤州〉二首之二

　　謝朓詩中佳麗地，夫差傳裡水犀軍，城高鐵甕橫強弩，柳暗朱樓多夢雲。畫角愛飄江北去，釣歌長向月中聞，揚州塵土試迴首，不惜千金借與君。〔註126〕

前首首聯描述詩人登上句吳亭極目遠眺千里蒼茫秋色，因而回想起昔年曾在此酣暢縱歌的情景。頷聯以前朝佈滿青苔的蒼涼古寺，對比河邊酒樓的盛景依舊，翻騰出對古今風物人情滄桑變化的無限幽思。頸聯由覽物思古之情又跳接至昔年往事，詩人內心生發無限遐想，憶起南朝人物風流倜儻、曠達開朗的生命風姿卻已成歷史過客。尾聯由月明秋夜忽聞遠處傳來桓伊吹笛的蒼涼曲調，引發無限思古情懷。全詩詩意跌宕跳躍、忽今忽古、忽古忽今，思緒千迴百轉。

　　次首首聯引用謝朓詩與夫差傳二典故，描寫潤州的景物秀麗，曾駐紮過身穿水犀甲的軍隊。頷聯寫兼具剛柔之美的潤州風情，不僅有固若鐵甕的高城，也有綠柳掩映的歌樓妓館溫柔之鄉。頸聯寫此地多

〔註126〕同註六十六，卷三，頁196。

樣的風土人情,江北的畫角之聲與江南的漁人之歌,形成潤卅的「佳麗」風貌。末聯詩人藉揚卅的興衰變化,結出及時行樂的自處之道。詩人以典雅優美的語言,摹刻潤卅綺麗繁華的景致及據地險要的地理形勢,表現了對此地艷冶風致的沈醉,結出詩人不惜以千金之費換取潤卅韻致之美的迷戀瀟灑之語,在歷史的回顧中,詩人發現了自我的生命情采與六朝的風韻相一致,終於願捨千金以求,那份對六朝風韻蒼茫又匆遽的美的渴望與求索,成了杜牧生命意義的另一種呈現。

剖析此二首詩,詩人真正要表達的不單單只是撫今思昔的感慨萬千,在緬懷六朝名士之際,其內心嚮往六朝風韻之情油然而生,對六朝風華,不只是感懷而是欣賞、讚嘆,進而心生嚮往思慕之意,如此複雜的情思反映,使詩展現著史學的懷想與哲學的幽思,詩人追求的生命風調像一曲六朝遺韻,飄渺深邃、引人暇思。杜牧的這類作品,不僅展現詩人對史事精擅嫻熟的駕馭能力,且以獨特的文人品味解讀史事,在詩中展現出個人雋永深邃的生命情調,賦予詠史之作全新的生命與內涵。

第五節　結　論

晚唐詩人杜牧,身處史學氛圍濃郁的文化風尚之中,又出身史家世家,自幼「積學以儲寶、酌理以富才,研閱以窮照、馴致以懌辭」的潛心鍛鍊,使他成為一兼具史識、史情、史意、史筆的偉大詩人。而政治的黑暗與仕途的窮挫,恰好驅使他轉向歷史的世界去重新省思政治、社會、自我、人生,透過他和歷史的一段段深雋對話,他展現了一個豐富多姿、蘊涵無限的歷史意識,不論是他的歷史意識中的悲劇性、批判性或理想性,他或看見生命的荒涼絕望、覷見生命虛無的本質,或月且人物、或臧否是非,借以諷論當世,表現個人的政治理戒或道德評價,或在歷史中照鑑人格生命的典範,發現自我生命的安頓與定位,為自己的生命找到永恆的價值與意義。歷史意識已成為他

生命情懷的投射，是他對宇宙、人生、自我探索後的深刻體悟，這樣的歷史意識與司馬遷寫作《史記》所抱持的「究天人之際、通古今之變、成一家之言」的理念如出一轍，正如亞里斯多德所說：「詩比歷史更真實，因為歷史只關注具體的事實，而詩則關注更普遍的東西，某種比歷史更寫理性，具有更嚴肅意義的東西」(《詩學》)，而透過以上的論析，我們可以說杜牧企圖以詩歌記錄所處時代的歷史，也記錄他個人生命的歷史，展現比歷史更富哲理性，更有意義的內涵，而這也為評價杜牧詩歌提供了一個全新的觀照角度，使我們看到一個深具內蘊的傑出靈魂，益加肯定其在晚唐詩壇的不朽價值。

重要參考文獻

1. 清・彭定求等編，《全唐詩》，北京中華書局。
2. 四部備要集部本，《樊川詩集注》，台灣中華書局。
3. 杜牧，《樊川文集》，漢京文化事業有限公司。
4. 張松輝注譯，《杜牧詩文集（上）（下）》，三民書局。
5. 胡可先，《杜牧研究叢稿》，人民文學出版社。
6. 馮集梧注，《樊川詩集注》，上海古籍出版社。
7. 繆鉞，《杜牧傳》，百花文藝出版社。
8. 湯用彤，《隋唐佛教史稿》，北京中華書局，1992 年。
9. 劉楚華主編，《唐代文學與宗教》，香港中華書局。
10. 孫昌武，《唐代文學與佛教》，谷風出版社。
11. 鄭文惠編著，《杜牧詩選》，五南圖書出版公司。
12. 周錫䪖選注，《杜牧詩選》，遠流出版社。
13. 吳鷗譯注，《杜牧詩文選譯》，巴蜀書社。
14. 吳右慶，《杜牧論稿》，廈門大學出版社。
15. 譚黎宗慕撰編，《杜牧研究資料彙編》，藝文印書館。
16. 陳寅恪，《元白詩箋證稿》，上海古籍出版社，1978 年。
17. 傅璇琮，《唐才子傳箋校》，北京中華書局，1990 年。
18. 牟宗三，《歷史哲學》，學生書局。

19. Edward.H.Carr 著，《歷史論集》，幼獅文化事業公司。

20. 羅素著／何兆武、肖巍、張文杰譯，《論歷史》，廣西師範大學出版社。

21. 葛劍雄、周筱，《歷史學是什麼》，揚智文化事業公司。

22. R.G.Collingwood 著／黃宣範譯，《歷史的理念》，聯經出版公司。

23. Eric J.Hobsbawm 著／黃煜文譯，《論歷史》，麥田出版社。

24. R.G.Collingwood 著／陳明福譯，《歷史的理念》，桂冠圖書公司。

25. 蔡英俊，《興亡千古事》，新自然主義出版社。

26. 郭紹虞，《中國歷代文學論著精選》，華正。

27. 羅根澤，《中國文學批評史》，龍泉屋書。

28. 郭紹虞，《中國文學批評史新論》，文山書局。

29. 羅聯添主編，《中國文學批評史資料彙編隋唐五代卷》，成文出版社。

30. 王運熙、楊明，《隋唐五代文學批評史（上）》，上海古籍出版社。

31. 王運熙、楊明，《隋唐五代文學批評史（下）》，上海古籍出版社。

32. 黃保真、成復旺、蔡鍾翔，《中國文學理論史》，洪葉出版社。

33. 李澤厚、劉綱紀主編，《中國美學史（一）》，里仁出版社。

34. 李澤厚、劉綱紀主編，《中國美學史（二）》，谷風出版社。

35. 吳功正，《唐代美學史》，陝西師範大學出版社。

36. 蔡英俊，《比興物色與情景交融》，大安出版社。

37. 王夢鷗，《文學論》，志文出版社。

38. 葉嘉瑩，《迦陵說詩叢稿》，桂冠出版社。

39. 呂正惠，《抒情傳統與政治現實》，大安出版社。

40. 陳世驤，《陳世驤文存》，志文出版社。

41. 陳寅恪，《隋唐制度淵源略論稿》，台灣商務印書館。

42. 陳寅恪，《唐代政治史述論稿》，台灣商務印書館。

43. 司馬光，《資治通鑑》，北京古籍出版社。

44. 高友工，《文學研究的美學問題〈上〉〈下〉》，中外文學七卷十一、十二期。

45. 高友工，《文學研究的理論基礎〈上〉〈下〉》，中外文學七卷七期。

46. 黑格爾著、朱光潛譯，《美學》，里仁書局。

47. 劉若愚，《中國文學理論》，聯經出版公司。

第三章　李商隱的詠物詩研究

第一節　緒　論

　　詩人李商隱是晚唐詩壇最後的巨擘，不論其詩歌審美理論或實踐均展現了「寄託深而辭婉」〔註1〕「沉博絕麗」〔註2〕「包蘊密緻」〔註3〕的美學，他致力於以形式的縝密建構，善於以曲折掩抑、幽深婉約的形式，抒發內在深情隱曲，因而，詠物詩正是他展現內在情意世界的符碼，他在物象之中，体物寫志，曲盡其意，妙化典故，注入深情，使物我合一，情景交融。

　　他的詠物詩展現了他和物象之間多元而複雜的生發關係，他或純粹觀物，以敏銳的感官能力寫就對物象全新但細膩的感官體驗，引領讀者在感官的復萌與覺醒中，重新「發現」物象的獨特情境，進而展現詩人精神世界中幽微雋永之境。而更多時候，他以個人深情融鑄其中，或以悲劇性的觀物方式抒寫對愛與美的眷戀、執著與幻滅，那份渴求人生完美卻又渺小不可得的悵望與不捨，或投射仕途坎壈、顛連無告的絕望與痛徹心扉。因而錢良擇《唐音審體》：

〔註1〕 王夫之等撰，《清詩話》卷四，外篇下。西南書局，1979 年，頁 556。
〔註2〕 朱鶴齡等注，《李義山詩集》序。
〔註3〕 葛立方，《韻語陽秋》。

義山詠物詩，力厚色濃，意曲語煉，無一懈句，無一襯字，
上下古今，未見其偶。〔註4〕

賀賞《載酒園詩話》又編：

魏晉以降多工賦體，義山猶存比興。〔註5〕

肯定其詩作中猶存比興、意曲語煉的特色。

本論文探究其詠物詩的特色，以李商隱詠物詩中的物象與情意之
關係，論述詩人跳脫傳統「詩言志」、「直抒胸臆」的特質所展現出的
獨特風格，以更細緻的角度認識詩人內心深邃夐遠的觀物思想，進而
體會其詠物詩的獨特意蘊。

本論文擬分四節，逐一論敘其詠物詩，第二節擬由物象與情意的
關係論述詠物詩的源起。從詩經、楚辭以降的詠物詩作一觀照與回顧，
觀察詠物詩在歷代演變的軌跡，剖析物象與詩歌的美學關係，進而辨明
詠物詩的意義及其美學特質。第三節則論述李商隱的詠物詩之形成，以
詩人的審美理論為基礎，剖析其審美理論與詠物詩的關係，論析詩人選
擇以詠物方式展現內在情思的背景，以期能抽絲剝繭辨明其詠物詩的意
蘊內涵。第四節則論述李商隱的詠物詩之特質，分別就：深情入物，呈
現悲劇性的觀物方式，及微觀世界——感官的復萌與情境的發現，論析
其詠物詩的意涵，以明確掌握其詩的哲思，並論敘其詠物詩的藝術成就。

第二節　由物象與情意的關係論詠物詩的源起

詠物之作，淵源久遠。《文心雕龍》〈明詩〉篇：「人稟七情，應
物斯感，感物吟志，莫非自然」，鍾嶸《詩品》序：亦曰「氣之動物，
物之感人，故搖蕩性情，形諸舞詠」，可見文學創作本源自作者與自
然萬物交相激蕩之後的感動與興發，詩人「遵四時以嘆逝，瞻萬物而
思紛，悲落葉於勁秋，喜柔條於芳春，心懍懍以懷霜，志眇眇而臨雲」

〔註4〕　劉學鍇、余恕誠著，《李商隱詩歌集解》，1992 年，洪葉文化事業有
　　　　 限公司，頁 741。
〔註5〕　郭紹虞編，《清詩話續編》上冊。木鐸出版社，頁 376。

（《文賦》），隨著季節的流轉，思緒萬端，形諸筆墨，悲欣起落，自然形成中國詩歌中「感物吟志」的傳統，而這也是詠物詩的發端。劉勰在《文心雕龍》〈神思〉篇中，曾提出內心和外境接觸後，如何構思而表現於文的現象：

> 夫神思方運，萬塗競萌，規矩虛位，刻鏤無形，登山則情滿於山，觀海則意溢於海。

又曰：

> 思理爲妙，神與物遊

提出了構思的方法爲「神與物遊」，在〈物色〉篇中，他將這種「神與物遊」的原理做了深入的闡發：

> 春秋代序，陰陽慘舒，物色之動，心亦搖焉；……四時之動物深矣。若夫珪璋挺其惠心，英華秀其清氣，物色相召，人誰獲安？是以獻歲發春，悅豫之情暢；滔滔孟夏，鬱陶之心凝。天高氣清，陰沉之志遠；霰雪無垠，矜肅之慮深。歲有其物，物有其容；情以物遷，辭以情發。

劉勰以爲，有時作者心中本無情思，但因睹外界客觀的景物，深爲之搖蕩，而不得不將此客觀物象與主觀情思交融後所引發的強烈感受表達出來，所謂「目既往還，心亦吐納」是也，此即感情移出說。有時，作者心中原已有具某種情思，而在觀賞自然物象之後，將情感移於物上，使客觀之物具有主觀之情思，「自我的價值感情，與對象之精神內容相應而統一，於是自我所感到者，已忘其爲自我價值感情，而但覺其爲對象之價值感情」，[註6] 所謂「情往似贈」是也，此即感情移入說。

「興來如答」、「情往似贈」，正是兩種創作心理的移情作用，而不論是感情移出或移入，卻必需藉外物爲媒，故〈物色〉篇中一直強調自然對創作的重要：

> 若乃山林皋壤，實文思之奧府。……，
> 然屈平所以能洞監風騷之情者，抑亦江山之助乎？

〔註6〕 王師夢鷗，《文藝美學》，新風出版社，頁221。

透過情感的移入與移出，人的情感與外在物象才能相契合而達到情景交融的化境，使「在外者物色，在我者生意」，[註7] 吾人之精神可寄於物色，而物色也能感染吾人之情思，因而，好的文學作品應是「味飄飄而輕舉，情曄曄而更新」、「物色盡而情有餘」（〈物色〉）。透過情感的移入與移出，人的情感與外在物象即迸發出各種可能，或著重情感的書寫，或著重物象的摹刻，「詩能體物，每以物而興懷，物可引詩，亦固詩而靚態」，[註8] 甚或情景交融，物我合一，二者錯落交匯，影響興發的關係，不僅融鑄成一部中國詩學史，也成為一部詠物詩的流變史。美學家黑格爾更認為「最完美的抒情詩所表現的就是凝聚一個具體情境的心情」，[註9] 足見詩中的物象與詩人內在情感的密切關係，外在世界的各種景象，實是敏感多思的詩人擷取不盡的源頭活水，自然物象與情感的交融會通，透過詩人的巧思妙構，最終成就了中國詠物詩的特質。

在中國最早的詩集《詩經》中，灼灼桃花引發詩人美人于歸的喜悅，雨雪霏霏則興起詩人搖役征塵的苦楚，俞琰以為此即「詠物之祖」，[註10] 然而，這些篇章僅是因外在物象引發內在情思，並非以物為主體，因而不能算是真正的詠物詩。真正的詠物詩是指作者透過觀物、寫物、狀物等方式抒情寫志，並以詩為形式所呈現的一種詩歌體式。

《楚辭九章》中的〈橘頌〉，藉橘的外表與內在之描繪，巧妙寓託詩人月霽風清的志節，寫橘堅毅不移的本性曰：「受命不迁，生南國兮，深固難徙，更一志兮」，並謂其「精色內白，類可任兮。紛緼宜修，姱而不醜兮」，對其超凡脫俗、冠絕群倫的君子風範讚頌不已。全詩託物言志、物我合一，橘與人互相輝映，成就了典型的詠物之作。

[註7] 方東美，《科學哲學與人生》，頁 22。

[註8] 龍沐勛，〈兩宋詞風轉變論〉，收於羅聯添編《中國文學史論文學集》第四冊，學生書局。1979 年，頁 1408。

[註9] 黑格爾，《美學》，里仁書局。

[註10] 俞琰輯，《歷代詠物詩選》，廣文書局，1968 年，頁 4。

　　而真正以寫物為主題的是賦體，發源於荀子，漢賦繼之，《文心雕龍》〈詮賦〉：「賦者鋪也，鋪採摛文，體物寫志也」，無論是荀子的〈禮賦〉〈智賦〉或宋玉的〈風賦〉〈釣賦〉，雖仍具託意，但重點已轉移至「物」的鋪陳。此時期的賦之特質「擬諸形容，則言物纖密，象其物宜，則理貴側賦」〈詮賦〉，賦的鋪陳性及隱微性豐富了詠物詩的內容與形式。至漢魏六朝時期，班婕妤的〈怨歌行〉，藉團扇喻封建帝王之寵妾朝不保夕的命運，曹植的〈吁嗟〉則藉轉蓬自喻，表達飄泊遷徙、骨肉分離的悲哀。陶潛的〈飲酒詩〉之四：「栖栖失群鳥，日暮猶獨飛」，以失群之鳥喻自己為五斗米折腰，出任彭澤令的感慨。〈飲酒詩〉之八：「青松在東園，眾草沒其姿」，則借孤松展現自己卓然不群、高潔堅貞的心志。詠物詩託物言志的特性，至此漸趨成型。

　　詩至六朝，文學走向唯美浮靡之風，詠物之作大增，張戒《歲寒堂詩話》：「建安、陶、阮以前詩，專以言志；潘、陸以後詩，專以詠物。……潘陸以後專意詠物，雕鎪刻鏤之工日以增」，[註11]詩人多著力外在物象的刻劃而忽略內在情意的抒發，此時的詠物詩「始以一物命題」，[註12]而作品題材則包羅萬象，不論是花草蟬鳴、風雨蝶燕、雲霧雪柳，無不入詩。大自然的多采多姿觸動詩人的心弦，使詩人們在物象之中，譜出一首首深雋細緻的詠物之作。例如梁元帝蕭繹的〈詠霧〉：

　　　　三晨生遠霧，五里暗城闉。從風疑細雨，映日似游塵，乍
　　　　若飛煙散，時如佳氣新，不妨鳴樹鳥，時蔽摘花人。

全詩刻劃一幅迷濛飄渺的霧景。鋪設霧在風中、日下的情景及其飄動飛散、飄忽不定的樣態，輔以樹間鳥鳴與摘花人的模糊身影，予人若隱若現、如夢似幻的感受，表現清新獨特的霧中氛圍。其他如梁簡文帝的〈詠柳〉、〈詠鏡〉、〈詠芙蓉〉〈詠雲〉，梁武帝的〈詠舞〉、〈詠燭〉，都是代表作。這些作品的出現，具有兩個重要的意義。一是象徵著詩

〔註11〕《歷代詩話續篇》，木鐸出版社，1983 年，頁 450。
〔註12〕同註十。

人在創作態度上的改變。﹝註13﹞相對於詠懷之作是詩人「在心爲志，發言爲詩」的不得不然之作，詠物之作是詩人刻意對其生活外的一個題目作的創作活動，這是詩人對形式的意義有所認識的開始，詩人開始體悟到創造爲一特殊且獨立之活動。於是一個訴諸具體感官知覺且予讀者絕對時空的文學形式，已然成熟，這些詩在詠物詩的發展上，固爲「將『小小物』當成一個具體的世界去遊覽」，﹝註14﹞因而能夠更客觀地觀察和描寫物象，使此時期作品終於能「體物」、「狀物」、「窮物之情，盡物之態」，﹝註15﹞對物象作具體眞實的刻劃，更重要的是創造了一個以感官之感受爲主的絕對時空，使詠物詩展現獨特的風貌。然而，由於六朝詩人企圖以語言技巧的突破與創新呈現物之眞實形貌，因而「情必極貌以寫物，辭必窮力而追新」，﹝註16﹞詠物詩終於變成「徵故實，寫色澤，廣比譬，雖極鏤繪之工，皆匠氣也。又其卑者，餖湊成篇，謎也，非詩也。」﹝註17﹞

至唐初，陳子昂批評齊梁間詩「彩麗競繁，而興寄都絕」，﹝註18﹞即針對此時其的詠物詩而言。陳子昂以實際的創作宣揚他恢復詩經風雅及漢魏風骨的決心，在〈感遇〉詩中：

> 蘭若生春夏，芊蔚何青青。幽獨空林色，朱蕤冒紫莖。遲遲白日晚，嫋嫋秋風生。歲華盡搖落，芳意竟何成。

以幽蘭空谷在歲華中自開自落，暗喻美好的德性與才情不得知遇的悲哀，同時期的張九齡〈感遇──蘭葉春葳蕤〉及駱賓王的〈在獄詠蟬〉

﹝註13﹞ 高友工著，《中國美典與文學研究論集》，台灣大學出版中心，2004年，頁146。

﹝註14﹞ 陳昌明著，《沉迷與超越──六朝文學之「感官」辯證》，里仁書局，2005年，頁258。

﹝註15﹞ 同註十。

﹝註16﹞ 《文心雕龍》〈明詩〉篇。

﹝註17﹞ 王夫之《薑齋詩話》卷下，收於《清詩話》，西南書局，1979年，頁20。

﹝註18﹞ 《中國文學批評資料彙編─隨唐五代》〈陳伯玉文集，修竹篇序〉，成文出版社，1979年，頁35。

都是在詠物中託喻個人之情思。

　　詩至盛唐的杜甫，他藉詠物使情意與物象融而爲一，創造出寄託深遠，構思獨特的作品，例如〈孤雁〉：

　　　　孤雁不飲啄，飛鳴聲念群。誰憐一片影，相失萬重雲？望
　　　　盡似猶見，哀多如更聞。野鴉無意緒，鳴噪自紛紛。

首聯描寫孤雁因失群而念群的形象。頷聯以在「萬重雲」中飛翔的群雁映襯如「一片影」的孤雁，利用「誰憐」二字設問，詩人的內心寂寞焦躁的悲苦思緒自然奔迸而出，雁與詩人渾融爲一卻又無斧鑿之痕。頸聯更深入孤雁內心世界，刻劃其被思念啃囓，因而心生幻影，彷彿看見雁群在遙遠天際，聽見雁群的鳴叫，文字生發的力量，錐心刺骨，孤雁深沈的內在精神呼之欲出。末聯以野鴨的無聊鳴噪反襯孤雁的念群思友之情。全詩成功展現孤雁純情且執著的形象，巧妙寄寓了詩人流落他鄉卻心懷故舊的細膩心情。在杜甫的筆下，物象與情意，融而爲一，創造出寄託深遠，情思獨特的作品。「有悲憫者，有痛惜者，有懷思者，有慰者……，有用我語問答者，有待彼問答者，蠢者靈，細者巨，恆者奇，嘿者辯。詠物至此，神、佛、聖、賢、帝王、豪傑具此難著手矣」，[註19]創造了詠物詩的高峰。

　　而由歷代詩話中的論述，可知品評與論述詠物詩的標準已然成形，如：

　　　　王漁洋《帶經堂詩話》：詠物之作，須如禪家所謂「不黏不
　　　　脫，不即不離」，方是上乘之作。

　　　　吳雷發《話詩管蒯》：詠物詩要不即不離，工細中須具縹緲
　　　　之致。

　　　　錢冰《履園譚詩》：詠物詩最難工，太切則黏皮帶骨，不切
　　　　題則捕風捉影，須在不即不離之間。

這些論述中，所謂「不即不離」、「不黏不脫」或「切」與「不切」，

[註19] 仇兆鰲，《杜少陵集箋註》卷八，引鍾惺語。

都是在說明所詠的物象與人的情意之間的微妙關係，亦即既要刻劃物象維妙維肖，藉以表現隱微的情意，又不能板正單調凝滯於物象之中，物象與情意的拿捏琢磨全在「不即不離」、「切與不切」之間，而寄託之意，亦自然而生。

李商隱以前的詠物詩，從因物起興、單純詠物到託物言志，物我合一，已臻至成熟，他承繼了傳統六朝詠物詩的深雋細緻，塑造出一個感官經驗豐富繽紛的獨特情境，吸收以物象融入情感於無跡的特質，更結合其個人的詩歌審美理論，以其敏銳而獨特的觀物方式，創造出具有個人特質的詠物之作。

第三節　李商隱的詠物詩之形成

李商隱詠物詩之形成，建構於其縝密的審美理論之上，而他的審美理論則是繼承六朝緣情說，對於文學的精神特質，及人的生命質性之展現的觀念有深刻的體認。他反對以周公、孔子之道為文的觀念，特重「情」論，主張文學以抒發真情為主。

這一觀點可以說是對六朝「緣情」傳統的繼承，他認為文源於真情非源於孔孟、周公，在〈重寄外舅司徒公文〉中他說：

> 人之生也，變而往耶？人之逝也，變而來耶？冥寞之間，杳惚之內，虛變而有氣，氣變而有形，形變而有生。今將還生於形，歸形於氣，漠然其不識，浩然其無端，則雖有憂喜悲歡，而亦勿能措於其間矣。苟或以變而之有，變而之無，若朝昏之相交，若春夏之相易，則四時見代，尚動於情，豈百生莫追，遂可無恨？倘或去此，亦孰貴於最靈哉！〔註20〕

在〈獻相國京兆公啟〉中又曰：

> 人稟五行之秀，備七情之動，必有詠歎，以通性靈。故陰

〔註20〕　劉學鍇、余誠恕著，《李商隱文編年校注》，北京中華書局，2002 年，頁 956。

　　　　慘陽舒，其塗不一，安樂哀思，厥源數千。〔註21〕

這兩段文字認爲人是藉由自然元氣〈五行之氣〉變化而成，人因爲是
具有喜怒哀樂愛惡欲七情之存在，因爲這七情，人在面對朝昏春夏陰
慘陽舒等各種自然變化時，自然受感發而「動於情」，而有「憂喜悲
觀」、「安樂哀思」的反應，這也是自然與元氣的表現，而文學作品就
是人受外在物象感發後，情感自然的抒發與反映。義山已傳承了劉勰
所述「情以物遷，辭以情發」〔註22〕、「綴文者情動而辭發」〔註23〕
的道理，對於文學的精神特質即是人的生命質性的觀念，有了深切的
領悟。緣乎此，義山有一段驚世駭俗的論述：

　　　　愚生二十五年矣，五年讀經書、七歲弄筆硯，始聞長老言，
　　　　學道必求古，爲文必有師法，常悒悒不快。退自思曰：夫所
　　　　謂道，豈古所謂周公、孔子者獨能耶？蓋愚與周孔俱身之耳。
　　　　以是有行道不繫今古，直揮筆爲文，不愛攘取經史，諱忌時
　　　　世。百經萬書，異品殊流，又豈能意分出其下哉。〔註24〕

這段文字對文必「求古」，學道必有「師法」的傳統文學「載道」、「言
志」觀，提出了強烈反駁，他認爲文學是「直揮筆爲文」的直抒情性，
不須師法周公、孔子等聖人之道，更毋須「攘取經史」，凡是以眞情
爲主的創作就是好的作品，不可用僵化板滯的傳統觀念任意批判，分
其高下。「愚與周孔俱身之耳」一句，充分表露李商隱自信自負、率
眞豪邁的眞性情。因而他曾說：

　　　　有請作文，或時得好對切事，聲勢物景，哀上浮壯，能感
　　　　動人。〔註25〕

他明顯推崇能巧妙運用聲韻、氣勢與景物所展現出的激切昂揚、動人
心魄之文學作品。

〔註21〕　同註二十，頁 1911。
〔註22〕　《文心雕龍》〈物色篇〉，里仁書局，頁 845。
〔註23〕　同上註，頁 888。
〔註24〕　同註二十。文集卷八，〈上崔華州集〉，中華書局，2002 年，頁 108。
〔註25〕　同註二十，〈樊南甲集序〉，中華書局，2002 年，頁 1713。

　　而由於對「情」的重視，他特別著重文學作品因作者不同情懷、不同際遇而有歧異多元的創作風格，透過不同作家對世界的感發，因而各自展現其獨特性與多樣性。由於這一緣情觀，使他在創作時，不僅注入個人深摯眞切的情感，而且透過特殊物象的選擇與刻劃，呈現出獨特強烈的個人風格。因而他的詠物詩在物象的選擇上，總是獨樹一幟：

> 所詠之物多屬自然界與日常生活中一些細小纖柔的事物，
> 如動物中的蟬、蜂、蝶、鶯、燕、鴛鴦，植物中的柳、櫻
> 桃和槿花、杏花、李花等弱質易凋之花，自然現象中的細
> 雨、微雨，日常生活中的淚、腸、燈等，其中柳詩多達十
> 五首。很少詠及巨大而具壯美崇高感的事物。〔註26〕

他透過這些形象，表現內在幽深隱微的情意。

　　李商隱不僅主張文學以抒發個人眞性情爲主，是個人生命質性的反映，他也重視形式之美。關於內容與形式的關係，即是人類內心的情緒狀態如何透過藝術形式傳達出來，一直是美學上的重要論題。陸機所謂「詩緣情而綺靡」的重要意義，並不僅在於重視「緣情」，還在於他強調了「綺靡」的詩歌審美特徵，換言之，情感的優美動人還有賴於用以表現情感的文辭形式之美。劉勰在《文心雕龍》〈情采〉中曾論述其間的關係：

> 夫鉛黛所以飾容，而盼倩生於淑姿，文采所以飾言，而辯
> 麗本於情性。故情者，文之經，辭者，理之緯。經正而後
> 緯成，理定而後辭暢，此立文之本源也。

他以爲情理是經，文辭是緯，經正緯成，理正辭暢才是文學的本質，追求文采而忽略情性是「採濫忽眞」，施粉抹黛而無雅淑之姿，缺眞切之情性，則絕不能得盼倩與辯麗之美，只有情性加上文采才是美的極致。在文學創作中，作者當然不是粗糙而混亂無序的再現原始情感而已，而是經過藝術化的形式呈現出來，「藝術的情感表現

〔註26〕劉學鍇著，《李商隱詩研究》，安徽大學出版社，1998 年，頁 21。

絕不是一個簡單的還原過程，不是回到原初的情緒狀態，而是不斷發展昇華的過程，是發現和融會的過程，也是深化藝術家自己對情感理解的過程」。〔註27〕透過文學形式的傳承、實驗、創發等試鍊，透過情感本身的發現、剖析、深入探究的過程，兩相交集融匯，於是文學家在創作中逐次明白自己的情感深度，相對地也使作品意蘊深刻得到昇華與發展的可能，可以不斷被咀嚼、玩味與解讀。李商隱延續傳統文論的精髓，亦提倡文質兼備說，他在創作中著力形式的創發，總是以「包蘊密緻」、「寄託深而措辭婉」，〔註28〕致力於形式的縝密構建，以抒發內在深情隱曲，在〈謝河東公和詩啓〉〔註29〕中曰：

> 某前因假日，出次西溪，既惜斜陽，聊裁短什。蓋以徘徊
> 勝境，顧慕佳辰，爲芳草以怨王孫，借美人以喻君子

他喜好藉物詠嘆，香草美人之喻自然模糊了詩意，留下許多引人爭論的作品，在〈有感〉一詩中：

> 非關宋玉有微辭，卻是襄王夢覺遲，一自〈高唐賦〉成後，
> 楚天雲雨盡堪疑。〔註30〕

他借宋玉自喻，表白自己承繼宋玉作〈高唐賦〉的特色，著意於塑造一種朦朧幽約的情境，這種創作的自覺影響了詩人的風格，後世元好問有「詩家總愛西崑好，獨恨無人作鄭箋」（〈論詩絕句〉）之慨，實亦緣於此。張采田曰：「借香倩語點化，是玉溪慣法，不得以纖佻目之」，〔註31〕而義山這種主張，在其文論中有明確的抉發：

> 夫玄黃備采者繡之用，清越爲樂者玉之奇。固以應合玄
> 機，運清俗累，……況屬詞之工，言志爲最。自魯毛兆軌，

〔註27〕周憲《美學是什麼》，揚智出版社，2002 年，頁 153。
〔註28〕王夫之等撰，《清詩話》〈原詩〉卷四外篇下。西南書局，1979 年，頁 556。
〔註29〕同註二十，頁 1961。
〔註30〕同註四，頁 1484。
〔註31〕張爾田，《玉谿生年譜會箋》中《李義山詩辨證》〈南朝〉一詩之評論。台灣中華書局，1979 年，頁 357。

> 蘇李揚聲，代有遺音，時無絕響，雖古今異制，而律呂同
> 歸。我朝以來，此道尤盛。皆陷於偏巧，罕或兼材。枕石
> 漱流，則尚於枯槁寂寥之句，攀龍附翼，則先於驕奢豔佚
> 之篇。推李、杜則怨刺居多，效沈、宋則綺靡爲甚。至於
> 秉無私之刀尺，立莫測之門牆，自非託於降神，安可定夫
> 眾製？〔註32〕

文中藉稱美魏扶之故，闡釋了文質兼備說的觀點，李商隱重視文學
作品的形式之美，他從審美的角度看重「玄黃」色彩、「清越」之
音，對詩歌的色彩與音律之美了然於心，以其爲文學的重要質素，
「古今異制、律呂同歸」更是對音律美的肯定，以爲詩家正法。除
了形式之美外，他所謂的「言志爲最」，正如前述，是重視抒寫情
感，是不「諱忌時世」抒發個人對時代與家國的情愫，與「緣情」
說如出一轍。所以他反對白居易用通俗、質樸的語言諷刺時政，他
主張將「怨」鎔鑄於「綺靡」精巧富麗的形式之中，因而批評唐詩
人多未能及此，以致「陷於偏巧，罕或兼材」，寫隱逸之情者，無
透徹清明之感語，卻見「枯槁寂寥」的無病呻吟，求宦達者，爲攀
龍附翼，所作皆驕奢豔佚之作，不僅情意不眞，盡是阿諛取悅權貴
之詞，而且脫離現實、逃避現實。有學於李白、杜甫者則僅及怨刺，
而無眞切的憂時感事之情。學於沈佺期、宋之問者則僅得綺靡，亦
乏眞情。凡此種種，批判之聲不一而足，明確表現義山個人的審美
觀。他在〈漫成五章〉之一曰：

> 沈宋裁辭矜變律，王楊落筆得良朋，當時自謂宗師妙，今
> 日惟觀對屬能。〔註33〕

文學發展的歷史是一段複雜又多變的曲折史，初唐時，面對六朝綺靡
頹廢的詩風，自然必須力求變革，然而六朝以來，詩人們在創作上累
積的豐富之藝術經驗──尤其是聲律上的講究，也不可一概抹殺，所
以初唐的詩人們如初唐四傑除繼承沈約、庾信「以音韻相婉附，屬對

〔註32〕 同註二十，〈獻侍郎鉅鹿公啓〉，頁1188。
〔註33〕 同註四，頁912。

精密」〔註34〕的特色外，又承襲沈佺期、宋之問「又加靡麗，回忌聲病，約句準篇，如錦繡成文」〔註35〕的特質，因而他們在文學上的成就主要在於「繼承和發展了六朝的技巧，奠定了唐代今體詩的形式」，〔註36〕李商隱在這首詩中以「矜變律」、「得良朋」，確認沈、宋與四傑在文學史上對律體形式的貢獻，然而卻在末二句提出了他寬闊通達的歷史性評斷，認爲此數子在當時猶自矜誇於位居文壇宗師的地位，但若從長遠的文學史發展的觀點論定其價值與意義，就會發現他們只留下「對屬能」的技巧成就罷了。李商隱在此已經意識到除了形式之外，詩的內容也具有相同的重要性，尤其唐詩至晚唐，僅僅注重形式之美已不受能滿足時代的需要，他還要求文學應該有更含蓄深厚、深情綿邈的表達方式，展現了文質兼重的文學觀。

　　李商隱在創作中主張文質兼備，著力形式創發，總是以「寄託深而措辭婉」，〔註37〕致力於形式的縝密建構，以抒發內在深情隱曲，反對白居易用通俗、質樸的語言諷刺時政。這些文學審美觀無不朝向深婉隱曲的詠物詩之特質發展，而詠物詩也自然成爲他展現內在情意世界的重要符碼。沈德潛曰：

> 事難顯陳，理難言罄，每託物連類以形之；鬱情慾舒，天機隨觸，每借物引懷以抒之；比興互陳，反覆唱嘆，而中藏之歡愉慘戚，隱躍欲傳，其言淺，其情深也。倘質直敷陳，絕無蘊蓄，以無情之語，而欲動人之情，難矣。〔註38〕

正可以說明李商隱在近六百首的詩歌創作中，竟有近百首的詠物之作的原因。

〔註34〕 歐陽修，《新唐書》，卷二百二〈宋之問傳〉，鼎文書局，1990 年，頁 5751。

〔註35〕 同上註。

〔註36〕 馬茂元，《論唐詩》，〈論駱賓王及其在四傑中的地位〉，上海古籍出版，1999 年，頁 4。

〔註37〕 王夫之等撰，《清詩話》〈原詩〉卷四外篇下，西南書局，1979 年，頁 556。

〔註38〕 同上註。引《說詩晬語》卷上，頁 471。

第四節　李商隱的詠物詩之特質

一、深情入物，呈現悲劇性的觀物方式

　　李商隱早年艱難苦學，壯年徘徊遊離於牛李黨爭，中年則徬徨窮拮，孤獨無依，他以執著多情、善感幽微的天性，擺盪在高潔的理想與殘酷的現實之間，個人強烈的用世熱情，一直在冰冷的政治舞台上上演著「虛負凌雲萬丈才」〔註39〕的劇碼，時代的斑駁與個人的才命相妨，益以兒女情長的悽惻悲愴，終於崩迸出血淚縱橫的詩影筆光，那無所逃於天地的豐盛的內在深情，像春蠶繭縛，纏繞不去。

　　詩人以滿漲的情意去解讀萬物，眼中所見花、杜宇、月、雪‧無一虛妄，而是與他生命渾融為一體的有情存在。「荷葉生時春恨生，荷葉枯時秋恨成，深知身在情長在，悵望江頭江水聲」（〈暮秋獨遊曲江〉）正是這一典型的悲劇性觀物方式的寫照，詩人懷抱著巨大的熱情，投入這悲苦、缺憾、滿目瘡痍的人間，明知追求的盡頭是無限的虛空，相思的終極是「芳根中斷香心死」（〈燕臺〉之冬）、「一寸相思一寸灰」（〈無題〉），因深情而致的悲哀將是此生的宿命，他仍然要「明知無益事，故作有情癡」、「春蠶到死絲方盡，蠟炬成灰淚使乾」，他要以「研丹擘石」的堅定執著，去面對九死不悔的追求，以「身在情長在」的意志絕決、信誓旦旦，去護衛這份純粹、無纖介之塵的情感淨土，正如唐君毅先生所說：

> 中國之悲劇意識，唯是先依於一自儒家而來之「愛人間世及其歷史文化之深情」；繼依於由道家佛教之精神來之忘我的「空靈之境」、「超越智慧」，直下悟得一切人間之人物與事業，在廣宇悠宙之下「緣生性」、「實中之虛幻性」而生。此種「虛幻性」，乃直接自「人間一切人物與事業」所悟得，於是此「虛幻性之悟得，亦可不礙吾人最初於人間世所具

〔註39〕同註四。引崔鈺〈哭李商隱詩〉二首之二。

> 之深情。既嘆其無常而生感慨，亦由此感嘆而更增益深情，
> 更肯定人間的實在。」〔註40〕

唐先生所謂的悲劇意識指的是一種悲壯的深情，他認為中國人受儒道思想深刻影響而融鑄成一特殊的悲劇意識。人們由儒家體悟到面對人間世及歷史、文化的愛與深情，又由道家參透人間的虛幻性，以更深的激情，更悲壯的情懷擁抱人生，願意去承擔悲苦，付出深情，屈原如此，義山的深情亦復如此，這民族深深沈潛的悲劇意識深刻地影響著他，使他總是以一種蒼茫悲壯的心情去看待人生，無限熱情卻充滿無名的虛空之感。這種看待人生的態度也影響了他的審美觀，使他在面對外在事物時，總是將悲劇感移入外在物象之中，致使「以我觀物，故物皆著我之色彩」（王國維〈人間詞話〉）透過這一觀物方式，在物象與情意的互相投射、渲染，詩人激盪出各種深情意緒，詩人也在涵攝觀照物象的同時，對自我生命產生自覺與反省，以下將分兩部份加以說明：

（一）對愛與美的眷戀、執著與幻滅

李商隱是一個情感的完美主義者，他渴求美好、渴求不朽，對愛與美的眷戀、執著，使他無法忍受這有情人生無情地傾頹、匆遽乃至消失無垠的悲哀宿命，他追求生命中的完美與不朽，「這種對不朽的渴望，乃就是我們真正的本質」，〔註41〕正如「荷葉生時春恨生，荷葉枯時秋恨成」（〈暮秋獨遊曲江〉），他耽溺於人世的纏綿，他要所有美好的事物永遠常駐，正是因為懼怕虛幻，激發著他內在熱情澎湃的愛，他要以熾熱真情與命運相頡頏，並在那裏尋得永恆，這是多麼深刻邃遠的體悟。那使他願意心甘情願受盡苦難人世磨難的其實已不僅僅是對青春的璀璨、理想的實現、愛情的圓滿之追求而已，而是一份融鑄了這一切，那份對美好與永恆之渴慕之情啊！這對愛與美的執迷，幾近乎佛教中對涅

〔註40〕唐君毅著，《中國文化之精神價值》，正中書局，2000 年，頁 360。
〔註41〕烏納穆諾著，蔡英俊譯，《生命的悲劇意識》，遠景出版社，1978 年，頁 9。

盤、淨土的渴慕，因而他移情花朵，其〈落花〉詩曰：

> 高閣客盡去，小園花亂飛。參差連曲陌，迢遞送斜暉。腸
> 斷未忍掃，眼穿仍欲稀。芳心向春盡，所得是沾衣。〔註42〕

這首詩「起句奇絕」，〔註43〕寫人去樓空，落花因人去而悲哀，彷彿
天地之間，無一物不受感發。頷聯先從空間的轉變寫落花飄飛的姿
態，它上上下下飄蕩在彎彎曲曲的離人行走的小徑上，悠悠蕩蕩、綿
綿不絕，好像一定要參與這送行的行列，才肯罷休。接著從時間的轉
變中寫落花終於在落日餘暉下更行更遠，最後消失在迢迢遠方，「送
斜暉」表面上是落花送走落日的斜暉，實際上是送走生命中不能割
捨、也不願割捨的美好事物，故此三字說出了對一切人間美好事物的
眷戀。落花的深情與奮力獻身的婆娑之姿，展現了義山個人對人間絕
美的堅執與不悔，也象徵著義山那顆純粹、善感，又渴求完美與永恆
的美麗靈魂，故花的風采神貌其實是義山本人情韻幽微的具現。頸聯
延續前二聯的情意，寫詩人的惜花之情，由於落花是如此深情，故詩
人不忍掃去其落瓣，爲之柔腸寸斷，不能自己，詩人內心如落花般的
深情，也就不言而喻了。寫落花至此，詩人已在同情共感的悲憫中與
落花完全合而爲一了。對落花的悲悽毋寧說是對自身及人間美好事物
之消逝的傷感。「詠物有兩法，一是將自身放頓在裡面，一是將自身
站立在旁邊」，〔註44〕詩人運用了第一種方法，徹底放頓至落花身上，
而深刻地傳達了自身隱微幽深的情意。末聯「芳心向春盡」一句，指
花的凋零，也是指詩人的一片春心的絕望，這「春心」是「芳根中斷
香心死」（〈燕臺〉之冬）的「春心」，是「春心莫共花爭發」（〈無題〉）
中的「春心」，是「望帝春心託杜鵑」（〈錦瑟〉）的「春心」，指的是
詩人內心萌發出一種對人間一切美好事物的渴求之心，這份對愛與美
的渴望與憧憬，這份對人間情感的依戀與不捨，終於只能在淚濕青衫

〔註42〕 同註四，頁 505。
〔註43〕 同註四。吳喬《圍爐詩話》，頁 506。
〔註44〕 李重華《貞一齋詩話》。

的惋惜中，以清淚滌盡萬千情愁，化解無盡的遺憾與失落，詩歌在悲悽的弦音中，傳唱著詩人對人世永遠不能釋然的落寞與悲悽。詩人另一首〈柳〉詩：

> 曾逐東風拂舞筵，樂游春苑斷腸天。如何肯到清秋日，已
> 帶斜陽又帶蟬。

這是詩人在大中五年喪妻之後，應東川節度使柳仲郢之聘時所作。全詩以柳爲主體，首二句遙想其在春日樂遊苑上的婀娜之姿，其追逐東風的冶豔之態，足使人心蕩神馳、魂銷魄飛。次二句情境陡轉至眼前的清秋日，秋蟬在稀疏零落的柳葉上嘶喊凌厲，一片落寞。藉柳條在春、秋節候中的轉折，暗寓人生中由繁華走向蕭條的情境，在今昔對比中，引發無限感懷悲嘆。「如何」、「肯到」連用，強化了反詰感傷的語氣，展現強而有力的慨然與無奈。詩評家謂具「含思宛轉，筆力藏鋒不露」〔註45〕、「虛字轉折，忽冷忽熱，悠然弦外之音」，〔註46〕所謂的「宛轉」或「弦外之音」，「肯」字的解釋，應是關鍵。「肯」字據張相《詩詞曲匯釋》卷二，解釋成「會也」，只是一句平淡的疑問句，質問柳何以在春秋中有此變化？但若解爲「肯不肯」的「肯」字，則更有無限深意，詩人似在詰問柳：明知秋天如此，爲何你「肯」捱到秋天？詩意則提昇至心有戚戚焉的感傷與惋惜，柳的一生與詩人的生命至此巧妙的重疊在一起，詩人在楊柳身上見證了生的繁華與美麗、生的匆遽與脆弱，但卻又不得不義無反顧、聲嘶力竭地走向秋日即將告別的舞台的悲壯，詩人在彷彿依稀中，訴說著蟬和自己那份「知其不可而爲之」的悲劇情懷。短短四句，詩人陶醉緬懷於燦爛的青春往事、無以銷解的悼亡傷逝悲情，甚至宦海浮沈的前塵悲辛，一一躍然浮現，句句寫柳卻又句句關人，詩人成功地將主觀的悲劇情懷投注於所詠物象，詩中物象成了詩人的另一自我，再一次抒發其對愛與美的眷戀與執著，以及最後不得不面對其幻滅的悲悽。又如〈天涯〉一詩：

〔註45〕同註四。引張采田《李義山詩辨正》，頁1259。
〔註46〕同註四。引紀昀《玉谿生詩說》，頁1259。

　　春日在天涯，天涯日又斜。鶯啼如有淚，爲溼最高花。〔註47〕
深情的詩人在春光明媚中遊宦他鄉，在夕陽的美麗裏，他無法陶醉其
中，享受春日的美好，反而想起所有美好的事物都已美好過了，像春
日的流逝，如此不著痕跡地銷歇了。詩人在春日的感傷其實是一浩渺
而又不能確切指陳的遺憾，或許是「新灘莫悟遊人意，更作風簷夜雨
聲」（〈二月二日〉）的落寞荒涼，或許是「堪悲小苑作長道，玉樹未
憐亡國人」（〈燕臺·秋〉）的古今滄海桑田之慨，或許是「風車雨馬
不持去，蠟燭啼紅怨天曙」（〈燕臺·冬〉）的兒女情長、歡會難再，
更或許是「管樂有才眞不忝，關張無命欲何如」（〈籌筆驛〉）的有才
無命之憾，或僅僅只是無以名狀的傷春感時之嘆，總而言之，是生命
中所有美好渴望之落空，帶給詩人無法掩抑的哀傷，於是詩人移情黃
鶯，希望藉著黃鶯啼叫時留下的淚水，去哀悼與憑弔失落的一切。詩
人以一種浮沈而悲壯的悲劇精神觀看枝頭上最高也是最後僅存的一
朵美麗，因而他完全無視於黃鶯的巧囀、無視於花朵的美麗，卻在春
日美妙鶯啼中照鑑了生命的虛空與短暫。又如〈流鶯〉：

　　流鶯漂蕩復參差，度陌臨流不自持。巧囀豈能無本意，良
　　辰未必有佳期。風朝露夜陰晴裏，萬戶千門開閉時。曾苦
　　傷春不忍聽，鳳城何處有花枝。〔註48〕

黃鶯產於中國南方，鳴聲悅耳，《詩經》周南〈葛覃〉：「維葉萋萋，
黃鳥於飛，集於灌木，其鳴喈喈」，以黃鶯和諧的鳴叫聲形容這女子
采葛時的美好情境。白居易〈琵琶行〉中曰「間關鶯語花底滑」，以
黃鶯風姿的輕靈曼妙、鳴聲之清麗雋永形容琵琶女撥弄出清新美妙之
音色。然而，如此優美宛轉的音聲，到了義山手中竟成爲巧囀哀鳴、
漂流無依的苦吟象徵，詩人悲劇性的觀物方式，使所見所聞均渲染著
悲傷的氣氛。首二句借黃鶯四處流離無依越陌度阡，不由自主的悲
哀，隱喻自己漂泊羈旅、仕途坎坷。頷聯寫黃鶯巧囀之聲必有所寄託，

〔註47〕同註四，頁 1265。
〔註48〕同註四，頁 891。

可惜無人能解，且始終未遇佳期，暗喻自己空有懷抱卻生不逢時。頸聯寫歷經陰晴夜露，受盡摧折，不停哀啼卻無人理會的悲哀，暗指自己顛躓困頓，受盡人世煎熬的無助，至末聯，詩人更將此個人悲傷與人生中的「傷春」之悲悽相連結，表達在人世中渴求美好、渴慕不朽的深情期待之落空，詩人以個人悲哀濡染黃鶯形象，在美麗的黃鶯身上注入自己的悲哀，而完成此一流麗卻悲淒的告白。再如〈贈荷花〉：

> 世間花葉不相倫，花入金盆葉作塵。惟有綠荷紅菡萏，卷
> 舒開合任天眞。此花此葉長相映，翠減紅衰愁殺人。〔註49〕

這首詩首聯寫花、葉各自不同的命運，人們取花栽入金盆而任葉落爲塵泥，暗示著天地不仁，次聯寫荷花的世界卻是個小小的意外，因爲花與葉「舒卷開合任天眞」，互相襯托，呈現難得的圓滿與和諧。末二句又推出一新意，說出無論花、葉如何相輔相成、圓融美好，但終將衰落凋零、化作虛無，詩人再次以悲劇性的詮釋，宣示著美的刹那與脆弱、不可捉摸、詩人的聃溺與幻滅。詩人以深情入詩，以悲劇性的觀物方式觀想萬物，一切美麗的事物因而都渲染上悲哀的色調。

（二）才命相妨的悲哀

　　李商隱的一生擺盪在牛、李黨爭之間，不僅仕途蹇困驢嘶，精神上更承受著永難平復的煎熬與折磨，而「仕途不進，坎壈終身」，〔註50〕那「中路因循我所長，古來才命兩相妨」的悲哀，日夜啃嚙他的靈魂，這不可解的宿命，豈是「欲廻天地入扁舟」（〈安定城樓〉）的義山可堪承受？這份情愫在詩人觀想物象之際，透過各種植物、動物及自然景物，瀰天漫地，鋪衍而來，茲分述如下：

1. 植物：嫩筍、梅花、野菊、紫薇、李花、槿花、木蘭、櫻
   桃等，都是詩人觀想的對象。

　　彷彿宿命的悲劇，早在出仕之前，詩人已感知到一股莫名的才命

〔註49〕　同註四，頁1598。
〔註50〕　《新唐書》卷23・列傳128・文藝下〈李商隱傳〉，鼎文書局，1998
　　　　　年，頁5793。

相妨之悲悽，終將盤據侵襲他的生命。在〈初食筍呈座中〉：

> 嫩籜香苞初出林，於陵論價重如金。皇都陸海應無數，忍
> 剪凌雲一寸心。〔註51〕

此詩描述詩人初嚐新筍的心情。首句稱美「初出林」的竹筍細嫩芳美
的質地，次句則謂其爲稀有珍饈美饌，昂貴如黃金。末二句以激昂悲
憤的口吻批評世人僅爲滿足口腹之慾而斷斷了竹向上攀升、長成凌雲
之姿的機會。詩人以嫩筍自喻生命的高懷遠志，批判當權對人才的糟
蹋與輕鄙，詩人內在潛藏的悲情，渲染萬物，使他在面對一道美食之
際，不僅未能品嚐其況味，反而意識到筍的悲劇即是自己的悲劇，因
而寫就了物我交融、命運相通的詠物詩。

梅花也是詩人投射的對象，他的〈十一月中旬至扶風界見梅花〉：

> 匝路亭亭艷，非時裊裊香。素娥惟與月，青女不饒霜。
> 贈遠虛盈手，傷離適斷腸。爲誰成早秀，不待作年芳。〔註52〕

首聯以十一月已在路旁亭亭綻放並發出裊裊清香的早梅起始，含蓄點
染自己與早梅相似的命運——生不逢時，生不得地，徒具才華卻偃蹇
坎坷，無人欣賞。頷聯寫其生不得，不僅嫦娥不眷顧她，主霜降的青
女也不會珍惜她，使她飽受煎熬摧殘，梅花難言的幽怨，其實正是詩
人的心聲。頸聯寫詩人原欲折梅贈遠，無奈知交疏遠零散，竟無人可
贈，終至愁腸寸斷。末聯詩人爲梅花的際遇慨歎，也正是爲自己神傷。

另一首〈憶梅〉：

> 定定住天涯，依依向物華。寒梅最堪恨，長作去年花。〔註53〕

這首詩寫客居他鄉、流落天涯的恨然。首句寫長久滯留異鄉不得歸家的
惆悵。「定定」二字以疊詞強調了客居天涯的一貫及穩定性，而眞正的
意義卻是在調侃自己漂泊羈旅的宿命。次句寫自己仍對春日的美景依戀
不已，「依依」二字說出了對美好事物的渴求與憧憬。詩至第三句是一

〔註51〕同註四，頁28。
〔註52〕同註四，頁304。
〔註53〕同註四，頁1263。

大轉折，詩人本應爲眼前春色跳躍感動，思鄉之情或可在和煦的春日裏得到短暫的慰藉，然而，他卻失望了，因爲「寒梅最堪恨，長作去年花」。這兩句詩，可作二解，其一意謂寒梅每年所開總如去年之花，而人卻必然在時間的變化中，逐年老去，是以睹花思歲月漸去、紅顏漸老，故引以爲恨。其二指梅花在去年冬天已凋謝而不及在今春與百花一起盛開，故引以爲恨。詩中的梅花並非早開之梅，她依時序正常開放，但以悲劇方式觀物的詩人卻依自己的邏輯，任性地將梅花與春花相比，而斷定其爲早開的「去年」之花。義山完全是以悲劇性的觀物方式去解讀梅花，他不僅未能從寒梅經冬凌霜的精神去欣賞它的美麗，反而因爲梅花的美好而爲自己的年華不再而悲傷，甚至以己之情移入梅花，而發現自己也是一個不被在乎的存在，只徒然在去年的冬天裡哀傷的凋零罷了。仕途蹭蹬、年華流逝的悲情，竟在這百花爭艷的春日裏猖狂地盤踞在詩人充滿悲劇性之思維模式中，徒令人扼腕，另外如〈野菊〉：

> 苦竹園南椒塢邊，微香冉冉淚涓涓。已悲節物同寒雁，忍委芳心與暮蟬。細路獨來當此夕，清尊相伴省他年。紫雲新苑移花處，不取霜栽近御筵。〔註54〕

首句描寫野菊長於苦竹與辣椒叢生的艱苦環境。次句以擬人法表現野菊，寫其在強鄰壓境的環境中，努力掙扎求生，暗自飄著微弱的香氣，菊花瓣上的露水彷彿淚水涓涓，是對此錐心刺骨的惡劣命運之無言的控訴。頷聯寫野菊終將和寒雁在季節的遞嬗中凋零，和寒蟬一樣，氣若游絲，走向生之盡頭，詩人百般不忍，於是說出「忍委芳心與暮蟬」的哀慟之語，原來詩人內心無法承受的其實不是花的凋零殘破，而是那顆渴求美好的「芳心」，終將在歲月的溶蝕下，幻化成空，那才是人生中最大的悲哀，令人形銷骨毀、黯然神傷。頸聯詩人轉換敘述的角度，以自我爲抒情主體，在「此夕」與「他年」的對比中，敘寫今不如昔的感慨。野菊的凋零與自我如今的落寞，在此合而爲一，物我交融，詩人對野菊的哀惋憐惜，其實也正寄寓著對自我命運的傷感。

〔註54〕同註四，頁 943。

末聯又自擬為野菊，說出野菊的哀苦源自無人將其移至紫雲新苑，而對詩人而言，則是點出無人提拔、求官無門的悲劇命運。全詩物我合一，情景交融，清陸崑曾《李義山詩解》中說：「義山才而不遇，集中多歎老嗟卑之作。〈野菊〉一篇，最為沈痛。」〔註55〕其沈痛處即在於涵融了渴求美好卻落空的淒然及「未知何路到龍津」（〈春日寄懷〉）〔註56〕的哀嘆。他的〈臨發崇讓宅紫薇〉：

> 一樹穠姿獨看來，秋庭暮雨類輕埃。不先搖落應有待，已欲別離休更開。桃綬含情依露井，柳綿相憶隔章臺。天涯地角同榮謝，豈要移根上苑栽。〔註57〕

也是因庭中的紫薇花而抒發懷才不遇的感傷，這是詩人將離洛陽赴梓州柳仲郢幕時所作。詩人移情紫薇，以款款深情關注於眼前的紫薇花。首聯寫其在秋日暮雨中濃麗繽紛的姿態，頷聯以擬人手法刻劃紫薇花與詩人間的厚意濃情、惺惺相惜。頸聯寫長安的桃花、柳絮的繁茂榮盛，反襯紫薇的孤單寥落。末聯則是詩人故作豁達之詞，意謂榮謝有時，無可逃於天地之間，所以紫薇花不一定要移至上林苑栽種，全詩託物詠懷，為詩人去國懷鄉的落魄際遇強作寬慰之詞，因而更見詩人內蘊的感傷。又如〈李花〉：

> 李徑獨來數，愁情相與懸。自明無月夜，強笑欲風天。減粉與園擇，分香沾渚蓮。徐妃久已嫁，猶自玉為鈿。〔註58〕

首聯寫自己愁情與高高的李花一樣懸浮飄盪著。頷聯寫李花在暗夜中獨自開出雪白的花朵，在風中隨風飄搖，其所處境遇、情勢之惡劣，正寄寓著詩人落魄無依的身世。「自明」、「強笑」中隱含才不見賞的自負與無奈。頸聯寫其分粉與竹、分香與蓮，正見其雨潤他人的高潔品調。末聯用徐妃已嫁，雖不得君王寵幸，卻仍不改以玉為簪的舊習，正寓託詩人潔身自好、壯志凌雲，永不肯棄絕自我的

〔註55〕 清陸崑曾，《李義山詩解》，學海出版社，1986年，頁40。
〔註56〕 同註四，頁502。
〔註57〕 同註四，頁1084。
〔註58〕 同註四，頁1572。

堅定信念與意志，寫花至此，詩人與花，渾融爲一，花是詩人心志的投影，詩人以悲劇性的方式觀物，在花的艱難苦恨際遇中，照鑑求仕無門，鬱鬱不得志的自身命運。

　　李商隱的詠物詩，特愛以花爲吟詠的對象，這固然是因爲花的色彩、香味、風姿、神韻獨具特色，因花而來的聯想也繽紛多樣，詩人具有無限的想像空間，可以鋪衍抒發，而更重要的原因則是因爲花的榮枯正如同人的生死、物的興衰，總能喚起詩人們幽微的內在同情共感的部分。李商隱不重其意態、形貌而指取其神韻與風致。更具有特色的是他總是以悲劇性的方式去解讀物象，於是早梅寓託著偃蹇坎坷、無人能賞的悲情，寒梅成爲仕途蹭蹬、年華早逝的象徵。野菊是求官無門、命運多舛的投射，李花則是徒具高潔情志卻只能孤芳自賞的失意與寥落。其他如槿花的「可憐榮落在朝昏」，〔註59〕說盡朋黨反覆、君恩難保的無奈、木蘭花的「幾度木蘭舟上望，不知元是此花身」〔註60〕則暗寓飄泊天涯的孤單與失意。另外〈賦得桃李無言〉中的「赤白徒自許，幽芳誰與論」〔註61〕、〈永樂縣所一草一木無非自栽，今春悉已芳茂因書即事一章〉中的「芳年誰共翫，終老召平瓜」，〔註62〕〈木蘭〉中的「波痕空映襪，煙態不勝裾」〔註63〕則皆以花之美好容態與不幸際遇相互交疊，激盪出美才不爲賞識的悲傷之意，花的意蘊豐厚，儼然是詩人幽微深邃的內心世界的具體投影。除了花之外，詩人也寄情於其他植物，例如：〈深樹見一顆櫻桃尚在〉：

　　　　高桃留晚實，尋得小庭南。矮墮綠雲鬢，欹危紅玉簪。惜
　　堪充鳳食，痛已被鶯含。越鳥誇香荔，齊名亦未甘。〔註64〕
詩人藉著樹上僅有一顆晶瑩剔透的櫻桃，抒發個人懷才不遇的苦悶。

〔註59〕　同註四，頁 770。
〔註60〕　同註四，頁 762。
〔註61〕　同註四，頁 495。
〔註62〕　同註四，頁 497。
〔註63〕　同註四，頁 734。
〔註64〕　同註四，頁 624。

首聯寫詩人發現櫻桃的驚訝之情。接著詩人以樹叢比綠雲鬢，以櫻桃比紅玉簪，靈巧刻劃出一顆櫻桃在深樹叢中的美好形象。頸聯敘此珍貴果實卻不幸為鶯鳥所吞。末聯則寫越鳥誇讚櫻桃如香荔般可口，而如此與香荔齊名，櫻桃必然心有不甘，詩人託物寄意，把內心隱微難言的心事，包括：才高卻屈居下僚、才美卻終無一展長才之處，沈淪下僚，只徒受誇美的悲憤，一一展現。

　　甚至羈旅途中所見之叢蘆，也成為他心靈的風景，如〈出關宿盤豆館對叢蘆有感〉：

> 蘆葉梢梢夏景深，郵亭暫欲灑塵襟。昔年曾是江南客，此日初為關外心。思子台邊風自急，玉娘湖上月應沉。清聲不遠行人去，一世荒城伴夜砧。〔註65〕

這是詩人由秘書省調補弘農尉就職途中所作，仕途偃蹇的詩人，以驛站中所見的蘆葦貫穿全詩，抒寫情志。首聯點明地點與時節，在盛夏的氛圍中，疲憊絕望的詩人凝神傾聽這天籟聲響，音聲悠悠，引人回首前塵歷歷，走向歷史甬道。頷聯在「昔年」、「今日」的流轉中，由江南客成為關外心的詩人，徒感事與願違，慨嘆傷懷。頸聯在風急、月沉的景深中，一幅冥晦的水墨落款。末聯寫詩人內心錯落難言的隱微，在蘆葦的清聲與荒城夜砧的交錯聲中，成為永世不墜的亙古旋律，詩人將個人悲情注入叢蘆之中，使全詩展現幽渺深遠、含蓄蘊藉的雋永情味。紀昀謂其「情思殊深」、「情志宛轉」，〔註66〕實為的論。

　　以上這些作品「妙從小物寄慨，倍覺唱嘆有情」、〔註67〕「只就微物點出，令人思而得之」，〔註68〕成功地將情意寄託於微細事物之中，而達物我合一之境。而在李商隱詠植物的作品中，亦有少數寓託

〔註65〕同註四，頁328。
〔註66〕同註四，紀昀〈玉谿生詩詩說〉、〈李義山詩集輯評〉，頁330。
〔註67〕朱鶴齡箋注，沈厚塽輯評，《李商隱詩集》學生書局，1967年，引紀昀評語，頁229。
〔註68〕同註四，屈復《玉谿生詩意》，頁1379。

於非細小纖柔之事物中，如：〈蜀桐〉：

　　玉壘高桐拂玉繩，上含非霧下含冰。枉教紫鳳無棲處，斲

　　作秋琴彈壞陵。〔註69〕

起首二句以「拂玉繩」的誇飾筆法，極言蜀桐挺拔堅毅、超凡脫俗、頂天立地、不畏霜雪的特質。末二句則就蜀桐被斲作琴瑟一事翻出新意，感慨其質地堅實，本當作爲紫鳳棲息之所，無奈被斲做秋琴，雖可彈伯牙壞陵之曲，琴韻固然優雅，但終究少有知音，大才小用，徒使紫鳳無託身之處耳，詩人以蜀桐自喻，不僅未能讚頌其斲作秋琴後發出的樂音，反而悲觀地感歎紫鳳將因而無棲身之處，詩人以一貫的悲劇性觀物方式，以個人的悲悽染就萬物的悲悽，因而所見盡是哀怨與不平。故紀昀謂其「用筆深曲，但其詞不免怨以怒耳」。〔註70〕

　　在這些以植物爲吟詠對象的詠物詩中，只有〈高松〉〈題小柏〉〔註71〕二首，不僅物象本身巨大壯美，與他細小纖柔的詠物詩截然不同，在寓託的意義上，亦擺脫悲觀的視角，而展現了難得罕見的積極與樂觀，例如：〈高松〉：

　　高松出眾木，伴我向天涯。客散初晴後，僧來不語時。有

　　風傳雅韻，無雪試幽姿。上藥終相待，他年訪伏龜。〔註72〕

詩人以高松自喻，首聯與頷聯爲倒裝。前聯寫松之高聳挺拔、凌駕眾木之上，和詩人兩相契合，彷若知音，詩人依此寄寓凜然高尚的志節。頷聯寫於外在淒冷落寞之時，其兀自傲立挺拔的姿態。頸聯則描述風傳松濤的高雅韻致，詩人想像其傲睨霜雪的英姿。末聯謂高松他年必能結出果實，長出靈藥伏龜，託寓詩人對未來的憧憬與期待。〈題小柏〉中曰：「一年幾變枯榮事，百尺方資柱石功」亦正是這一情懷的表白，此詩激昂樂觀中，展現了詩人的自信與氣度。

〔註69〕同註四，頁1313。

〔註70〕同註四。紀昀《玉谿生詩說》，頁1315。

〔註71〕同註四，頁488。

〔註72〕同註四，頁642。

2. 動物：詩人把情志投射於蟬、驚禽、北禽等動物。例如〈蟬〉

> 本以高難飽，徒勞恨費聲。五更疏欲斷，一樹碧無情。薄
> 宦梗猶泛，故園蕪已平。煩君最相警，我亦舉家清。

在中國文學的傳統中，蟬代表「高潔出俗或高潔受難的象徵」，（註73）早在《史記》〈屈原賈生列傳〉中及提到屈原「濯淖污泥之中，蟬蛻於濁穢，以浮游塵埃之外，不獲世之滋垢，皭然泥而不滓者也」，讚美屈原品格如蟬般清明高潔，詩人援引此傳統象徵，首句以「高難飽」寫蟬之棲高飲露，暗喻詩人的人品高潔。形容蟬之鳴啼徒費精神。「一樹碧無情」將蟬棲身的碧綠樹叢，抹上冷酷無情的色彩。頷聯寫其聲嘶力竭的哀鳴卻苦無知音相賞，此四句詩人移情於蟬，摹刻其孤苦高傲、窮困潦倒、顛連無告的心情，蟬的形象其實正是詩人形象的投影，頸聯寫詩人因蟬聲而引發游宦他鄉、欲歸不得的心情。末聯巧妙收合，詩人藉與蟬自語，表明自己潔身自好的品格正與蟬相同，並引以為知己。全詩用了「本」、「徒」、「欲」、「猶」、「已」、「亦」等虛字，造成詩意的委婉曲折、含蓄蘊藉，充分表現詩人體物寫志的高妙技巧。全詩我中有蟬、蟬中有我，物我渾融為一，情真意摯、餘韻嫋嫋。詩人此詩接續詠蟬的傳統，和虞世南〈蟬〉：

> 垂綏飲清露，流響出疏桐。居高聲自遠，非是藉秋風。

駱賓王〈在獄詠蟬〉：

> 西陸蟬聲唱，南冠客思深。不堪玄鬢影，來對白頭吟。露
> 重飛難進，風多響易沉。無人信高潔，誰為表予心。

同為詠蟬名篇，均以蟬自喻高潔清明的自我生命形象，但虞世南側重強調自己的「居高聲自遠，非是藉秋風」，出身高潔、高尚情操。駱賓王則著重與蟬互為知己、同病相憐，共有滿腹的牢騷與怨懟。李商隱則是「以我觀物，故物皆著我之色彩」（王國維《人間詞話》），他看不到碧樹蓊鬱的欣欣向榮，聽不見蟬鳴的清新悅耳，在悲劇性的觀

（註73）施逢雨〈旁通與寄託—兩種解釋詩詞的特殊方式〉，收入《清華學報》
　　　　23 卷第一期。1993 年。

物角度下，詩人所聞、所見盡是斷人心扉的聲色景致。他也在驚禽身上寄寓情志，他的〈宿晉昌亭聞驚禽〉：

> 羈緒鰥鰥夜景侵，高窗不掩見驚禽。飛來曲渚煙方合，過盡南塘樹更深。胡馬嘶和榆塞笛，楚猿吟雜橘村砧。失群掛木知何限，遠隔天涯共此心。〔註74〕

這首詩約作於大中五年悼亡後赴東川前，喪妻之痛益以仕途蹇困，詩人內憂外患、紛來沓至，於是將傷逝、遠行、失意的悲涼心緒，投射在驚禽身上。首聯以羈旅天涯、夜中不寐而見驚禽亂飛點題。頷聯寫驚禽在煙橫水漫的暮色中，越過南塘，飛入更巨大的黑暗之中，突顯其倉皇驚懼的形象。頸聯刻劃胡馬悲嘶應和著榆塞蒼涼的笛聲、楚猿哀吟揉雜著橘村悲愴的砧聲，前者為失群而鳴，後者為掛木而吟，哀淒的聲音濡染著天地的墨色，於是末聯巧妙地在聲音與情境的交融中，說出驚禽、胡馬與羈旅天涯的詩人三者，在遠隔天涯中共同的悲愴孤獨之命運。此詩物與人渾融於一，極悲涼難堪之至，是一首內蘊深情、沈鬱頓挫的詠物佳作。另外如〈北禽〉：

> 為戀巴江暖，無辭瘴霧蒸。縱能朝杜宇，可得值蒼鷹。石小虛填海，蘆銛未破矰。知來有乾鵲，何不向雕陵。〔註75〕

此詩作於梓川柳幕時期，當時詩人懷著美好憧憬南來就任，卻發現在權利傾軋的現實之中，自己不僅位卑且勢單力薄，連自保都岌岌可危，更遑論扭轉乾坤。傷心的詩人於是把這份哀婉曲折的悲苦投射於北禽上。首聯寫北禽因戀慕南方巴江的溫暖而無視瘴霧薰蒸的痛楚，翩然南來。頷聯「朝杜宇」、「值蒼鷹」正是明顯對比，前者以杜宇喻知遇之人，蒼鷹則喻奸人邪佞，這一小一大的形象亦正暗示著南來的詩人雖逢知遇之人、卻仍不敵奸佞攻訐。頸聯運用兩個典故，分別是精衛填海、燕銜避箭，暗喻自己壯心萬丈，終將如精衛虛填滄海、如飛燕難避繪繳，鮮明的意象正突顯詩人處境險峻及心境之困阨。末聯

〔註74〕同註四，頁 1095。
〔註75〕同註四，頁 1193。

用《莊子》〈山木〉篇：「莊子游乎雕陵之樊，睹一異鵲自南方來者」之典故，意謂飛至雕陵即可遇「忘身忘真」之莊子，必可遠離禍害，反問北禽何不再飛回北方家鄉，逼真傳達詩人憂讒畏譏、徬徨無助的心境。尤其末聯意味深長，意蘊深刻。張爾田謂其「意深、情苦、語厚，大異晚唐人」，〔註76〕可謂深識義山者。

3. 其他物象：如亂石、井泥……等，詩人也能寄寓求仕無門、才命相妨的悲情。如〈亂石〉：

> 虎踞龍蹲縱復橫，星光漸減雨痕生。不須併礙東西路，哭殺厨頭阮步兵。〔註77〕

詩約作於宣宗大中二年，詩人罷桂幕之後。「虎踞龍蹲」正形容暗夜星光中的亂石之森然巨大、橫梗要道之頑強與堅硬，首二句以亂石縱橫盤據要路已久，譬喻政治黑暗、佞臣當道，恣意扼抑人才，設喻新奇，不落俗套。末二句引用阮籍途窮哀慟而哭的典故，宣洩自己深陷朋黨之爭而致仕途偃蹇、命運多舛的困阨悲情，進以痛斥當道者勿陷才士於絕境。詩人義憤填膺、字字血淚，寄託深遠，哀婉沈鬱，精準地表達了處黑暗政局中的詩人亟欲衝破障蔽，清除邪蔽，卻又走頭無路的悲哀情懷。另外，他的〈井泥四十韻〉亦有獨到的觀物方式。詩人透過觀察治井時，井中泥的際遇之升沈變化，而悟出「大鈞運群有，難以一理推」的道理。詩中列舉不論君主如：舜、禹、秦始皇、漢高祖、魏武帝或臣下如：伊尹、呂望、樊噲、灌嬰，均出身卑微，最後竟能成帝王或佐興國之業，而長沙定王、董偃雖無功業，卻也可位居尊貴，說明自然社會之變化，實無理可尋，暗寓賢者有才無命、邪佞得道猖狂、雞犬升天的不倫。天理人事既荒誕悖道，最後詩人只能在暗夜中寫作井泥之歌，抒發「浮雲不相顧，寥沈誰為梯」，求仕無門的沈深感慨，井泥為無生命之物，而詩人亦以悲哀之眼，濡染哀愁之顏色，使其成為詩人內在心靈圖景之投影。

〔註76〕同註四，頁1195。
〔註77〕同註四，頁748。

　　李商隱以悲劇性的觀物方式，點化萬物，不論植物、動物或其他自然景物都濡染了悲哀的色彩，表現其求仕無門、才命相妨的悲情，這份錐心刺骨的憾恨，超越他人生中其他各種磨難，詩人曾以〈淚〉爲名曰：

　　　　永巷長年怨綺羅，離情終日思風波。湘江竹上痕無限，峴
　　　　首碑前灑幾多。人去紫台秋入塞，兵殘楚帳夜聞歌。朝來
　　　　灞水橋邊問，未抵青袍送玉珂。〔註78〕

詩人展現其運用典故排比鋪陳的寫作技巧，全詩運用六個典故，層層鋪述牽動人心的六種悲懷之淚，分別是後宮嬪妃在錦衣綺羅的優渥環境中，幽居冷宮的愁怨之淚；因遊子離去的閨中相思之淚；娥皇、女英在湘江上悼念故君舜的斑斑血淚；襄陽百姓緬懷羊祜德澤，立碑以誌的感懷之淚；王昭君告別漢室、遠赴異城、仰天太息的不捨之淚；西楚霸王項羽夜聞四面楚歌的日暮途窮之淚，但最後以「未抵青袍送玉珂」一句總結詩意，點明縱使以上六種情狀所流之淚已足教人肝腸寸結，但均不敵青袍寒士餞送顯達的悲辛之淚。詩人羅列人間種種愁苦之淚，但最耿耿於心、心有戚戚然的卻是仕途坎壈的不遇之淚，顯見這才命相妨的遺憾才是詩人一生永難釋懷的傷痛。

二、微觀世界──感官的復萌與情境的發現

　　法國雕刻家羅丹曾說：「美到處都是，對於我們的眼睛，不是缺少美，而是缺少發現」，詩人之異於常人正在於他能以細緻敏銳的觀物熱情，投注萬物、解讀萬物，總是在客觀的事物上染就主觀的色彩。他以獨特的感受能力及全新的感官體驗，開拓感官的多種可能，向我們揭示一個我們早已熟悉的世界中的陌生卻又深微雋永的情境，引領我們去「發現」，喚醒沉睡的感官及僵化的情意。「把一個原已存在於某種經驗層次上的實在具體啓示出來。……而以某種樣式創造了全新

〔註78〕同註四，頁1636。

的實在。」〔註79〕李商隱以其多情善感的靈魂，貼近物象，挑戰讀者的感官敏銳度，引領我們去發現自然世界的有情天地。如：

> 含煙惹霧每依依，萬緒千條拂落暉。(〈離亭賦得折楊柳二首之二〉)〔註80〕

> 花鬚柳眼各無賴，紫蝶黃蜂俱有情。(〈二月二日〉)〔註81〕

> 蜜房羽客類芳心，冶葉倡條遍相識。(〈燕臺·春〉)〔註82〕

> 夭桃惟是笑，舞蝶不空飛。(〈即日〉)〔註83〕

> 得意搖風態，含情泣露痕。(〈賦得桃李無言〉)〔註84〕

> 靜中霞暗吐，香處雪潛翻。(〈賦得桃李無言〉)

在這個天地中，花朵、蜂、蝶均是有情之物，花蕊如鬚、柳葉如眉、嬌豔的桃花笑意盈人，善交際的蜜蜂翩然輕舞，恣意悠遊酬酢於花草樹木之間，桃花搖曳的風姿得意洋洋，李花含情的樣態，如泣如訴，桃花的「暗吐」紅霞，李花的「潛翻」白雪，花的意態風神，躍然紙上，詩人甚至在各式感官的體驗中，「發現」了無數幽渺深邃的世界：如：

> 幽淚欲乾殘菊露，餘香猶入敗荷風。(〈過伊僕射舊宅〉)〔註85〕

此詩為詩人感懷宰相李德裕而作。李德裕被唐宣宗貶謫，詩人對其功業崇敬不已，在路經其舊宅廢墟時，詩人觸目皆是其同情共感之物，於是移情於物，亦因物興情，見殘菊有淚亦為之哭泣，而殘留的香氣則飄向敗荷叢中，短短二句卻揉合了視覺、嗅覺，甚至聽覺的感受，幽幽道出詩人內心對德裕的無限緬懷與景仰。又如：〈正月崇讓宅〉：

> 先知風起月含暈，尚自露寒花未開。〔註86〕

〔註79〕Herbert Read 著，杜若洲譯詮，《形象與觀念》，日盛出版社，1976年，頁140。
〔註80〕同註四，頁1568。
〔註81〕同註四，頁1203。
〔註82〕同註四，頁79。
〔註83〕同註四，頁412。
〔註84〕同註四，頁495。
〔註85〕同註四，頁948。
〔註86〕同註四，頁1354。

春寒夜半，月生昏暈，夜露凜冽，春花未開，著力刻摹風露花月，一片荒冷寂寥。觸覺與視覺交錯的涼意，直逼襲來，悼亡傷逝的悲情油然而生。又如：〈銀河吹笙〉：

　　　月榭故香因雨發，風簾殘燭隔霜清。〔註87〕

風拂幃簾、燭影幢幢，寒霜淒淒、落花飄香。詩人畫下一幅幽靜淒涼的冷調圖版，視覺的殘破中隱含著觸覺的寒涼與嗅覺的淡渺，詩人孤獨寥落、幻滅失意如一曲笙簫，在暗夜中悠揚不輟。又如〈春雨〉：

　　　紅樓隔雨相望冷，珠箔飄燈獨自歸。〔註88〕

詩人表現刻骨銘心的相思之情，以視覺上「紅樓」的溫暖色調與觸覺上的「冷」相互對比，反襯主述者內心的孤單寥落之感。雨和珠箔的聯想中，亦滲雜著聽覺的綿密不絕，無限今、昔對比，欲說還休。如：〈燕臺・夏〉：

　　　綾扇喚風闐闐天，輕幃翠幕波淵旋。〔註89〕

詩人以文字呼風喚雨，綾扇起風，輕幃如波濤般起落流轉中，亦正象喻相思的波濤跌宕，無止無盡，巧妙點化出相思繚繞的無眠之夜，外在纖細幽靜的氛圍。又如〈晚晴〉：

　　　天意憐幽草，人間重晚晴。併添高閣迴，微注小窗明。〔註90〕

詩作於大中六年，詩人應桂管觀察使鄭亞之聘至桂林，此時的詩人意氣風發、野心勃勃，擁抱當下亦憧憬未來，因而以雨後新晴的小草為喻，抒發對美好際遇的珍重。詩人聚焦於雨後的室內，刻劃一束微光由高處投射入內，屋內頓時明亮深廣，景物的寬闊明亮，正是自身心境愉悅寬慰的寫照。

　　在以上這些例句中，詩人除了運用各種感官的特質去描述物的特性，展現物的獨特風神意態外，更利用各種感官互相交錯、揉合的體驗，去呈現詩人隱微深邃的內在情意幽思，這種陳述的方式，極富

〔註87〕　同註四，頁1703。
〔註88〕　同註四，頁1769。
〔註89〕　同註四，頁79。
〔註90〕　同註四，頁526。

「通感」，誠如錢鍾書所說：

> 尋常眼、耳、鼻三覺亦每通有無而忘彼此，所謂「感受之
> 共產」（Sinnesgüter-gemeinschaft）：即如花，其入目之形色、
> 觸鼻之氣息，均可移音響以揣稱之。〔註91〕

詩人以敏銳的感官尋繹各種陳述的可能，在各種獨特感官經驗的品嚐與感發中，不斷帶領讀者衝鋒陷陣，一句句的詩像一個個全新的感官場域，使人身歷其境，如癡如醉。茲以他的詠雨數首爲例：如〈雨〉：

> 摵摵度瓜園，依依傍竹軒。秋池不自冷，風葉共成喧。窗
> 迥有時見，簷高相續翻。侵宵送書雁，應爲稻粱恩。〔註92〕

詩人鐫刻雨的神態風姿「細膩熨貼」。〔註93〕首聯寫其灑遍瓜園，發出瑟瑟聲響，依傍著竹軒，綿綿不絕。頷聯摹寫雨的氣勢，形容雨不僅使水池滿漲，甚至和風中落葉合奏一曲喧嘩。頸聯寫雨的形貌，隔窗遠望仍可望見，並特寫其在簷下相續翻飛的樣態，末聯以雨中仍通宵送書，以報稻粱之恩的雁子爲結，一方面淡寫鄉愁，一方面暗寓寄人幕下，海角天涯的無奈。本詩融鑄視覺、聽覺、觸覺等效果，呈現雨的抽象入微之境，「于『雨』字不黏不脫，有神無跡，絕好結法」，〔註94〕是詠物詩中超妙絕倫之作。呂本中曰：「作詠物詩不須分別說盡，只髣彿形容，便見妙處」，〔註95〕正是此詩的特色，又如〈細雨〉：

> 瀟灑傍迴汀，依微過短亭。氣涼先動竹，點細未開萍。稍
> 促高高燕，微疏的的螢。故園煙草色，仍近五門青。〔註96〕

首聯寫遠景，抒寫細雨迷濛、清冷之態。次聯爲近景特寫，由細雨的觸感、重量，寫其微涼輕盈的風姿，神韻獨到。「稍促」二句，透過動態的燕、螢襯托雨的微細與輕柔。作者以獨到運斤的筆力，體物入

〔註91〕錢鍾書，《管錐篇》第三冊。中華書局，1979年，頁1073。
〔註92〕同註四，頁1625。
〔註93〕同註四。引紀昀《玉谿生詩說》，頁1627。
〔註94〕同註四，頁1627。
〔註95〕同註四，頁1626，《苕溪漁隱叢話前集四十七，引呂氏童蒙訓》，
〔註96〕同註四，頁1622。

微，細緻貼切，巧奪造化之功。末聯因細雨聯想故鄉之煙草迷濛，至此，細雨與羈旅之思交融渾化，詩意綿渺無盡。又如〈微雨〉：

> 初隨林靄動，稍共夜涼分。窗迴侵燈冷，庭虛近水聞。[註97]

首句描寫暮色中的微雨，若有似無，與山林暮靄交融難辨，由視覺上的煙嵐迷濛，摹寫微雨的風神。二句寫微雨久降，沁發出一股寒涼氣息。第三句則以人之觸覺感受描寫微雨之夜，涼氣侵窗而入，連燈火都濡染上森森的冷意，「侵燈冷」揉合視覺與觸覺的感受，寫來細緻精微，兼具寫實與抽象的特質。末句由聽覺著眼，描寫因空庭寂寥，故雨落之聲清晰可聞，「微」字風神，表露無遺。

　　這三首詩皆以細雨為主題，詩人以寫實手法刻劃其聲音、形貌、態勢，清楚摹寫雨、細雨、微雨的不同樣貌，但他更重視抽象的內在韻致之展現，他總能在其中注入對微物的深情感悟，描摹雨之神韻情致，如〈雨〉中的「秋池不自冷」、〈微雨〉的「窗迴侵燈冷」，池冷、燈冷中，隱微地洩露了詩人內心涼寒如雨的心事重重。又如〈微雨〉，因為摹刻微雨久降而致的寒意與雲霧氤氳的氛圍，巧妙捕捉時空中無邊無際的寂寥和空虛，雨的神韻呼之欲出。這些詩更以想像為結，如〈雨〉的「侵宵送書雁，應為稻粱恩」，暗寓客居他鄉、天涯淪落的淒涼；〈細雨〉的「故園煙草色，仍近五門青」，則暗點對故鄉的無限悠思。兩詩都由「雨」連結詩人內蘊的情思，在情、景的巧妙交融中，餘韻嫋嫋，引人遐思。詩人寫「月」亦別具一格。如〈秋月〉：

> 樓上與池邊，難忘復可憐。簾開最明月，簟卷已涼天。流
> 處水花急，吐時雲葉鮮。姮娥無粉黛，只是逞嬋娟。[註98]

首聯為全篇之綱領，概述月在樓上、池邊之可愛。頷聯寫秋涼之時，三五月明之夜，在樓臺上開簾望月，月的風姿意態最是令人難忘。頸聯寫池邊賞月，月照流水湍湍，燦爛繽紛的流動感。續寫月昇樹梢，照在如雲的葉隙間的斑斕明亮，「吐」、「流」之中，寫出月色靈動旖

〔註97〕同註四，頁 1621。
〔註98〕同註四，頁 1627。

旋的光影變化。末二句則讚美其不施粉墨卻自有其嬋娟之美。全首詩正是取法齊梁之作，卻在構思取境上獨樹一格，無齊梁綺碎瑣屑之弊，卻自有其巧思妙構的化境。又如〈霜月〉：

> 初聞征雁已無蟬，百尺樓高水接天。青女素娥俱耐冷，月中霜裡鬥嬋娟。〔註99〕

首句點出季節已入秋，次句寫霜月如水，天水一色，兼具視覺的空曠與觸覺的寒涼，呈現詩人內在澄明高潔的空靈情境。三、四句摹刻霜月交輝的夜色，以絕美的想像入詩，以青女、素娥爭相鬥妍之景，豐富活化這幽冷寂靜的秋霜月明，霜月頓時像被注入了無限盎然的生意，這是詩人對賞心悅目的人生小景的獨特體悟。另外如〈燈〉：

> 皎潔終無倦，煎熬亦自求。花時隨酒遠，雨後背窗休。冷暗黃茅驛，暄明紫桂樓。錦囊名畫揜，玉局敗棋收。何處無佳夢，誰人不隱憂。影隨簾押轉，光信簟文流。客自勝潘岳，儂今定莫愁。固應留半焰，迴照下幃羞。〔註100〕

這是一首精緻婉約的詠物佳篇。首聯詩人從燈的溫度落筆，寫燈火「無倦」、「煎熬」，描述其光輝與特質，與杜牧「蠟燭有心還惜別，替人垂淚到天明」（〈贈別〉）有異曲同工之妙。「花時」以下四句，從「花時」、「雨後」不同的時節、「黃茅驛」、「紫桂樓」不同的地域鋪衍不分時地，燈光均「無倦」照耀大地的情景。「錦囊」以下四句，寫燈照名畫、殘棋的寧靜夜晚，有人在沈沈的夜夢中、有人則在深憂不眠之中，微妙呈現燈下細美幽約的景致與氣氛。「影隨」二句寫視覺上細膩幽微的光影變化，燈影隨簾押輕轉，燈光像江河流洩在簟紋，子夜悠悠，像一張華麗的席子，在燈下繽紛著瀏亮的顏色。「客自」四句，想像那懷抱「深憂」的相思不眠者，若與心中所思念者在燈下相聚，微光半焰中，自是有無限嬌羞。全詩在此燈人合一，情物相融。詩人寫燈，不著重燈的寫實特性而著重燈的

〔註99〕同註四，頁 1629。
〔註100〕同註四，頁 739。

意態、燈下的景致、氛圍與聯想之摹刻。燈像一個夜的不眠者，引導著讀者進入一個深微雋永的獨特情境。在其中，我們感受到燈自我燃燒、奮力陷身漫漫長夜的激情，「發現」了燈遍照天地的多采風姿，不論殘局、名畫，在燈下均自有其深美意態，正如李因培所說：「淡遠得味外味」，〔註101〕而靜態之外，詩人也開啓我們的感官，以領受燈火流動的繽紛光影與色澤，更以美麗的聯想，靈巧地貫穿燈與人的悠悠情思。錢良擇在《唐音審體》中謂其「力厚色濃，意曲語鋪鍊，無一懈句，無一襯字，上下古今，未見其偶」〔註102〕，予以精準的評價。鏐越先生更以宏觀的角度，將此詩置放於中國詩歌發展史中，剖析其歷史性的轉折意義，認爲此詩無論在意境或作法上，都近於詞，且具有宋詞「細美幽約」的風格，〔註103〕實深識義山者。又如〈襪〉：

> 嘗聞宓妃襪，渡水欲生塵，好藉嫦娥著，清秋踏月輪。〔註104〕

詩人由宓妃之襪引起綺麗神奇的聯想，詩的節奏輕快瀟灑。首二句由宓妃所著之襪引起聯想其「凌波微步，羅襪生塵」〈洛神賦〉的姿態使詩人想像其「渡水生塵」的半神逸態，末二句以奇詭的想像爲結，說出此襪若借與嫦娥，必能使其從此自由飛昇於蒼雲之中，無掛無礙，不再苦悶地感慨「嫦娥應悔偷靈藥，碧海青天夜夜心」〈嫦娥〉），詩的神韻悠揚，爲其喚醒讀者沈睡的感官及僵化之情意之又一例證，足見其發現了神話與神話串聯而生發出的奇妙境界。又如〈牡丹〉：

> 錦幃初卷衛夫人，繡被猶堆越鄂君。垂手亂翻雕玉珮，折腰爭舞鬱金裙。石家蠟燭何曾剪，荀令香爐可待熏。我是夢中傳彩筆，欲書花葉寄朝雲。〔註105〕

這首詠物詩更極致的展現了感官的復萌與情境的發現，這一美學特

〔註101〕同註四。引《唐詩觀瀾集》卷二十四，頁741。
〔註102〕同註四，頁741。
〔註103〕同註四，頁742。
〔註104〕同註四，頁1698。
〔註105〕同註四，頁1548。

質，我們彷彿經歷了一次華麗的感官之旅，走入花精靈的神秘世界。全詩八句用八典，首句用《典略》：「孔子反衛，夫人南子使人謂之曰：『四方君子之來者必見寡小君。』不得已見之。夫人在錦帷中，孔子北面稽首，夫人自帷中再拜，環珮之聲璆然」，另據《論語》〈雍也〉篇中曰：「子見南子，子路不說。夫子矢之曰：『予所否者，天厭之，天厭之！』」，連聖之和者如孔子，都要發誓以明其不爲所動之志，足見南子驚天動地、傾國傾城的美貌，此句以南子帷中初露時的美麗，形容牡丹含苞乍放的嬌艷欲滴。次句用《說苑》：「君獨不聞夫鄂君子晳之泛舟於新波之中也？乘青翰之舟，張翠蓋而犀尾，班麗褂衽，會鍾鼓之音畢，榜枻越人擁楫而歌，……『今夕何夕搴中洲流，今日何日兮，得與王子同舟。蒙羞被好兮，不訾詬恥，心幾頑而不絕兮，知得王子。山有木兮木有枝，心說君兮君不知。』於是鄂君子晳乃揄修袂，行而擁之，舉繡被而覆之」，以越人爲美男子越鄂君披覆的繡被，比喻牡丹花層層花瓣逐次綻放之姿，「初捲」、「猶堆」，生動表現花瓣的立體層次感。頷聯用吳兢《樂府古題要解》卷下：〈大垂手〉言舞而垂其手。亦有〈小垂手〉及〈獨垂手〉也」，以戴著玉珮、身著鬱金裙的美人折腰起舞之態，形容牡丹花搖曳生姿的動態之美。頸聯用《世說新語》〈侈汰〉篇中石季倫用蠟燭作炊的典故，形容牡丹灼灼其華、艷光動人，用習鑿齒《襄陽記》：「荀令君至人家作幕，三日香氣不歇。」之典，形容牡丹花濃郁的香氣，持久不散。末聯用《南史》〈江淹傳〉：「（江淹）嘗宿於冶亭，夢一丈夫自稱郭璞，謂淹曰：『吾有筆在卿處多年，可以見還。』淹乃探懷中，得五色筆一以授之。爾後爲詩絕無美句，時人謂之才盡。」之典故，謂唯有五色彩筆才能詠讚牡丹，刻劃其絕代風華之神韻。全詩運用各種角度摹刻牡丹的花、葉、姿態、色、香，在典故的推衍生發中，「生氣湧出，無復用事之迹」，﹝註106﹞朱庭珍《筱園詩話》卷四曰「體物之功，鑄局之法，斷

﹝註106﹞同註四，引何焯《義門讀書記》，頁 1550。

不可少，此須沉心入理，於經史諸子，推求研究，又於古大家集，盡力用一番設身處地反覆體認功夫；又於物理人情，細心靜檢，始能消除客氣，不執成見，以造精深微妙之詣，得漸近於自然」，〔註107〕以此論述詩人在詠物詩上體契物類神韻的高妙成就，庶幾乎近矣！

第五節　結　論

　　李商隱的詠物詩，一方面繼承了六朝的詠物詩之特質，不僅能「體物」、「狀物」，窮物之情、畫物之態，更以其敏銳纖細的感受能力，開拓感官感覺的多種可能，喚醒讀者沈睡的感官與僵化了的情意，向我們揭示一個深微雋永的精神或意境，另一方面，詩人結合個人獨特的審美觀且以深情入物，悲劇性的觀物方式，在物象與情意的互相投射、渲染、對應之中，激盪出對自我生命的自覺與反省、或展現對愛與美的眷戀、執著與幻滅的悲悽、或表達才命相妨、仕途坎壈的悲情。劉若愚先生曾說：

> 在他最令人滿意的詩作中，外在環境（自然或人世）與內在體驗形成完美的「客觀相互關係」，而且各種體驗——知性的、情感的、感官的與直覺的——都在其中獲致恰如其份地平衡與混融。〔註108〕

物象與情意的和諧交融中，李商隱創造了屬於自己獨特風格的詠物詩。他的詠物詩所詠的已非一物象而已，而是經由物象的聯想、感發、對應，所呈現的一個看似迷離飄渺，卻又真實可感，意蘊幽深的絕妙幻境，正如〈錦瑟〉詩：

> 錦瑟無端五十絃，一絃一柱思華年。莊生曉夢迷蝴蝶，望帝春心託杜鵑。滄海月明珠有淚，藍田日暖玉生煙。此情可待成追憶，只是當時已惘然。

〔註107〕郭紹虞輯，《清詩話續編》，木鐸出版社，1983年，頁2405。

〔註108〕《李商隱詩研究論文集》中劉若愚著—〈李商隱詩的境界〉，國立中山大學中文學會主編。天工書局，1984年，頁555。

在恍兮惚兮之間，說盡人間無限心事，隱微幽深，無以名狀，「物」正如錦瑟，僅是一個媒介，一個心靈圖景的投射，一個展現內在情意世界的符碼，透過這個被詩人特意投注的物象，終而引領我們穿越歷史甬道、心靈幽谷，直達詩人胸中之山水丘壑。

重要參考文獻

1. 清彭定求等編，《全唐詩》，北京中華書局。
2. 《李商隱詩研究論文集》，國立中山大學中文學會主，天工書局。
3. 馮浩《玉谿生詩集箋注》，里仁。
4. 劉學鍇、余恕誠，《李商隱詩歌集解》，洪葉。
5. 張爾田，《李商隱詩年譜會箋》，中華。
6. 陳永正，《李商隱詩選》，遠流。
7. 劉學鍇、余恕誠，《李商隱文編年校注》，北京中華書局。
8. 郭紹虞，《中國歷代文學論著精選》，華正。
9. 羅根澤，《中國文學批評史》，龍泉屋書。
10. 郭紹虞，《中國文學批評史新論》，文山書局。
11. 羅聯添主編，《中國文學批評史資料彙編隋唐五代卷》，成文出版社。
12. 王運熙、楊明，《隋唐五代文學批評史（上）》，上海古籍出版社。
13. 王運熙、楊明，《隋唐五代文學批評史（下）》，上海古籍出版社。
14. 黃保真，成復旺，蔡鍾翔，《中國文學理論史》，洪葉出版社。
15. 李澤厚，劉綱紀主編，《中國美學史（一）》，里仁出版社。
16. 李澤厚，劉綱紀主編，《中國美學史（二）》，谷風出版社。
17. 吳功正，《唐代美學史》，陝西師範大學出版社。
18. 黑格爾著、朱光潛譯，《美學》，里仁書局。
19. 劉若愚，《中國文學理論》，聯經出版。
20. 蔡英俊，《比興物色與情景交融》，大安出版社。
21. 王夢鷗，《文學論》志文出版社。
22. 陳昌明，《六朝緣情說研究》，台灣書店。
23. 葉嘉瑩，《迦陵說詩叢稿》，桂冠出版社。
24. 呂正惠，《抒情傳統與政治現實》，大安出版社。

25. 陳世驤，《陳世驤文存》，志文出版社。

26. 陳寅恪，《隋唐制度淵源略論稿》，台灣商務印書館。

27. 陳寅恪，《唐代政治史述論稿》，台灣商務印書館。

28. 司馬光，《資治通鑑》，北京古籍出版社。

29. 高友工，《中國美典與文學研究論集》，台灣大學出版中心。

30. 王立，《心靈的圖景》，學林出版社。

31. 洪順隆，《六朝詩論》，文津出版社。

32. 陳新璋編，《唐宋詠物詩鑑賞》，廣東人民出版社。

33. 廖國棟，《魏晉詠物賦研究》，文史哲出版社。

34. 雅克·馬利坦，《藝術與詩中的創造性直覺》，北京三聯書店。

35. 陳昌明，《沉迷與超越──六朝文學之「感官」辯證》，里仁書局。

第四章　李商隱詩歌中的歷史意識

第一節　緒　論

　　晚唐詩壇風華絕代,詩人各擅其場,展演獨特韻致,然而不論是:

　　　溪雲初起日沉閣,山雨欲來風滿樓。(許渾〈咸陽城東樓〉)

　　　長空澹澹孤鳥沒,萬古銷沉向此中。(杜牧〈登樂遊原〉)

　　　巧囀豈能無本意,良辰未必有佳期。(李商隱〈流鶯〉)

都表現出一種蕭條、淒涼、絕望之美,清人葉燮更以「江上之芙蓉,
籬邊之叢菊,極幽艷晚香之韻」,〔註1〕將其界定為末世之音。而在晚
唐詩歌中,表現這種末世之音,又多透過詠古、懷古的方式,詩人們
以史入詩,將豐富的情思反映在歷史中,在歷史的觀想與審思中,尋
繹出人意表的詩意,已成為晚唐詩一種獨特的審美方式。其中,李商
隱身處晚唐特殊的文化氛圍中,雖非史家,卻以其敏銳的歷史嗅覺、
深厚的史學涵養、低迷婉約的深摯情意,激盪出智慧與深情的火花。
他透過歷史事件進行生命悲劇意識的探勘,不僅深刻地感受到強烈的
時間意識,甚至體悟到生命中無以言說的蒼涼的悲劇性;他也透過歷
史事件對現實政治提出反思與批判、臧否是非、月旦人物,提出放諸
四海而皆準、超越時空的價值判斷,展現自我獨特的生命情調與人生

〔註1〕　王夫之等撰,《清詩話》下。西南書局,1979 年,頁511。

哲學，思辨永恆的生命價值，他在詩歌中表現的歷史意識是他思考歷史後的情志反映，情感隱微蘊藉、議論批判亦犀利深雋，歷代詩評家評其詩已注意到這一特質：

> 施補華曰：義山七絕以議論驅駕書卷，而神韻不乏，卓然有以自立。此體於詠史最宜。〔註2〕

> 胡應麟曰：晚唐絕句，……，宋人議論之祖。（評其〈賈生〉詩）〔註3〕

> 紀昀曰：純用議論矣，卻以唱嘆出之，不見議論之迹。〔註4〕

> 程夢星曰：今人徒賞義山豔麗，而不知其識見之高，豈可輕學步哉。〔註5〕

當代學者劉若愚在〈李商隱詩的境界〉一文中也說：

> 一旦轉讀李商隱的詠史詩或時事詩，我們會發覺詩中的主題不再是個人的戀情、憂愁與奇想……在在都涵有出於道德義憤與政治熱情而生的感嘆。〔註6〕

謂其詩具有卓越的見解，展現了詩人的「史論」、「史識」，且能以其深情鎔鑄其中，精準地借歷史傳達詩人的道德批判及對時勢的感懷，基於此，本論文將以李商隱詩歌的歷史意識〔註7〕為主軸，探究其歷史意識的形成，將其詩歌中所展現的歷史意識，置放在巨大的歷史學概念之中，剖析其建構出的歷史哲學，俾能抽絲剝繭，解讀其詩歌的深層內涵，重新界定其文學價值。

〔註2〕 劉學鍇、余誠恕、黃世中編《李商隱資料彙編》上冊。輯錄施補華《峴傭說詩》，中華書局，2001年，頁847。

〔註3〕 同註二。胡應麟《詩藪》，頁169。

〔註4〕 同註二。紀昀《詩說》，頁617。

〔註5〕 《李義山詩集箋注》

〔註6〕 國立中山大學中文學會主編，《李商隱詩研究論文集》，天工書局，1984年，頁553。

〔註7〕 本文所謂的歷史意識之定義乃延續筆者於明新學報第33卷發表的論文〈杜牧詩歌中的歷史意識〉一文所說：「藉由歷史人物事件、或場景的反思，有自覺地省視其與自我、社會、人生、家國的關係後，所生發的情意與智識。」（收入本書第二章）

第二節　李商隱詩歌中歷史意識的形成

一、社會氛圍

　　晚唐在歷史上正是社會、文化發生空前劇變的時期，安史之亂留下的藩鎮禍害，如影隨形攀附著帝國漸趨枯萎的枝椏，他們或「據險要，專方面，既有土地，又有其人民，又有其甲兵，又有其財賦」。〔註8〕不僅自奉甚厚，貽其子孫，威加百姓，更有甚者則庸兵自重「爲合從以抗天子」，〔註9〕雖曾經歷憲宗、武宗的討伐，但終究陷入「一寇死，一賊生」〔註10〕的發展模式，使其「萬國困杼軸，內庫無金錢。健兒立霜雪，腹歉衣裳單……國蹙賊更重，人稀役彌繁」（李商隱〈行次西郊作一百韻〉），而終於逐次斲傷著大唐帝國的經絡。

　　牛李黨爭是晚唐的第二大禍害，起於憲穆，終於武、宣，兩者之出身、政論、習性歧異，故各成一黨，牛黨爲高宗之後科舉制度下拔擢的新興進士階級，主張對藩鎮言和，習性放浪不羈。李黨則是兩晉、北朝以來的山東士族，政治上主張對藩鎮外族用兵，嚴守禮法，〔註11〕兩黨之爭與其說是經學、文詞之爭，不如說是政治利益之爭，而且辨識朋黨亦非易事，李絳在〈對憲宗論朋黨〉中曾曰：「小人譖毀賢良，必言朋黨。尋之則無迹，言之則可疑，所以構陷之端，無不言朋黨者。夫小人懷私，常以立利動，不顧忠義，自成朋黨。……夫聖賢合迹，千載同符，忠正端悫之人，所以知獎，亦是此類，是同道也，非謂黨也。」，〔註12〕國君處身其中，往往囿於朋黨，舉步維艱，甚至加上宦官與朋黨之互鬥局面，固而禍亂不絕，最後連唐文宗也要發出「去此朋黨實難」〔註13〕的哀嘆。

〔註8〕　《新唐書》卷五十〈兵志〉，鼎文書局，1998年，頁1328。
〔註9〕　《新唐書》卷二百一十〈藩鎮魏博列傳〉，鼎文書局，1998年，頁5921。
〔註10〕　同上註。
〔註11〕　陳寅恪，《唐代政治史述論稿》，台灣商務印書館，1994年，頁81。
〔註12〕　《全唐文》卷645。
〔註13〕　《舊唐書》卷一七六〈李宗閔傳〉，鼎文書局，2000年，頁4554。

晚唐社會的第三禍害是宦官擅權，宦官擅權始於肅宗之世，他們由於參與唐王世繼承的政治鬥爭而日益作大，最後「宦官之權，反在人主之上，立君、弒君、廢君，有同兒戲」，〔註14〕自元和十五年憲宗為宦官陳弘志、王守澄等殺害，直至唐帝國滅亡，共有穆宗、敬宗、文宗、武宗、宣宗、懿宗、僖宗、昭宗、袁宗等九個皇帝，其中七人為宦官所立，而敬宗、文宗、武宗亦皆死於宦官之手。宦官專權之禍日益劇烈。再加上外廷士大夫與宦官的權力衝突，一切黨人均與宦官交結，期間發生過兩次大衝突，分別是永貞內禪、甘露之變，兩次皆由宦官獲勝，最後演變成「宮掖閹寺競爭之勝敗影響於外朝士大夫之進退」，〔註15〕李商隱的友人劉蕡曾上疏諫言，痛斥宦官之害：「奈何以褻近五六人，總天下之大政，外專陛下之命，內竊陛下之權，威懾朝廷，勢傾海內，群臣莫敢指具狀，天子不得制其心，禍稔蕭牆，姦生幃幄。」〔註16〕一士諤諤，振聲發聵，卻慘遭閹豎所嫉恨，誣罪貶居柳州，而終使朝臣噤不敢言，宦官勢力更趨囂張跋扈。

藩鎮割據、牛李黨爭、宦官擅權交互摧折的晚唐，在風中飄揚，岌岌可危，整個社會籠罩在破蔽衰頹的氛圍中，正如司馬光通鑑中所說：「于斯之時，閹寺專權，脅君於內，弗能遠也，藩鎮阻兵，陵慢於外，弗能治也，士卒殺逐主帥，拒命自立，弗能詰也，軍旅歲興，賦斂日急，骨肉縱橫於原野，杼機空竭於里閭」。〔註17〕現實的社會與政治；使熱情的李商隱發出激昂慷慨的批判，身為傳統的知識份子，李商隱傳承了孔子以來「士」一階級的特色，以誠意、正心、修身、齊家、治國、平天下的內聖外王哲學為生命最高價值，他以「永憶江湖歸白髮，欲迴天地入扁舟」（〈安定城樓〉）自我期許，雖然仕宦偃蹇，他終究被排擠至權力的核心之外，但他在仕途上仍懷抱仁道

〔註14〕趙翼，《二十二史劄記》，卷二，〈唐代宦官之禍〉，世界書局，1980年，頁262。
〔註15〕陳寅恪，《唐代政治史述論稿》，台灣商務印書館，1994年，頁88。
〔註16〕《唐文粹》卷三。世界書局，1972年，頁3。
〔註17〕《資治通鑑》二四四卷，唐紀六十，文宗太和六年。

與忠厚治事，在宦場上初試啼聲，任職於弘農縣府時，即爲了幫蒙冤
受難的犯人減免刑罰，而與上司孫簡發生衝突，〈任弘農縣尉獻州刺
史乞假歸京〉中說：

> 黃昏封印點刑徒，愧負荊山入座隅，卻羨汴和雙刖足，一
> 生無復沒階趨

詩中強烈表現了義山對人民的悲憫與同情、對酷虐政治的不滿，對枉
顧民權的宦吏之抗議，是詩人至高無上的政治情操之展現。

　　義山關懷國家民生，具有強烈濟世救民的熱情，大和九年，未及
第的義山面對宦官與朝臣間衝突的巔峰——甘露之變，他以飽蘸著熱
情的激憤之思，寫下〈有感〉二首其二：

> 丹陛猶敷奏，彤庭歘戰爭，臨危對盧植，始悔用龐萌。御
> 仗收前殿，凶徒劇背城，蒼蒼五色棒，掩過一陽生。古有
> 清君側，今非乏老成。素心雖未易，此舉太無名，誰瞑銜
> 冤目，寧吞欲絕聲，近聞開壽讌，不廢用咸英。

此詩以如椽之筆議論甘露事變，一方面批判事件的主謀者鄭注、李訓
之失策誤國，導致王涯等大臣慘遭宦官無情殺戮，一方面藉事變後宮
中重開壽讌，宴席中彈奏的卻是王涯生前所定的《雲韶樂》，諷刺唐
中宗的粉飾太平，全詩以議論之法寫悲憤之情，字字沉鬱頓挫，展現
義山個人的政治見解與淑世熱情。

　　他在唐文宗開成二年冬由興元〈陝西漢中〉護送令狐楚的靈柩回
京的途中，行經長安西郊，親眼目睹農村的衰敝，寫下〈行次西郊作
一百韻〉，反省唐朝開國兩百年來興衰治亂之因，詩中強烈批判安史
之亂造成的國家慘狀：

> 農具棄道旁，飢牛死空墩。依依過墟落，十室無一存……
> 城空雀鼠死，人去豺狼喧，……

到處是藩鎮割據的戰場，舉目是生民的塗炭與凋敝，他分析當時政綱
紊亂起困於

> 中原遂多故，除授非至尊，或出倖臣輩，或因帝感恩

帝王昏聵、佞臣獨攬大權的悲劇，愈演愈熾，「巍巍政事堂，宰相厭

八珍」，那些飽食終日無所事事的大臣，使國家危機四伏，面對此情此景，義山表達強烈的救國熱忱：

> 又聞理與亂，繫人不繫天，我願爲此事，君前剖心肝。叩頭出鮮血，滂沱污紫宸，九重黯已隔，涕泗空沾脣。

義憤填膺、悲不可抑，爲封建時代受苦的百姓質問君王，氣勢磅礴，震人心魄。

　　義山的悲劇不僅來自個人的顛沛流離，更來自於對時代傾覆的無能爲力，空有濟世熱情卻苦無用武之地，這矛盾的心情，使他很自然表現爲深沉的思索，思索歷史人世盛衰興亡的哲理，正如查良球在分析晚唐詩人的思考特性時所說：

> 黑暗的政治拒絕了他們的政治熱情，他們只得又回到學人的本色上來了，他們只能以學者的方式來表現他們的存在價值，多帶著學人的個性來思考現實政治問題，他們的目光由現實轉向歷史，其思考方式多有史學化的傾向。〔註18〕

時代刺激了詩人，詩人在歷史中找到了紓解自我最好的方式，這是李商隱詩歌中具有強烈歷史意識的重要因素，以歷史入詩，在詩中緬懷歷史、批判歷史、表現自我，也就成了李商隱關注現實的一種特殊審美形式，而其獨特的歷史意識因此匯聚而成。

二、晚唐文化氛圍

　　唐代雖歷經藩鎮割據、宦官擅權、牛李黨爭等政治風暴，社會秩序蕩然無存，生民塗炭，分崩離析。現實政治的黑暗，拒絕了文人們的參政熱情，卻也激發了他們的思維，中唐以來，文人紛紛發表振衰解弊的言論，他們的思考方式有漸趨史學化的傾向，如韓愈曾著《順宗實錄》，凡「忠良奸佞，莫不備書，苟關于時，無所不錄」，〔註19〕柳宗元寫作〈封建論〉〈非國語〉〈天對〉……等歷史文章，在〈封建論〉中，以史家的犀利眼光分析封建制度的創立及沿革。

〔註18〕　查良球著，《唐學與唐詩》，商務印書館，2001年，頁241。
〔註19〕　《全唐文》，卷五四七，〈進順宗皇帝實錄表狀〉，

李翱在〈答皇浦湜書〉中曰：

> ……故欲筆削國史，成不刊之書。用仲尼襃貶之心，取天
> 下公是公非以爲本。群黨之所謂是者，僕未必以爲是，群
> 黨之所謂非者，僕未必以爲非，使僕書成而傳，則富貴而
> 功德不著者，未必聲名於後，貧賤而道德全者，未必不烜
> 赫於無窮。〔註20〕

因牛李黨之爭而思考出一套以「取天下公是公非以爲本」的著史標準，不以貧賤、富貴爲判斷之依據，這卓然不群、剛正不阿的史識，擲地有聲。

而唐代詩人對史學亦有著濃郁的興味，《韻語陽秋》中即記錄這一種現象：

> 張祜詩云：「故國三千里，深宮二十年」，杜牧賞之，作詩
> 云：「可憐故國三千里，虛唱歌詞滿六宮」，故鄭谷云：「張
> 生故國三千里，知者惟應杜紫微」請賢、品題如是，祜之
> 詩名安得不重乎？」

> 杜牧張祜皆有〈春申君〉絕句。杜云：「烈士思酬國士恩，春
> 申誰與快冤魂。三千賓客總珠履，欲使何人殺李園」，張云：
> 「薄俗何心議感恩，諂容鼍迹賴君門。春申還道三千客，寂
> 寞無人殺李園」二詩語意太相犯。嗚呼！朱英之言盡矣，而
> 春申不能必用；李園之計巧矣，而春申不能預防；春申之客
> 眾矣，而一人爲春申殺李園者，所以起二子之論也」〔註21〕

由於對春申君的歷史故實具有共同的興趣，使他們以這種方式互相唱和，各自立意，這種情形成爲晚唐文化氛圍中一種特殊而有趣的現象。

詩人們有時甚至以歷史意識的展現與否，作爲批判詩歌的標準，杜牧在評論李賀詩時曰：

> 蓋騷之苗裔，理雖不及，辭或過之。騷有感怨刺懟，言及

〔註20〕　《全唐文》，卷六三五。

〔註21〕　郭紹虞編選，《清詩話續編》輯錄賀裳《載酒園詩話又編》，上海古籍出版社，1983年，頁376。

> 君臣理亂，時有以激發人意。乃賀所爲，無得有是；賀能
> 探詢前事，所以深嘆恨今古未嘗經道者，如金銅仙人辭漢
> 歌、補梁庚肩吾宮體謠，求取情狀，離絕遠去筆墨畦徑間，
> 亦殊不能知之。〔註22〕

杜牧認爲李賀的詩「理有不足」，但在辭藻上卻能推陳出新，他尤其
肯定李賀詩中引用歷史象徵朝代興衰的特質。歷史的理念在晚唐草偃
風行。

　　而《通典》的出現，更是文人投身歷史，借歷史經世致用，借
歷史以抒救國熱忱的極致表現。杜佑因目睹安史之亂後「理道乖
方，版圖脫漏，人如鳥獸飛走莫制，家以之乏，國以之貧，姦冗漸
興，傾覆不悟。」〔註23〕而寫作《通典》一書，懷抱著匡世濟俗的
熱情，杜佑不再滿足於春秋「別嫌疑，明是非，定猶豫，善善惡惡，
賢賢賤不肖，存亡國，繼絕世」（《史記》〈太史公自序〉）僅以正名
分、作殷鑑爲歷史的精神層次，他期許《通典》能落實政治，歷史
能和政治合流，成爲實際可經世致用的史學，誠如《通典》序中所
述：「所纂通典，實采群言，徵諸人事，將施有政」，〔註24〕「將施
有政」明確表述了其治史的目的，至此，中國史學的經世思想，自
精神層次發揮到治天下之道。〔註25〕

　　《通典》的致用性，一直爲後人所稱頌：「博取五經群史，及秦
漢六朝人文集奏疏之有俾得失者，每事以類相從，凡歷代沿革，悉爲
記載，詳而不煩，簡而有要，元元本本，皆爲有用之實學，非徒資記
問者可比。」，〔註26〕它是史家以淵博的學養、濟世的熱情，激揚建
構出的一套完美政治思想，史家懷著像文學家一樣的創造心情，用情
感體會每一個人物，用理智思索每一事件與制度，在情感與理智的交

〔註22〕　《樊川文集》，卷十，〈李賀集序〉，漢京文化事業有限公司，頁148。
〔註23〕　《通典》卷七，〈食貨〉。
〔註24〕　《通典》卷一，〈自序〉。
〔註25〕　杜維運著，《中國史學史》冊二。三民書局，2000年，頁331。
〔註26〕　《四庫全書總目》卷八一，史部政書類。

會中，重新審視歷史的真相，這種把握歷史的方式，成為晚唐文人的特質，影響了他們，使他們在處理文學的題材能作多元化的思索，同時，也能感同身受、設身處地，和歷史中的人事交融匯通，展現出更深邃的體悟，進而融鑄成其獨特的歷史意識。

三、家學背景

　　李商隱身處晚唐帝國漸趨式微的轉折點上，短暫的一生在宦官專權、藩鎮割據、朋黨傾軋交織成的衰頹與崩潰中度過。四十六年的短暫人生卻已經歷了憲宗、穆宗、敬宗、文宗、武宗、宣宗六朝遞嬗。十歲喪父，「家難旋臻，躬奉板輿，以引丹旐。四海無可歸之地，九族無可倚之親。既袝故丘，便同逋駭。生人窮困，聞見所無。」，〔註27〕孤兒寡母，形影相弔，「傭書販舂」，〔註28〕流離失所。但艱難的生活卻未曾磨滅他的學習欲望，他在〈上崔華州書〉曰：「五年讀經書，七年弄筆硯」，提到啓蒙教育已為他日後的學養奠定了厚實的基礎。他談及學習歷程時曰：「果材誠菲薄，志實辛勤；九考非遷，三冬益苦。引錐刺股，雖謝於昔時；用瓜鎮心，不慚於先輩。」，〔註29〕藉引錐刺股、用瓜鎮心，展現了士志於學的堅毅精神。因而，他「十六能著〈才論〉〈聖論〉，以古文出諸公間」。〔註30〕這些作品今雖亡佚，但現存〈斷非聖人事〉〈讓非賢人事〉〔註31〕二篇早年作品，表現年少的詩人已能獨立思考且具有卓然不群的思辨能力。

　　義山積學儲寶、博學多聞，早已名聞遐邇，受辟崔戎幕府時，即令人刮目相看：「公時受詔鎮東魯，遣我草奏隨牙車，顧我下筆即千字，疑我讀書傾五車」（〈安平公詩〉），而尤其難能可貴的是，他雖然

〔註27〕劉學鍇、余誠恕著，《李商隱文編年校注》，〈祭裴氏姐文〉，北京中華書局，2002 年，頁 814。

〔註28〕同上註。

〔註29〕同上註，頁 1252。

〔註30〕同上註，頁 1713。

〔註31〕同上註，頁 2287。

飽讀詩書，卻能不受限囿，往往能超越傳統而創發獨特的觀點，他曾有一段驚世駭俗的論述：

> 愚生二十五年矣，五年讀經書，七歲弄筆硯，始聞長老言，學道必求古，為文必求師法，常悒悒不快。退自思曰：夫所謂道，豈古所謂周公、孔子者獨能邪？蓋愚與周公俱身之耳。以是有行道不繫古今，直揮筆為文，不愛攘取經史，諱忌時世。百經萬書，異品殊流，又豈能意分出其下哉。〔註32〕

這段文字對文必「求古」，學道必有「師法」的傳統文學「載道」、「言志」觀，提出了強烈反駁，他認為文學是「直揮筆為文」的直抒情性，不須師法周公、孔子等聖人之道，更毋須「攘取經史」，凡是以真情為主的創作就是好作品，不可用僵化板滯的傳統觀念任意批判，分其高下。「愚與周孔俱身之耳」一句，充分表露義山自信自負、率性豪邁的真性情，而他以靈活的思想出入古今，融貫成的一家之言，也正意味著一個優秀的文學家必將具有的特殊視野與識見，已然陶鑄成形。

他也以多聞博識作為訓誡教養子女的目標：

> 兒慎勿學爺，讀書求甲乙，穰苴司馬法，張良黃石術，便為帝王師，不假更纖悉。(〈嬌兒詩〉)〔註33〕

他以親身的體驗勉勵兒子不可侷限於精修一業而已，務必博覽群書，方可有所作為。

義山不僅博學，且具有史家的識見，根據《唐才子傳》：「每屬綴，多檢閱書冊，左右鱗次，號『獺祭魚』」，在唐人好學的風氣中，他始終不遑多讓，因而發為詩篇則「識學素高，超越尋常拘攣之見」。〔註34〕他不斷運用所學作詩，歷史正是他最常擷取的題材，不管正史軼事，他都能匠心獨運。試以〈鄠杜馬上念漢書〉為例：

> 世上蒼龍種，人間武帝孫，小來唯射獵，興罷得乾坤，渭

〔註32〕同上註，〈上崔華州書〉，頁108。

〔註33〕劉學鍇、余恕誠著，《李商隱詩歌集解》，洪葉出版社，1992年，頁863。

〔註34〕嚴羽《苕溪漁隱叢話》後集卷十九引《藝苑雌黃》，

水天開苑，咸陽地獻原，英靈殊未已，丁傅漸華軒。〔註35〕

義山在史冊中遊刃有餘，這首詩是詩人偶經鄠、杜時所作。當時他聯想起《漢書》：「宣帝尤樂鄠、杜之間」的記載，立刻就對宣帝的事蹟，有所回應與感慨，詩的前六句以輕鬆流利的筆調勾勒宣帝的少年早慧、意氣風發的形象，末二句則感慨宣帝開啟驕寵外戚的風氣，致使哀帝又縱容太后外戚丁氏家族、皇后傅氏家族，坐擁大權，終於禍國滅亡。義山的議論與評斷其實是檢閱歷來史冊而得，根據《三國志》，魏明帝論繼統，詔舉漢哀帝之失有云：「非罪師丹忠直之罪，用致丁、傅焚如之禍。」亦抨擊傅、丁家族，足見此說由來已久。由此我們強烈感受到義山淵博貫通史籍的功力，無怪乎後人評此詩曰：「末言宣帝貴許、史，啟成帝之任外戚，延及哀、平，委政王莽，儼然史筆。」〔註36〕

義山不僅熟讀史書，隨興發論，具有卓越的史學見解，在詩歌創作上，也自然展現出獨特的歷史意識。源於這種對歷史的深刻體悟，在詩歌創作主張上自然建構出一套獨特的詩歌審美觀，他在創作中著力形式的創發，總是以「包蘊密緻」、「寄託深而措辭婉」，〔註37〕致力於形式的縝密構建，以抒發內在深情隱曲，在其文論中有明確的抉發：

夫玄黃備采者繡之用，清越為樂者玉之奇。固以應合玄機，運清俗累，……況屬詞之工，言志為最。自魯毛兆軌，蘇李揚聲，代有遺音，時無絕響，雖古今異制，而律呂同歸。我朝以來，此道尤盛。皆陷於偏巧，罕或兼材。枕石漱流，則尚於枯槁寂寥之句，攀龍附翼，則先於驕奢艷佚之篇。推李、杜則怨刺居多，效沈、宋則綺靡為甚。至於秉無私之刀尺，立莫測之門牆，自非託於降神，安可定夫眾製？〔註38〕

〔註35〕同註三十三，頁 1345。

〔註36〕同註三十三，頁 1394。

〔註37〕王夫之等撰，《清詩話》〈原詩〉卷四外篇下。西南書局，1979 年，頁 556。

〔註38〕同註二十七，〈獻侍郎鉅鹿公啟〉，頁 1188。

文中藉稱美魏扶之故，闡釋了文質兼備說的觀點，李商隱重視文學作品的形式之美，他從審美的角度看重「玄黃」色彩、「清越」之音，對詩歌的色彩與音律之美了然於心，以其爲文學的重要質素，「古今異制、律呂同歸」更是對音律美的肯定，以爲詩家正法。除了形式之美外，他所謂的「言志爲最」，是重視抒寫情感，是不「諱忌時世」抒發個人對時代與家國的情愫。所以他反對白居易用通俗、質樸的語言諷刺時政，他主張將「怨」鎔鑄於「綺靡」精巧富麗的形式之中，因而批評唐詩人多未能及此，以致「陷於偏巧，罕或兼材」，寫隱逸之情者，無透徹清明之感語，卻見「枯槁寂寥」的無病呻吟，求宦達者，爲攀龍附翼，所作皆驕奢艷佚之作，不僅情意不眞，盡是阿諛取悅權貴之詞，而且脫離現實、逃避現實。有學於李白、杜甫者則僅及怨刺，而無眞切的憂時感事之情。學於沈佺期、宋之問者則僅得綺靡，亦乏眞情。凡此種種，批判之聲不一而足，明確表現義山個人的審美觀。他在〈漫成五章〉之一曰：

> 沈宋裁辭矜變律，王楊落筆得良朋，當時自謂宗師妙，今日惟觀對屬能。〔註39〕

文學發展的歷史是一段複雜又多變的曲折史，初唐時，面對六朝綺靡頹廢的詩風，自然必須力求變革，然而六朝以來，詩人們在創作上累積的豐富之藝術經驗——尤其是聲律上的講究，也不可一概抹殺，所以初唐的詩人們如初唐四傑除繼承沈約、庾信「以音韻相婉附，屬對精密」〔註40〕的特色外，又承襲沈佺期、宋之問「又加靡麗，回忌聲病，約句準篇，如錦繡成文」〔註41〕的特質，因而他們在文學上的成就主要在於「繼承和發展了六朝的技巧，奠定了唐代今體詩的形式」，〔註42〕李商隱在這首詩中以「矜變律」、「得良朋」，確認沈、宋與四

〔註39〕 同註三十三，頁 912。
〔註40〕 歐陽修，《新唐書》，卷二百二〈宋之問傳〉，鼎文書局，1990 年，頁 5751。
〔註41〕 同上註。
〔註42〕 馬茂元，《論唐詩》，〈論駱賓王及其在四傑中的地位〉，上海古籍出

傑在文學史上對律體形式的貢獻，然而卻在末二句提出了他寬闊通達的歷史性評斷，認為此數子在當時猶自矜誇於位居文壇宗師的地位，但若從長遠的文學史發展的觀點論定其價值與意義，就會發現他們只留下「對屬能」的技巧成就罷了。李商隱在此已經意識到除了形式之外，詩的內容也具有相同的重要性，尤其唐詩至晚唐，僅僅注重形式之美已不受能滿足時代的需要，他還要求文學應該有更含蓄深厚、深情綿邈的表達方式，展現了文質兼重的文學觀。

而為了達到文質兼重的要求，他在創作上以豐厚的史學涵養經營詩歌，對於當時盛行的白居易作品存而不論，述及其詩歌成就時，僅以「凭凭羽羽，君子之文」一語帶過，完全未提及其詩風，這種態度正說明二人的詩風不同，詩歌審美觀的歧異。

李商隱受到晚唐時代風潮、文化風潮、個人家學背景的影響，具體感受到歷史與個人生命的緊密聯繫，不僅發展出一套文質兼重的文學觀，而且他深刻地了解歷史的實用主義精神，因而總能在歷史中尋繹出應對人生的智慧，以情以理，感受歷史、活化歷史，歷史在他的生命中已不只是「構成人類的過去的所有事件與行動，或對這一過去的記載」而已，而是一個個與他的生命融貫為一的存在，他結合了學者的廣博和精審與政治家的思想及詩人的理想與深情，因而在詩歌中展現出獨特而深雋的歷史意識。

第三節　李商隱詩歌中的歷史意識

李商隱以厚實的史學涵養，在面對詩歌時，又總是追敘真人實事，像一個歷史學家，不僅用理智，也用情感去揣想，正如唐君毅先生在闡述詩人與歷史的關係時曾說：

在詩人心中，其貫通遠近今古之道，或直接以其心，同時念古今，念遠近，而將之納於當下一念；或憑當前之物，為古今遠近的人所共見

版，1999 年，頁 4。

共知的，即以此物而貫通之，而不爲歷史與現實的時空所限制。〔註43〕

　　透過詩人的同情共感，詩人與歷史彷彿合而爲一，歷史走入了詩人的生命，成爲詩人內心世界的投射，詩人在歷史的邏輯中意識到繁華如夢、人生無常的悲劇性，尋找自我生命的安頓與定位，或諷論現實，或論斷是非，甚至在其中照鑑人格生命的典範，思辨生命的永恆價值，對他而言，歷史不再只是煙銷雲散的往事，而是一個巨大豐富的內蘊，是詩人生命情思的投射。以下將透過（一）歷史意識中的悲劇性（二）歷史意識中的批判性（三）歷史意識中的理想性，探索李商隱詩歌中的歷史意識。

一、歷史意識中的悲劇性

　　深情是李商隱悲劇的來源，也是創作的泉源。他早年艱難苦學，壯年徘徊游離於牛李黨爭，中年則徬徨窮拮，孤獨無依，他以執著多情、善感幽微的天性，擺盪在高潔的理想與殘酷的現實之間，個人強烈的用世熱情，一直在冰冷的政治舞台上上演著「虛負凌雲萬文才」（崔珏〈哭李商隱〉二首之二）〔註44〕的劇碼，時代的斑駁與個人的才命相妨，益以兒女情長的淒惻悲愴，終於崩迸出血淚縱橫的詩影筆光，那無所逃於天地的豐盛的內在深情，像春蠶繭縛，纏繞不去。他以義無反顧的深情解讀生命的密碼，不僅繼承六朝「緣情」傳統，提出源於眞情的審美理論，〔註45〕而且在創作中加以實踐，展現「深知身在情長在，悵望江頭江水聲」（〈暮秋獨遊曲江〉）的深情與絕決。情是他生命的全部，這份情感正如他時時引用的「青鸞鳥」的典故：

　　　昔罽賓王結置峻祈之山，獲采鸞鳥，欲其鳴而不能致。夫
　　　人曰：「嘗聞鳥見其類而後鳴，可懸鏡以映之。」王從其言，
　　　鸞睹影感契，慨然悲鳴，哀響中宵，一奮而絕。〔註46〕

〔註43〕《民主評論》，第十五卷第十四、十五、十六期。
〔註44〕同註三十三，頁2018。
〔註45〕參見本書第一章。
〔註46〕范泰〈鸞鳥詩序〉，《藝文類聚》卷九十。

鷥鳥爲鏡中之影哀響中宵、終致命殞黃泉，這幽豔旖旎深摯婉曲的
情意，令人心蕩神馳，典故中的青鷥鳥如此用情至深，正展現了義
山情感質地的醇厚與深邃，青鷥鳥對鏡中幻影的思念，也早已超越
形體的層次，而飆高至精神的境界，那直至身亡氣絕，否則永不放
棄渴求人生美好、渴慕生命不朽的願望，正象徵著義山對人間完美
與永恆的追索。

> 荷葉生時春恨生，荷葉枯時春恨成。(〈暮春獨遊曲江〉) 〔註47〕
>
> 春蠶到死思方盡，蠟炬成灰淚始乾。(〈無題〉) 〔註48〕
>
> 凍壁雙華交隱起，芳根中斷香心死。(〈燕臺〉冬) 〔註49〕
>
> 此情可待成追憶，只是當時已惘然。(〈錦瑟〉) 〔註50〕
>
> 直道相思了無益，未妨惆悵是清狂。(〈無題〉) 〔註51〕

都是這種悲情質地的展現。

奠基於這深情的質地，詩人對於涵容這一切的時間是敏銳的，而
歷史是時間的串連，時間是歷史化整爲零的單位，「歷史首先是一個
時間的過程，正是每時每刻都在飛逝的時間構成了歷史的維度，也帶
來了深沈的歷史感」，〔註52〕因而詩人的歷史意識也深受其時間意識
影響，敏銳的時間意識成爲他詩歌中的基調，對於時間的流逝，他總
是憂心忡忡、無以釋懷：

> 曉鏡但愁雲鬢改，夜吟應覺月光寒。(〈無題〉) 〔註53〕
>
> 昨夜西池涼露滿，桂花吹斷月中香。(〈昨夜〉) 〔註54〕
>
> 夕陽無限好，只是近黃昏。(〈樂遊原〉) 〔註55〕

〔註47〕同註三十三，頁 1784。
〔註48〕同註三十三，頁 1461。
〔註49〕同註三十三，頁 79。
〔註50〕同註三十三，頁 1420。
〔註51〕同註三十三，頁 1452。
〔註52〕李公明，《歷史是什麼》，書林出版社，1998年，頁 20。
〔註53〕同註三十三，頁 1461。
〔註54〕同註三十三，頁 1079。
〔註55〕同註三十三，頁 1942。

> 浮世本來多聚散，紅渠何事亦離披。（〈七月二十九日崇讓宅讌作〉）〔註56〕
>
> 一歲林花即日休，江間亭下悵淹留。（〈即日〉）〔註57〕
>
> 人間桑海朝朝變，莫譴佳期更後期。（〈一片〉）〔註58〕
>
> 此生真遠客，幾別已衰翁。（〈寓目〉）〔註59〕

時間催折了生命中所有美好的事物，季節的遞嬗對他而言不是自然的流轉而是傷春、傷別意緒的牽動，所以他要勒止時間的猖狂，在〈贈勾芒神〉中：

> 佳期不定春期賒，春物夭閼興咨嗟，願得勾芒索青女，不教容易損年華。〔註60〕

為了保有這美好的春日，他居然異想天開，希望藉勾芒神〈春神〉之力，祈求主霜雪的女神──青女，勿摧毀萬物、折損芳華。在〈謁山〉：

> 從來繫日乏長繩，水去雲回恨不勝，欲就麻姑買滄海，一杯春露冷如水。〔註61〕

他甚至癡人說夢、援引神話，想要向麻姑買滄海，以挽住時光，避免「水去雲回恨不勝」的惆悵。在〈樂遊原〉中，他更指責太陽神只顧自己休憩而不讓太陽再昇起：

> 羲和自趁虞泉宿，不放斜陽更向東。〔註62〕

愈是癡心妄想、荒誕不經，愈顯示詩人內心糾結難平的「時間」鬱結，然而，這一切的努力顯然徒勞無功。

在時間的長流中，他展閱史冊，歷數前朝君臣的際遇，在〈井泥四十韻〉〔註63〕中提出：

〔註56〕同註三十三，頁1069。
〔註57〕同註三十三，頁412。
〔註58〕同註三十三，頁1984。
〔註59〕同註三十三，頁628。
〔註60〕同註三十三，頁1954。
〔註61〕同註三十三，頁1952。
〔註62〕同註三十三，頁1941。
〔註63〕同註三十三，頁1403。

大鈞運羣有，難以一理推，顧於冥冥內，為問秉者誰。

的疑問，並推衍出「人事難料、物理難測」才是歷史的規則，對歷史、
人生提出了沈沈的探問，而隱藏在詩中更巨大的悲痛，其實是：

我恐更萬世，此事愈云為，猛虎與雙翅，更以角副之，鳳
凰不五色，聯翼上雞棲

原來小人避賢、有才無命才是他在歷史中體悟道到的永恆的悲劇。

對於時間及在時間中剎那奔逝、挽留不住的美好事物、歷史中某
種殘酷的定律，他悲慟嘆惋不已，〈天涯〉一詩，是這些複雜心境的
極致表現：

春日在天涯，天涯日又斜。鶯啼如有淚，為濕最高花。〔註64〕

深情的詩人在春光明媚中遊宦他鄉，在夕陽的美麗裏，他無法陶醉其
中，享受春日的美好，反而想起所有美好的事物都已美好過了，像春
日的流逝，如此不著痕跡地消歇了。與其說他不能忍受時間的流逝，
不如說他不能承受因此而來的人情分離的蕭索、生命流逝的虛空、才
華掩抑的絕望、家國無法重建的無稽，換言之，詩人在春日的感傷其
實是一浩渺而又不能確切指陳的遺憾，或許是「風車雨馬不持去，蠟
燭啼紅怨天曙」（〈燕臺・冬〉）的兒女情長、歡會難再，或許是「堪
悲小苑作長道，玉樹未憐亡國人」（〈燕臺・秋〉）的古今滄海桑田之
慨，或許是「新灘莫悟遊人意，更作風簷夜雨聲」（〈二月二日〉）的
落寞荒涼，更或許是「管樂有才真不忝，關張無命欲何如」（〈籌筆驛〉）
的懷才不遇之感，或僅僅只是無以名狀的傷春感時之嘆，總而言之，
是生命中所有美好渴望之落空，帶給詩人無法掩抑的哀傷，於是詩人
移情黃鶯，希望藉著黃鶯啼叫時流下的淚水，去哀悼與憑弔失落的一
切。詩人以一種深沈而悲壯的悲劇精神去觀看春日枝頭上最高也是最
後僅存的一朵美麗，因而他完全無視於黃鶯的巧囀、無視於花朵的妍
麗，卻在春日美妙的鶯啼中照鑑了生命的虛空與短暫。

由上可知，李商隱懷抱著巨大的熱情，投入這悲苦、缺憾、滿目

〔註64〕　同註三十三，頁1265。

瘠痍的人間，在時間的長河中，他要睥睨這一切的虛空，以「研丹擘石」的堅定執著去面對九死不悔的追求、這份深情展現出一種悲壯的美，原來李商隱的悲哀是來自儒家對現實深重承載的熱情，卻又體悟一切人物、事業皆爲虛幻的道家智慧，兩相融鑄成如此糾葛，剪不斷、理還亂的複雜情愫。緣於這種潛藏在詩人內心的悲劇意識，深情如李商隱，在時間之流黯然神傷，他感受到歷史的蒼茫與悲哀，於是，他以最靈敏的感受突破時空的扞格，將轟然前去的歷史拆解成一段段時間的場景，在登山臨水中照鑑了生命的荒涼與虛無，與歷史展開一場雋永的對話，歷史不僅成爲詩人個人困阨不遇情懷的符碼，是他個人隱微纖細的情感世界的投影，也成爲他感時傷世的寓託，甚至成爲他勘破人生虛幻本質的媒介，詩人以深情駕馭、檢視歷史，成就了一個繽紛豐盛卻充滿悲劇性的內心世界。〈曲江〉是這種心境的寫照：

> 望斷平時翠輦過，空聞子夜鬼悲歌。金輿不返傾城色，玉殿猶分下苑波。死憶華亭聞唳鶴，老憂王室泣銅駝。天荒地變心雖折，若比傷春意未多。〔註65〕

曲江位於長安市郊杜陵西北，在開元中疏鑿爲名勝，大和九年十月唐文宗修繕曲江，十一月即發生甘露之變，題名〈曲江〉旨在借甘露事變後的變化，寫出李商隱生命中更甚於家國之憂的「傷春」之情。首聯寫事變後，再也不見皇帝翠輦經過此地，徒留下子夜冤鬼的悲歌，三、四句寫乘坐車輿的美麗宮妃已不再來此，只留下玉殿旁御溝之流水流入曲江，有物是人非之慨。五、六句分別使用兩個典故，前者用陸機被宦官孟玖所讒，臨死前猶憶在華亭上聽到鶴鳴聲，〔註66〕說出甘露之變中眾多蒙冤受害者的心情。後者用索靖有先識之明，知天下將亂，指洛陽宮門銅駝感歎，〔註67〕點出家國傾覆的憂思。末聯二句，「天荒地變」指使人心折骨驚的甘露之變，末句卻說出人間之悲哀有

〔註65〕 同註三十三，頁 132。

〔註66〕 《晉書》，〈陸機傳〉，鼎文書局，2003 年，頁 1480。

〔註67〕 同上註，〈索靖傳〉，頁 1648。

甚於家國之變，此即「傷春」是也。「傷春」是詩中之眼，一指感傷時事、憂心國家命運的心情，一則延伸詩意指對人間美好事物的傾頹與消逝所感受到的憂戚與悲傷。這份「傷春」的悲戚，爲何更甚於家國的傾覆、人事的遽變、滄海桑田的蒼涼？「傷春」在義山詩中屢屢出現，究竟隱涵何種更深刻的意義？「傷春」在義山詩中屢屢出現，究竟隱涵何種更深刻的意義？茲搜尋其詩集，論述如下：

> 曾苦傷春不忍聽，鳳城何處有花枝。(〈流鶯〉)〔註 68〕
>
> 我爲傷春心自碎，不勞君勸石榴花。(〈寄惱韓同年二首時韓注蕭洞〉)〔註 69〕
>
> 年華無一事，只是自傷春。(〈清河〉)〔註 70〕
>
> 莫驚玉腕埋香骨，地下傷春亦白頭。(〈與同年李定言曲水閒話戲作〉)〔註 71〕
>
> 君問傷春句，千辭不可刪。(〈朱槿花二首之二〉)〔註 72〕

另有兩句評論杜牧詩，亦特別著意「傷春」：

> 刻意傷春復傷別，人間惟有杜司勳。(〈杜司勳〉)〔註 73〕

亦有雖未直寫「傷春」，而實爲傷春者：

> 細意經春物，傷酲屬暮愁。(〈即目〉)〔註 74〕
>
> 通古陽林不見人，我來遺恨古時春。(〈涉洛川〉)〔註 75〕

清馮浩認爲「唐人喻下第，每云傷春」，〔註 76〕若以功名未就的角度解讀詩人的傷春之辭，把李商隱視爲汲汲名利場中的勢利之徒，完全無視於其深邃的內在情意，實不識商隱者之論。個人認爲傷春有許多

〔註 68〕 同註三十三，頁 891。
〔註 69〕 同註三十三，頁 187。
〔註 70〕 同註三十三，頁 1938。
〔註 71〕 同註三十三，頁 1779。
〔註 72〕 同註三十三，頁 660。
〔註 73〕 同註三十三，頁 875。
〔註 74〕 同註三十三，頁 1766。
〔註 75〕 同註三十三，頁 1828。
〔註 76〕 馮浩，《玉谿生詩集箋注》卷三。里仁書局，1981 年，頁 548。

指涉，或指感時傷逝的人生感懷、或指憂時悲世的家國之思、或指自傷際遇的身世感慨，甚或指愛情中的相思之情，以這幾種說法解讀詩人之作，僅得其表象，因為，如果觀察在義山詩中也頻頻出現的另一種情緒——「無端」，兩相參看就會發現「傷春」有更深的指涉。在他詩中，使用「無端」之處如：

　　雲鬢無端怨別離。（〈別智玄法師〉）〔註77〕

　　今古無端入望中。（〈潭州〉）〔註78〕

　　秋蝶無端麗，寒花更不香。（〈屬疾〉）〔註79〕

這無端的愁緒，似乎糾擾著詩人的生命，沒來由的來，無緣故地就渲染起一腔的哀怨，在離別時，在登樓遠眺時，甚至在賞花觀蝶時。原來義山有著纖細敏於感發的性情，所以他無法忍受這有情人生無情地傾頹、匆遽乃至消失無垠的悲哀宿命，他追求生命中的完美與不朽，「這種對不朽的渴望，乃就是我們真正的本質」，〔註80〕而這對不朽與美好的渴望的幻滅，在詩中就以「傷春」或「無端」為名偷天換日，抒發感傷，因而也就無怪乎義山要說「天荒地變心摧折，若比傷春意未多」了，因為他在天荒地變的家國傾圮中照鑑了帝國永恒的荒誕、個人生命不朽的無稽及實現生命理想的無望，他感傷的其實不只是生命中美好之事物〈包括青春、時光、生命、春花秋月、摯愛的對象與事物……〉的消逝而已，而是這與生俱來的對不朽與美好的渴望之生命本質與現實碰撞時所產生的矛盾與衝突。他的悲哀來自於必須以脆弱而深情的心，一再反覆承受這人生無情的試鍊，直至永劫不復，這樣的旋律即是義山悲劇性的主調。這旋律展現在詩人的各種感嘆中，他在〈王昭君〉一詩中曰：

　　毛延壽畫欲通神，忍為黃金不為人，馬上琵琶行萬里，漢

〔註77〕　同註三十三，頁 1930。

〔註78〕　同註三十三，頁 750。

〔註79〕　同註三十三，頁 1240。

〔註80〕　烏納穆諾著，蔡英俊譯，《生命的悲劇意識》，遠景出版社，1978 年，頁 9。

　　宮長有偶生春。〔註81〕

這首詩根據《西經雜記》的典故：「元帝後宮既多，仍使畫工圖形，案圖召幸。諸宮人皆賂畫工，獨王嬙不肯，遂不得見。匈奴求美人於閼氏，於是案圖，以昭君行。及去，召見，貌爲宮中第一，而名籍已定，帝重信於外國，故不復更人。乃竊案其事，畫工皆棄市」，王昭君因不願賄賂畫工毛延壽而致無緣被寵幸，最後遠嫁異域、埋骨沙塵。詩人對此事感慨深刻，首二句描寫毛延壽索賄不成，故意以畫筆掩蓋昭君的美貌，批評毛延壽財迷心竅、顛倒是非、欺君罔上。三、四句謂昭君被迫遠嫁，死後墳上方生春草。詩人借明妃暗喻小人當道致使自己懷才不遇，不被賞識的悲劇。詩人在明妃的際遇裏看見亙古以來所有志士仁人的悲哀，歷史成爲詩人展現隱微情意的重要符碼。又如〈潭州〉：

　　潭州官舍暮樓空，今古無端入望中。湘淚淺深滋竹色，楚
　　歌重疊院蘭叢。陶公戰艦空灘雨，賈傅承塵破廟風。目斷
　　故園人不至，松醪一醉與誰同。〔註82〕

本詩爲詩人在大中二年離桂林北歸潭州官舍所作。首聯由遠望潭州城外景物聯想起發生在此地的歷史故實。「無端」二字正是詩人多愁善感、情緒萬端、一觸即發的寫照。頷聯引用舜的妃子娥皇、女英湘江泣淚與屈原在蘭叢反覆歌詠離騷的史事，暗寓內心深摯卻無從言說的淒愴心事。頸聯感慨在歷史上長沙著名的兩個人物——陶侃、賈誼，隱約暗示「虛負凌雲萬文才，一生襟抱未嘗開」（崔珏〈與李商隱詩〉）的身世悲憤，末聯則自傷流滯他鄉的孤寂寥落。詩中歷史事件錯落並置，言說的只是個人身世的沉鬱悲涼，足見義山善於化用歷史故實，在懷古中滲入個人巧轉哀嘶的無盡悲情。

　　曹魏時曹植、甄宓的戀情，一直是詩人關注的歷史事件。他的〈無題〉詩：「賈氏窺簾韓掾少，宓妃留枕魏王才，春心莫共花爭發，一寸相思一寸灰」，曾以宓妃留枕的典故，刻畫人間愛情無以圓滿的憾

〔註81〕同註三十三，頁 1528。
〔註82〕同註三十三，頁 750。

恨，而這份至死不渝的深情卻更牽動人心，由於雙方靈魂全心無悔的傾注，竟可以跨越障礙、超越時空，泯滅身份與階級，成為詩人希冀欣羨的愛情典範，他的〈代魏宮私贈〉：

> 來時西館阻佳期，去後漳河隔夢思，如有宓妃無限意，春
> 松秋菊可同時。〔註83〕

詩人走入歷史的甬道，化身成魏宮人代宓妃贈曹植書信。首句描述曹植、宓妃二人被現實阻隔。次句謂現實的無限距離，相思僅能靠夢境填補，三句表明宓妃的無限深情，末句則引用〈洛神賦〉：「榮曜秋菊，華茂春松」的典故，勸慰曹植，真摯的愛情必可跨越時空、超越生死，如春松秋菊異時卻共存。詩人以知其不可而為之的悲劇情懷，護衛愛情、珍視愛情，撼動著世間癡情兒女，歷史的故實成為詩人情感世界的真實投射。而在，〈景陽井〉詩中：

> 景陽宮井剩堪悲，不盡龍鸞誓死期。腸斷吳王宮外水，濁
> 泥猶得葬西施。〔註84〕

義山對永恆的愛情有無限憧憬，因而這首詩嘲諷陳後主與張、孔二妃，在國家亡之時，竟未履踐同生共死的盟約，愛情在現實的考驗與催折下，顯得荒誕而虛無，義山以反面的方式詮釋愛情中的虛空與飄忽，現實有時讓愛情千瘡百孔，山盟海誓的完美的愛情似不可求。歷史的故實使詩人體悟到愛情中虛無本質，渴求完美的詩人因而陷入悲劇性的悵惘之中。

　　愛國詩人對於君王的每一舉措總是屏氣凝神以待，面對文宗的「勵精圖治，去奢從儉」，〔註85〕詩人雀躍不已，可惜文宗兩次誅殺宦官的行動均告失敗，終究，「受制家奴」，力難迴天，又不幸英年崩殂，他在哀悼與惋惜中，為文宗寫下〈詠史〉：

> 歷覽前賢國與家，成由勤儉破由奢。何須琥珀方為枕，豈
> 得珍珠始是車。運去不逢青海馬，力窮難拔蜀山蛇。幾人

〔註83〕同註三十三，頁1817。
〔註84〕同註三十三，頁1380。
〔註85〕《資治通鑑》〈唐紀〉五十九。

　　曾預南薰曲，終古蒼梧哭翠華。〔註86〕

首聯以沉重悲慟的心情反思自己在歷史中所歸納而得的常道——成由勤儉敗由奢。頷聯以反問之語敘文宗之儉樸自持，卻未能成事，常道不常，令人迷惘。頸聯歸因於「運去」，致無治國之良將，「力窮」故難以剷除宦官之禍，輕描淡寫宦官爲患、阻絕忠良的隱憂。末聯爲這位志法堯舜卻有心無力、齎志以沒的君王，致上最深的敬意與歎惋，也爲唐末無法改變的國勢哀痛不已，義山在歷史的反思尋繹中體會了常道不可依恃，及早預示了唐朝的運勢，卻又無可奈何，只是悲戚！

　　在晚唐風雨飄搖的情勢下，義山關懷國家民生，具有強烈淑世的熱情，他對於歷史中的興廢更迭，常有獨到的觀察，尤其表現在對六朝人物、景物的憑弔或回顧，因爲六朝轉瞬即逝的朝代遞變，使人更能體現其中的歷史教訓，甚至產生人生虛幻之感。

　　他的另一首〈詠史〉：

　　北湖南埭水漫漫，一片降旗百呎竿。三百年間同曉夢，鍾
　　山何處有龍蟠。〔註87〕

此詩所詠之「史」乃指曾建都於金陵的東吳、東晉及南朝之宋、齊、梁、陳等六朝。首句以煙橫水漫的浩淼水域呈現繁華已逝的傾頹寥落。次句詩人將焦點轉向歷史上吳國孫皓投降於西晉並掛起降旗的屈辱情景。代代傳承，這場景像逃不開的夢魘，每偏安金陵都要重演一回，詩人剷除蕪蔓，以精約之筆刻鏤六朝敗亡相續的悲劇，暗諷六朝君王的耽於逸樂、荒淫誤國。「三百年間同一夢」，三百年的歷史僅僅是一場拂曉前的殘夢，深情的詩人感歎的其實已不是六朝的敗亡，而是揆諸歷史興亡遞嬗之後，那股無以名狀的虛空與惆悵，這和杜牧「南朝四百八十寺，多少樓台煙雨中」（〈江南春〉），在六朝的遺跡中傳達歷史的滄桑無情、人生荒蕪的悲劇性，如出一轍。末句以雷霆萬鈞的

〔註86〕同註三十三，頁 347。
〔註87〕同註三十三，頁 1384。

－137－

設問之筆，道出「興廢由人事，山川空地形」（劉禹錫〈金陵懷古一〉）的感嘆。詩人以一個歷史家的深度思維，提供治國者當深思人和勝過天時、地利的考量，精準犀利的見地，一掃迷信勘輿的陳腐論調，義山在蒼茫虛空的人生感嘆之外，兼寫治國的至道，展現詩人高瞻遠矚、洞燭機先的理性思維，無怪乎清屈復曰：「國之存亡，在人傑，不在地靈，足破堪輿之惑。」〔註88〕又如〈覽古〉：

> 莫恃金湯忽太平，草間霜露古今情。空糊楨壞眞何益，欲舉黃旗竟不成。長樂瓦飛隨水逝，景陽鐘墮失天明。迴頭一弔箕山客，始信逃堯不爲名。〔註89〕

本詩首句正如前述「鍾山有龍蟠」一語，作者點出地理形勢與治國的關係，再次展現詩人如歷史學家的遠見。二句以草間霜露比喻王朝興廢遞變如霜如露，飄忽虛無，古今皆然。三句謂即使是壯盛華麗的建築也無法挽回敗亡之勢，四句則以東吳孫皓覬欲成爲上應天象的君王，卻終不可得，可見興衰遞嬗，自是無常。頸聯以長樂宮之飛瓦、景陽宮之鐘聲象徵荒淫逸樂之君，終必亡國，一色一聲，寫出繁華事散、聲色俱空的荒涼。末聯藉許由逃堯不爲名，說明興廢乃天地間不可改變的至理，以超越世俗價值的識見終結此詩，展現詩人始終有一種能超越時空、凝聚時空中的剎那於亙古歷史長河中觀察與思索的敏銳能力，只是這靈光乍現的領悟，並未眞使他參悟人生，他反倒在今古的恍惚對照中，徒見惆悵與迷惘，由歷史照鑑的生之悲劇，令人低迴不已。

　　義山的深情總是一觸即發，他在覽古中體悟王朝與人生終歸虛無的悲劇，他以儒家血脈崩張的熱情與道家聲色俱空的虛無，註解著他生命中不可掩抑的悲劇情懷，於是，除了前朝景物引起他傷懷，本朝在玄宗安史之亂後，由興盛漸轉衰頹的斷垣殘宮，也撩撥著他的痛楚與感傷。例如〈灞岸〉：

〔註88〕 劉學鍇、余恕誠著，《李商隱詩歌集解》，洪葉文化事業有限公司，1992年，頁1385。
〔註89〕 同註三十三，頁1386。

> 山東今歲點行頻，幾處冤魂哭虜塵。灞水橋邊倚華表，平
> 時二月有東巡。〔註90〕

灞岸在長安東灞水橋邊，天寶以前為帝王東巡的必經之地，而在會昌
二年以來，由於回鶻南侵，朝廷徵兵抵禦回鶻入侵，此地人民被迫應
召，流離失所，已非往昔的太平安康可比，詩人行經此地，寫下此詩。
首二句為撫今，以想像之比摹寫東都一帶兵士應召，北方邊地百姓哀
嚎遍野、死傷慘重，末二句則為思昔，敘述昔日帝王東巡此地的情景，
本詩的敘述時間先後倒置，互為對比，以寓託盛衰無常、今非昔比的
悲哀。詩人在歷史的場景中，不僅表達了愛民的深情，也暗示著對國
家處境的悲悽與絕望。其他如〈天津西望〉：

> 虜馬崩騰忽一狂，翠華無日到東方，天津西望腸真斷，滿
> 眼秋波出苑牆。〔註91〕

〈舊頓〉：

> 東人望幸久咨嗟，四海於今是一家，猶鎖平時舊行殿，盡
> 無宮戶有宮花。〔註92〕

這兩首詩皆借行殿空鎖，望幸不遂，感慨安史之亂後，一片蕭條落寞、
不復當年盛況。前者僅有流水清波悄然出苑牆，與杜牧「繁華事散逐
香塵，流水無情草自春」（〈金谷園〉）詩意相同，詩人將這繁華自滅
的人生和大自然的無情，兩相對照，益加體現了生命的悲劇性。後者
「盡無宮戶有宮花」又與王昌齡「寂寂古行宮，宮花寂寞紅」一樣，
透過大自然的依舊繁盛興發，反襯斷垣殘壁、人事已非的寂寞風致，
含蓄而耐人尋味。詩人心思細膩、情感深厚，巧妙掌握蕭條寂寥的深
宮苑落殘景，寓託滄海桑田的悲慨。

　　詩人以深情駕馭、檢視歷史，借歷史表達心中所有渴求圓滿卻終
歸幻滅的悲哀，包括懷才不遇的悲悽、圓滿完美的愛情之虛幻不可追
求、感時傷世、國頹家傾的絕望與無助，甚至人生虛幻盛衰無常的悲

〔註90〕　同註三十三，頁 421。
〔註91〕　同註三十三，頁 1497。
〔註92〕　同註三十三，頁 1495。

慨，展現了悲劇性的內心世界。

二、歷史意識中的批判性

不論是東方或西方的歷史傳統，都把借鑑歷史、懲惡揚善、垂教後世當作是史學的崇高目標，西方歷史家〈Edward.H.Carr〉說：

> 歷史家的任務，既不是喜愛過去，也不是脫離過去，而是控制和了解過去，作爲了解現在的關鍵。[註93]

說明了歷史鑑往知來的意義。中國上古時代也已盛行這種觀念：

> 殷鑒不遠，在夏后之世《詩經》〈蕩〉
> 我不可不監于有夏，亦不可不監于有殷《尚書》〈召誥〉
> 夫春秋上明三五之道，下辨人事之紀，別嫌疑，明是非，定猶豫，善善惡惡，賢賢賤不肖，存亡國，繼絕世，補敝起廢，王道之大者《史記，太史公自序》

清楚標舉了以春秋褒貶大義爲史學傳統的旗幟，從此中國史學傳統即依於某種特殊的道德理念，對歷史事件或人物，進行著價值的判斷，而中國的知識份子也把重構歷史事件或解釋歷史，當作是宣揚自我政治理念或道德標準的方式。李商隱秉持著這份對歷史的莊嚴信念，他要在詩歌中寓褒貶大義，他以過人的學識才情及深厚的史學素養，選擇適當的歷史人物與事件，通過追憶與批評，思考他們和現實的牽連，或批判現實，或評斷史實，或臧否是非、月旦人物，茲分〈一〉評斷史實〈或進而批判現實〉〈二〉月旦人物兩部分論述之。

（一）評斷史實〈或進而批判現實〉

李商隱一向潛心思考，對帝國興廢有鞭闢入裡的見識，在詩中，他經常以歷代荒淫誤國的國君，尤其以東晉、宋、齊、梁、陳、隋六朝爲例，探究興廢繼絕理，因爲這些君王都是以偏安爲滿足，缺乏如秦、漢、三國時期的統治者經綸天下的襟抱與野心，統治階層的短視、放縱、無知，終究成爲禍國的關鍵，他的〈北齊〉二首即是批判齊後

[註93] 《歷史論集》，幼獅文化事業公司，1983 年，頁 19。

主之作：

> 一笑相傾國便亡，何勞荊棘始堪傷，小蓮玉體橫陳夜，已
> 報周師入晉陽
>
> 巧笑知堪敵萬機，傾城罪在著戎衣，晉陽已陷休回顧，更
> 請君王獵一圍。〔註94〕

第一首首句用漢李延年歌：「北方有佳人，絕世而獨立。一顧傾人城，再顧傾人國。」批評北齊後主因寵愛馮小憐而亡國。次句典出《吳越春秋》：「夫差聽讒，子胥垂涕曰：『以曲作直，捨讒攻忠，將滅吳國。城郭丘墟，殿生荊棘』」，說明君王沈迷美色，國必滅亡。三、四句巧妙剪接不同時空的兩件事，以集中概括的方式，一寫齊王沈迷玉體橫陳的冶豔，一寫激烈抨擊君王的昏聵荒淫。第二首首句將馮小憐的嫣然一笑與皇帝日理萬機的政務相比，極盡嘲諷君王昏庸的能事，「筆力蒼健，警策異常」（夏敬觀《唐詩說》）。第二句形容馮小憐穿上戎裝的明豔動人。三、四句用《北史》〈后妃傳〉：「周師云取平陽，帝獵於三堆，晉州亟告急，帝將還。淑妃請更殺一圍，帝從其言。……及帝至晉州，城已欲沒矣」的典故，以周師圍城、危急存亡的場面對比馮小憐悠哉閑適、漫不經心的態度，刻劃馮小憐放任驕縱的個性。在這首詩的價值批判中，詩人並未提出「女色禍國」的論點，也未以封建的權威，庇護君王，掩飾其非，反而以卓越的史識，冷靜的呈現讀史後的價值判斷。他在第二首詩，以精準的事件摹刻馮小憐身為君王的寵妃卻恃寵而驕、不識大體，完全不具國家的意識、危機意識，這樣的無知與愚昧，才使她成為傾城傾國的罪人，而齊後主竟任其擺佈，其昏昧愚實有過之，已不言而喻矣！

　　這兩首詩旨在批判齊後主的昏聵無能，全詩完全不著一論斷語，卻具有強烈的諷刺與震撼力，朱彝尊評其「有案無斷，其旨更深」，〔註95〕張謙宜曰：「不說他甚底，罪案已定，此詠史體」，〔註96〕其原

〔註94〕同註三十三，頁 539。
〔註95〕同註三十三，頁 541。

因就在於詩人擅以史實爲基礎，加以想像、概括、剪輯，以精湛的藝術技巧融化故實於無形，使陳舊板滯的歷史有了新義，嚴肅僵化的批判有了饒富餘味的雋永風姿。清袁牧在《隨緣詩話》卷二曰：「讀史詩無新義，便成《廿一史彈詞》。雖著議論，無雋永之味，又似史贊一派，但非詩也」，認爲以史入詩的作品應具「新義」及「雋永之味」，若以此評斷標準論述商隱此詩，亦爲的論，又如〈南朝〉批判所有以偏安爲滿足的南朝君王：

> 地險悠悠天險長，金陵王氣應瑤光，休誇此地分天下，只
> 得徐妃半面妝。〔註97〕

首二句描寫金陵「鍾阜龍盤，石城虎踞」（《元和郡縣治》），兼具天險、地險，得天獨厚的地理優勢及此地自楚威王以來由來已久的王氣傳說。詩人在三、四句以尖銳而具嘲諷性的批判，完全推翻這種據寶地爲王，自然可得天下的迂腐說法，他認爲自以爲偏安即擁有天下的南朝君王，其實正像梁元帝被徐妃以「半面妝」嘲諷一樣，既可憐又可悲，詩人利用君王與后妃間的齟齬不和，尖銳苛刻地抨擊南朝君王的苟且偷安、志得意滿、抱守殘缺、器識偏狹。詩人堅信領導者的才華與識見才是國家能長治久安、國祚緜長的關鍵，與外在地形環境的優劣，並無絕對的關係，詩人對歷史的觀察既深入且高遠。程夢星曰：愚謂此詩眞可空前絕後，今人徒賞義山豔麗，而不知其識見之高，豈可輕學步哉（《李義山詩集箋注》）。又如另一首〈南朝〉則批判所有南朝的昏君：

> 玄武湖中玉漏催，雞鳴埭口繡襦迴，誰言瓊樹朝朝見，不
> 及金蓮步步來。敵國軍營飄木柹，前朝神廟鎖煙煤。滿宮
> 學士皆顏色，江令當年只費才。〔註98〕

此詩將南朝事典合而爲一、論述發揮。首聯宋、齊兩國國君，日以繼夜，夜夜笙歌。頷聯寫南朝君王荒淫奢華，不論是陳後主之專寵張貴

〔註96〕同上註。
〔註97〕同註三十三，頁 1370。
〔註98〕同註三十三，頁 1372。

妃、齊廢帝之寵幸潘妃，可謂不遑多讓、前仆後繼且變本加厲。「誰言」、「不及」便敘事含蘊深婉、錯落有致。頸聯謂陳後主平時不僅不祭太廟，且在敵國壓境之際，毫無戒備，豈能不亡國，君王之昏昧可知。末聯兼述陳國的君臣，不論是具有「蓮色」的女學士，或是不管政事從「費才」的狎客，都是推波助瀾使陳國走向滅亡的關鍵。詩人以廣博的歷史知識，益以文學家剪裁史料、運斤成風的筆力，巧妙地並陳南朝各國的史實，分析其滅亡的隱微之因，展現了史家洞燭先機、觀微知著、褒貶森嚴的春秋大義。又如〈隋宮〉一詩則批判隋煬帝：

> 紫泉宮殿鎖煙霞，欲起蕪城作帝家。玉璽不緣歸日角，錦
> 帆應是到天涯。於今腐草無螢火。終古垂楊有暮鴉。地下
> 若逢陳後主，豈宜重問後庭花。〔註99〕

本詩主要在嘲諷批判隋煬帝的荒淫與奢靡。胡以梅評之曰：「用事取物，一片華闊」，〔註100〕意指按詩情乃憑弔淒涼之事，但義山卻用了數個穠麗的典故，藉著昔日之華麗對比今日之蕭條蒼涼，歷史繁華灰飛煙滅的悲淒之感被靈巧地暈染開來，而在嘲諷之外，達到更深沈且伴隨濃烈悲傷的歷史頓挫之感。

「錦帆應是到天涯」一句用隋煬帝御龍舟遊幸江都，舳艫千里的壯闊之美刻劃其豪奢氣派。「於今腐草無螢火」句用隋煬帝當年於景華宮求天下螢火得數斛，夜出遊山，放之，則光徧巖谷繽紛綺麗之典，與今日「腐草」對比，呈現今昔盛衰之變螢火不再，隱喻江山淪滅的悲悽。「終古垂楊有暮鴉」句用煬帝開渠，於河畔築御道、樹柳之故實與今日的「暮鴉」對比，比喻隋堤昔日的浩瀚與今日的衰頹。「地下若逢陳後主」二句用當年煬帝夢見與陳後主相會，煬帝觀其舞女數十相伴作歌飲酒之樂，時後主終不忘問其龍丹之遊若何，以此典故中的華美、流麗、輕盈等歌舞昇平之象，嘲諷煬帝本性未改，即便地下遇後主，仍對繁華美色眷戀不已。這三個典故被巧妙串連在詩歌之

〔註99〕　同註三十三，頁 1395。
〔註100〕　胡以梅《唐詩貫珠串釋》，清康熙素心堂刻本。

中，清楚呈現煬帝的性格與氣質，也爲冷雋尖銳的批判，提供了餘韻無窮的張力，更爲歷史滄海桑田的悲悽之慨，寫下了最動人的詮解。另一首〈隋宮〉：

> 乘興南遊不戒嚴，九重誰省諫書函，春風舉國裁宮錦，半作障泥半作帆。〔註101〕

首二句寫隋煬帝的奢華無度、昏昧無知、粉飾太平，完全無視於臣子的勸諫。末二句巧妙精選一代表奢華的物象、運用「舉隅見煩費」的方式，描寫舉國「裁宮錦」，因應作「障泥」、「船帆」的畫面，極言「水陸繹騷，民不堪命之狀如在目前」（何焯《義門讀書記》），詩中完全未作批判語，但卻犀利精準地批判了煬帝的奢靡荒唐、昏聵無知。

除了藉歷史批判前朝帝王的荒淫無道，詩人對於帝王耽溺求仙一事亦深惡痛絕，詩中直接嘲諷的對象分別有周穆王、秦始皇、漢武帝……等，試看〈瑤池〉：

> 瑤池阿母綺窗開，《黃竹》歌聲動地哀。八駿日行三萬里，穆王何事不重來。〔註102〕

詩人根據《穆天子傳》卷三周穆王與西王母別離時，西王母「將子毋死，尚能復來」的期許及穆王「比及三年，將復而野」的承諾展開詩意。首句描寫西王母推開綺窗等待穆王到來的殷切神情。次句以震天價響的《黃竹歌》暗示穆王已死、萬民悲嚎。三、四句寫西王母內心的失望與疑惑，嘲諷求仙的愚妄，甚至道出即使遇神仙亦不能長生的真相。又如〈海上〉：

> 石橋東望海連天，徐福空來不得仙。直遣麻姑與搔背，豈能留命待桑田。〔註103〕

此詩批判秦始皇派徐福求仙一事。首二句謂秦始皇派人求仙未果，三、四句以爲就算能遇麻姑爲己搔背，也不能長生不老，痛斥求仙之荒唐與罔然。

〔註101〕同註三十三，頁 1392。
〔註102〕同註三十三，頁 567。
〔註103〕同註三十三，頁 570。

　　本朝的國君唐武宗是義山殷切寄予厚望的中興之君，據《舊唐書》
〈武宗紀〉：「雄謀勇斷，振已失去之威權，運策勵精，拔非常之俊傑。
屬天驕失國，潞孽阻兵，不惑盈庭之言，獨納大臣之計。戎車既駕，
亂略底寧，紀律再張，聲名復振」，武宗不僅任用賢相李德裕，且武
功卓越，逐回鶻、平澤潞，可惜迷信神仙、耽溺女色，義山對他可謂
愛之深、責之切，因而在作品中屢次抨擊其好神仙的荒誕，他的〈漢
宮〉及〈漢宮詞〉皆是假託批評漢武帝以諷刺唐武宗之作。

　　　通靈夜醮達清晨，承露盤晞甲帳春，王母西歸方朔去，更
　　　須重見李夫人。(〈漢宮〉)〔註104〕

　　　青雀西飛竟未迴，君王長在集靈臺。侍臣最有相如渴，不
　　　賜金莖露一杯。(〈漢宮詞〉)〔註105〕

第一首借漢武帝與李夫人之事寄託嘲諷之意。首二句敘述漢武帝為思
念李夫人，特設通靈夜醮，可惜情緣未斷，故露盤無露，甲帳空設，
祈求落空。末二句謂西王母西歸、東方朔又去，求仙之道終告失敗，
漢武帝終究不能成仙，且終須一死，惟有於地下重見李夫人。而「重
見」之日亦正是「長生」與「女色」兩皆落空之時。第二首寵信道士
趙歸真，大興土木建造望仙臺。首二句謂求仙之虛幻不實，武宗卻執
迷不悟，末二句謂武宗只顧自己求仙，卻未能提拔賢良，批判武宗的
耽溺仙道。義山在〈茂陵〉一詩中甚至對武宗短暫的一生作了整體的
評價：

　　　漢家天馬出蒲稍，苜蓿榴花遍近郊。內苑只知含鳳嘴，屬
　　　牛無復插雞翹。玉桃偷得憐方朔，金屋修成住阿嬌。誰料
　　　蘇卿老歸國，茂陵松柏雨蕭蕭。〔註106〕

詩中藉來自西域的天馬、大苑的苜蓿讚揚漢武帝的天威震懾寰宇。次
聯以「含鳳嘴」、「插雞翹」謂武帝沉迷畋獵、尤喜微服出遊的癖好。
頸聯用東方朔、金屋藏嬌二典評其好求仙道、貪戀美色。末聯藉蘇武

〔註104〕同註三十三，頁557。
〔註105〕同註三十三，頁535。
〔註106〕同註三十三，頁552。

陷胡地十九年，歸國時武帝卻已駕崩，表達武帝功業不卒的歎惋。全詩善用漢武故事，以簡潔精要的筆致刻畫漢武帝一生的功過，義山寫此詩正值武宗會昌六年，當時武宗已崩逝，寫作此詩除了表達對武宗的諷刺之意外，末二句則深情蘊藉，抒發一個忠君愛國者對武宗的敬重與歎惋之情。

由於詩人憂心國事，關心時政，又不便直陳，有些作品所詠與所題不合，詩人特意寫作者這類作品暗示諷時之意，正如沈德潛所說：「纍績重重，長於諷諭。中多借題攄抱，遭時之變，不得不隱也。」（《說詩晬語》），試看其〈陳後宮〉一詩：

玄武開新苑，龍舟讌幸頻。渚蓮參法度，沙鳥犯勾陳。壽獻金莖露，歌翻玉樹塵。夜來江令醉，別詔宿臨春。〔註107〕

這首詩完全是一幅宮中享樂圖。首聯敘述玄武湖邊新建的樓苑及龍舟上讌遊，永無終歇。頷聯述寫宮中警備疏鬆，以隱微的筆法指陳君王的貪婪好色。頷聯寫宴歡遊樂的奢侈排場，末聯謂從臣狎客夜宿皇宮，禮制盡失、荒亂失政之旨，呼之欲出。屈復《玉谿生詩意》：「荒淫王國，安能一一寫盡，只就微物點出，令人思而得之」，義山善於運用微物點寫亡國癥兆，手法甚是高妙。他的另一首，〈陳後宮〉：

茂苑城如畫，閶門瓦欲流。還依水光殿，更起月華樓。侵夜鸞開鏡，迎冬雉獻裘。從臣皆半醉，天子正無愁。〔註108〕

詩歌首聯敘述陳後主的奢侈浮華，大興土木建造花園城池，都門靡麗、琉璃瓦如流水熠熠閃亮。次聯謂後主樂此不疲，不斷盛修宮室，水光殿、月華樓，此起彼落、無止無休。頷聯擷取其中一、二事，實寫宮中的奢侈，美人、華服一切就緒。末聯寫君臣均醉生夢死，荒唐度日，詩人發揮豐富想像，為陳後宮的荒淫靡爛做了完美的註解。

詩人寫作這些與真實歷史並不完全相符的點滴，真正的目的是成

〔註107〕同註三十三，頁7。
〔註108〕同註三十三，頁11。

爲時代的木鐸，正如杜牧作〈阿房宮賦〉是爲批判唐敬宗「大起宮室、廣聲色」〔註109〕之弊，提醒唐敬宗以秦驕奢淫逸滅國的歷史爲鑑，義山也是爲了警示唐敬宗，詩人確實用心良苦、憂國憂民。

義山身處唐代運勢的轉捩點上，詩人的敏銳多感使他在本朝的政治風暴中覷見了亡國的先兆，對於主導王朝興衰關鍵的人物——唐玄宗、楊貴妃，多所著墨。如〈思賢頓〉：

內殿張弦管，中原絕鼓鼙。舞成青海馬，鬥殺汝南雞。不見華胥夢，空聞下蔡迷。宸襟他日淚，薄暮望賢西。〔註110〕

首聯敘玄宗自恃太平、絃管歌舞、肆意爲樂。頷聯以玄宗熱愛的兩項娛樂——鬥雞、舞馬摹刻帝王縱情聲色的宮廷生活。「青海馬」常用譬賢才，「舞成青海馬」暗寓以舞馬代替求賢，綱常盡失。「汝南雞」乃長鳴之雞，用以報曉，卻爲縱慾鬥殺，暗寓君王沈迷逸樂、荒怠國事。第五句「華胥夢」用《列子》：「皇帝晝寢而夢由華胥。華胥國人入水不濡，入火不熱，乘空如履實，寢需如處林。帝既寤，怡然自得。又二十八年，天下大治，幾如華胥國矣」的典故，比喻和平、統一的美夢已爲煙塵往事。六句謂美人淫樂也轉瞬成空。末聯描繪玄宗當日逃亡暮宿思賢頓，涕泗縱橫、狼狽悽惶的情景，與前六句強烈對比，表現詩人溫和的嘲諷，詩中對玄宗不只是批評而已，末二句隱約流露出詩人對君王處境的悲歎與同情。另外如〈華清宮〉：

華清恩幸古無倫，猶恐蛾眉不勝人。未免被他褒女笑，只教天子暫蒙塵。〔註111〕

首二句寫陽貴妃受寵幸的程度，千古無出其右者，三、四句將楊玉環與周幽王寵妃褒姒相比，諷刺其未使唐代滅亡，禍國的功力顯然不及褒姒，筆調尖銳苛刻，和另一首〈馬嵬〉：

〔註109〕《樊川文集》，卷十六，〈上知己文章啓〉，漢京文化事業公司，1983年。

〔註110〕同註三十三，頁315。

〔註111〕同註三十三，頁1505。

> 冀馬燕犀動地來，自埋紅粉自成灰，君王若道能傾國，玉
> 輦何由過馬嵬〔註112〕

一樣，對帝王極盡嘲諷。這種論調倍受後世論詩者批駁，如：

> 胡仔《苕溪漁隱叢話》：……用事失體，在當時非其所宜言。

> 屈復《玉谿生詩意》：輕薄甚……本朝國母，如此揶揄可乎？

> 紀昀《玉谿生說詩》：刻薄尖酸、全無詩品

這些批評都受限於封建時代為尊者諱的陳腐觀念，以致不能作出公正的評斷，而由本文第二節第一小節社會氛圍可知，李商隱關懷國家民生，具有強烈的淑世熱情，對於安史之亂後的民生凋蔽，悲不可抑，若由此角度去觀看此詩，就可以完全感知詩人為何對這段歷史如此沈痛憤懣，他真正氣憤的是玄宗的遠賢臣、親小人、寵姬妾，而致荒淫誤國，因而對玄宗作出了嚴苛尖銳的嘲諷，而隱藏在這尖刻的批評背後，其實是詩人對家國人民深摯的關愛之忱！緣此，我們對於義山能不屈於封建專權而發出如此憤怒的吼聲，擊節喝采！

　　義山以詩人含蓄蘊藉之筆，史家清明理性之智，在歷史長河中巧妙擷取具體史事為主軸，博學強識，化用各種典故，對每一朝代的盛衰轉捩點，都能作出精闢的論述與批判，他以高妙的文學技巧擺脫史家說理議論的僵化模式與詩人感傷絕望的頹廢情緒，不僅活化了歷史的生命，刻畫了歷史人物的血肉精神，使人對造成興盛衰亡的人物，生發無限慨歎，而且其評斷論述，隱微含蓄，對統治階層無斧鑿之痕地作了道德的批判與譴責，精闢獨到地展現了一個偉大史家的風範。「不管歷史如何複雜多變，歷史家的道德評斷應以人性的尊嚴，人的自由、完善和幸福不受凌虐為基本尺度」，〔註113〕在上述作品中，李商隱總是站在人民的立場，考量人的自由與尊嚴，勇敢批判獨夫昏君，若用此歷史家的角度去評價李商隱，他當之無愧。

〔註112〕同註三十三，頁 307。
〔註113〕李公明，《歷史是什麼》，書林出版社。1998 年，頁 77。

（二）月旦人物、臧否是非，表現特殊史識

　　劉知幾《史通》認爲史家必具史才、史學、史識三個條件，方能勝其職，而所謂「才」指搜尋、鑑別和組織史料的能力和表達能力，「學」指淵博的歷史知識和對本學術門類的理解，「識」指對歷史事件和歷史人物是非曲直的觀察、鑑別判斷能力。〔註 114〕李商隱既具史才，史學、史識，又在文學理論中主張「直揮筆爲文」的觀念，強調以靈活的思想出入古今，融貫成爲一家之言，因而，在他的詩中，對重大歷史事件與歷史人物每有全新的評論觀點。例如〈夢澤〉：

　　　　夢澤悲風動白茅，楚王葬盡滿城嬌。未知歌舞能多少，虛
　　　　減宮廚爲細腰。〔註 115〕

首句由秋日夢澤一帶白茅蒼茫的蕭條景象起興。次句謂當年楚王宮城埋葬了諸多爲邀寵而自戕的嬌美宮女。「葬盡」二字驚心動魄地強化了昏暴君王的罪行，末二句則對這些女子愚昧無知的行徑，表達既哀且憐的痛心與不忍。詩人站在希寵者一邊落筆，筆意新奇、不落窠臼，不僅達到了諷慨的目的，同時也揭示了趨炎附勢、詔媚求寵者目光如豆、短視近利的悲劇。詩人在歷史中研閱反思，表現了深刻的人生觀察與啓示，呈現了特殊的觀史角度，因而，無論是姚培謙：「普天下揣摩逢世才人，讀此同聲一哭矣」（《李義山詩集箋著》）或是屈復：「……制藝取士，何以異此！」（《玉谿生詩意》），都在其中讀到了深蘊的內涵。又如〈舊將軍〉：

　　　　雲臺高議正紛紛，誰定當時蕩寇勳，日暮灞陵原上獵，李
　　　　將軍是舊將軍。〔註 116〕

這首詩首二句以疑問句式的嘲諷之筆，描寫漢朝時，朝中權臣在雲臺高談闊論、妄定功勳、顛倒是非，竟致無功者受祿而有功者反不被表揚之境。末二句以李廣爲例，引用《史記》〈李將軍列傳〉：「嘗夜從

〔註 114〕張豈文著，《中國歷史十五講》，北京大學出版社，2003 年，頁 323。
〔註 115〕同註三十三，頁 611。
〔註 116〕同註三十三，頁 826。

一騎出，從人田間飲。還至霸陵亭，霸陵尉醉，呵止廣。廣騎曰：『故李將軍。』尉曰：『今將軍尚不得夜行，何乃故也！』」的典故，謂其功在國家，晚年不僅未受封爵，反而在狩獵時受盡凌辱，表達深刻的感慨與憤怒。詩人批判一個封建社會存在的不公與不義的現象，充分表現強烈的道德勇氣與正義感，而李廣的英勇愛國、屢建奇勳，也正是詩人內心精神的投射。此詩寫作時間恰與唐宣宗大中二年相符，歷來論者以爲此詩旨在藉史事爲李德裕的際遇發出不平之鳴，蓋唐玄宗時曾畫功臣二十四人於凌煙閣，而宣宗以中興之主自命，續畫三十七人圖像，其中竟無李德裕這位一生憂國愛民、打擊藩鎮勢力，功業彪炳的「萬古之良相」（李商隱代鄭亞撰〈太尉衛公會昌一品集序〉），義山秉持知識份子的道德勇氣與凜然正義，不以成敗論英雄，在李黨失勢的風潮中，依然展現其風骨與器識，爲一個失勢落敗者仗義直言，以如椽之筆肯定李德裕具有如漢代李廣將軍一樣的豐功偉業，這種卓越的史學識見，實屬可貴。詩人對李德裕的同情與景仰也表現在〈李衛公〉一詩中：

> 絳紗弟子音塵絕，鸞鏡佳人舊會稀。今日致身歌舞地，木
> 棉花暖鷓鴣飛。〔註117〕

詩中對李德裕被貶崖州司戶參軍深致同情，在南方鷓鴣哀鳴、木棉泣血的蕭條情景裏，致上詩人內心最深的關懷與敬意，這首詩再次展現了義山堅持正義、明辨是非的品調。再看其〈咸陽〉一詩：

> 咸陽宮闕鬱嵯峨，六國樓臺艷綺羅。自是當時天帝醉，不
> 關秦地有山河。〔註118〕

這首詩精簡犀利表現詩人對秦國的觀感。首二句敍秦滅六國後，大興土木，驕奢淫佚更勝六國。緣於此，故末二句則完全否定秦的功業，認爲秦有天下，純屬偶然，是上天一時迷糊所致，這一論點與賈誼〈過秦論〉所述：「秦孝公據殽、函之固，擁雍州之地」將秦之所以得天

〔註117〕同註三十三，頁 884。
〔註118〕同註三十三，頁 1537。

下，歸因於山河天險之說，有所歧異。詩人一向反對地勢天險對於國家的重要性，「不關秦地有山河」正與前述「鍾山何處有龍蟠」、「莫恃金湯忽太平」如出一轍，義山提出了統一有賴人治而非天險的史觀，見解獨到、鏗鏘有力，展現了詩人精研史冊的不凡見識。又如〈四皓廟〉：

> 本爲留侯慕赤松，漢廷方識紫芝翁，蕭何只解追韓信，豈得虛當第一功。〔註119〕

有關這一題材，歷來詩人多有述作，李白〈商山四皓〉：

> 秦人失金鏡，漢祖升紫極，陰虹濁太陽，前星遂淪匿，一行佐明兩，欻起生羽翼，功成身不居，舒展在胸臆。

杜牧〈題商山四皓廟一絕〉：

> 呂氏強梁嗣子柔，我於天性豈思讎，南軍不袒左邊袖，四老安劉是滅劉。〔註120〕

李白肯定四皓功臣不居、潔身自好，護衛太子、功不可沒。杜牧則批評四皓立太子一事非安劉之計，反而是滅亡之舉，重新思考四皓的歷史定位，見解獨到。而商隱此詩作於武宗去世、宣宗即位之時，就晚唐的局勢而言，當時諸帝由於多爲宦官所立，在位時多未能立皇太子，因而立嗣安儲一事實關乎宮廷的興廢、帝國的穩定與否，這一議題爲大臣們所關注，詩人心繫家國，時時觀察著政局的變化，他在詩中盛讚張良薦四皓而安儲，其功勞勝過僅知重將才而追韓信的蕭何，義山的思考，展現詩人對國家當前政治的憂心與關懷，思考王位賡續對帝國延展的意義，在四皓功成不居的歷史定位之外，又肯定其安邦定國的重大貢獻，爲詮釋四皓提出了全新的角度。他的另一首〈四皓廟〉：

> 羽翼殊勳棄若遺，皇天有運我無時，廟前便接山門路，不長青松長紫芝。〔註121〕

詩中暗示四皓建立羽翼殊勳卻不被重用，借松可爲棟樑而紫芝惟可

〔註119〕同註三十三，頁572。

〔註120〕樊川詩集注，卷四，上海古籍出版社，頁308。

〔註121〕同註三十三，頁592。

隱，表現君王遠棄功臣的不智，詩人再次提出治國用賢惜功臣的深度論述與建言。

　　在義山所處的時代，馬嵬之變是一個敏感而多元的歷史事件，歷來詩人對其指涉的帝妃戀情之生死議題與唐代政治興衰之關鍵因素，始終興味盎然，議論紛紛，封建文人對此議題的態度多半採為君王諱惡之義，對玄宗的是非避諱不談，如白居易〈長恨歌〉：「六軍不發無奈何，宛轉蛾嵋馬前死。」甚至將所有罪愆歸諸「紅顏禍國」之說，如：

　　　　杜甫〈北征〉：「不聞夏殷衰，中自誅褒妲。」〔註122〕

　　　　劉禹錫〈馬嵬行〉：「官軍誅佞倖，天子舍妖姬。」

如前所述，由於義山高度的愛國情操，不可否認，他的某些詩亦將貴妃視為「女禍」（前引〈華清宮〉一詩所述），但是，在他的〈馬嵬〉一詩，則提出了超越傳統的觀念，不僅痛批唐玄宗為罪魁禍首，而且以愛情的角度審視這一事件，在思想上獨領風騷，創出新義：

　　　　海外徒聞更九州，他生未卜此生休。空聞虎旅傳宵柝，無復雞人報曉籌。此日六軍同駐馬，當時七夕笑牽牛。如何四紀為天子，不及盧家有莫愁。〔註123〕

這首詩緣起於陳鴻，〈長恨歌傳〉中對楊、李愛情的美麗想像，該文敘述玄宗與貴妃於天寶十年七夕避暑驪山宮，「殆半夜，休侍衛於東西廂，獨侍上。上憑肩而立，因仰天感牛女事，密相誓心，願世世為夫婦，言畢，執手各鳴咽」，天寶十四年，安史亂起，玄宗移駕四川，六軍不發馬不前，請求賜死貴妃，以抒天下之怨。肅宗至德二年，玄宗返長安，日夜思貴妃，遣道士招其魂，傳達願結來生緣的心願。詩人據此為詩，首句敘玄宗命道士尋訪貴妃魂魄之事，以「徒聞」批判神仙世界終究只是虛誕不經的想像，詩人點破玄宗對空間可延展至仙界重續前緣的迷思，也否定了時間可延伸至「他生」、未來終可重逢

───────────────

〔註122〕杜詩鏡銓，卷四，里仁書局，頁162。
〔註123〕同註三十三，頁307。

的妄想，冷雋深沈地就貴妃慘死一事，向唐玄宗提出質問與批判。次聯藉貴妃死後，玄宗倉皇逃亡時所聽到的隨行禁軍報警更聲與昔日皇宮中聽聞的雞人報曉聲，相互對比，表現玄宗今日落寞悽愴、狼狽慌亂的情狀，「無復」二字以堅定決絕的語氣否定追索回憶的枉然，益發顯現今日悲慘處境的眞實與殘酷。頸聯則借六軍駐馬不前，請求賜死貴妃的不堪情境與當年長生殿中密相誓心，笑談牽牛織女的甜美往事相對比，表達早知如此，何必當初的無可奈何。以詩人對美好愛情的渴慕與護衛、珍視與執著：「研丹擘石天不知，願得天牢索冤魂」（〈燕臺〉春），「凍壁霜華交隱起，根中斷香心死」（〈燕臺〉冬），他如何能忍受玄宗藉一個女子的犧牲來換取自己的苟活偷安，如此自私、懦弱、虛僞的行徑，實爲詩人所不齒，故末聯以一尋常民間女子追求白頭偕老的幸福婚姻之呼聲，質問唐玄宗：爲何四紀天子竟不能保護一個女子的生命、履行曾經海誓山盟的美好諾言？全詩在第一聯的基礎上提出三種對比，不斷強化今昔在空間、時間、情境上的遽變，含蓄而婉約地對玄宗提出了嚴峻尖刻的批判。詩人無視於玄宗的皇權地位，一方面批判其徒有封建強權卻未能負起政治成敗的責任，竟將柔弱的貴妃當作代罪羔羊，一方面又站在渴求完美愛情的角度上，批判玄宗是一個不守信諾、毫無擔當的不適任之情人與丈夫，詩人超越了傳統的女人禍水說，站在護衛完美愛情、憐惜柔弱女子的角度，重新詮釋這段歷史，而展現了新的視野與史觀。清程夢星《李義山詩集箋注》曰：

> 明皇以天子之尊而不能庇一女子，則其故可知。觀「如何」二句，唐史贊所謂「方其勵精政事，開元之際，幾致太平；及侈心一動，窮天下之欲不足爲其樂，溺其所愛，忘其所可戒，至於竄身失國而不悔」，皆隱括於二句之中，而又不露其意，深得風人之旨。

程夢星雖看出義山專責明皇，頗有見地，然仍囿於傳統諷諭說，視貴妃爲女禍，實未深切體會義山之深意矣。

　　義山更對這一事件中，另一個隱藏在歷史暗角的人物，發出了不平之鳴，分別是：

　　　　龍池賜酒敞雲屏，羯鼓聲高眾樂停。夜半讌歸宮漏永，薛
　　　　王沉醉壽王醒。(〈龍池〉)

　　　　驪岫飛泉泠暖香，九龍呵護玉蓮房，平明每幸長生殿，不
　　　　從金輿唯壽王。(〈驪山有感〉)

根據《新唐書》〈后妃傳〉：楊貴妃「始爲壽王妃。開元二十四年，武惠妃薨，後廷無當帝意者。或言妃姿質天挺，宜充掖廷，遂召內禁中，異之，即爲自出妃意者，丏籍女官，號『太眞』，更爲壽王聘韋詔訓女，而太眞得幸。……天寶初，進冊貴妃。」﹝註124﹞壽王原是玄宗之子、貴妃之夫，玄宗據貴妃爲己有，完全不顧慮兒子壽王的感受，義山卻以無懼無畏的凜然正義，揭發眞相，筆伐口誅，他以敏銳纖細的體貼情意去感知關懷這位幾乎被歷史遺忘的悲劇人物。第一首首二句描寫玄宗在宮廷的歡樂盛宴中，興致盎然、徹夜爲歡。三、四句寫夜半宴歸，靈魂飽受羞辱與摧折的壽王，獨自在滴漏聲中，度過漫漫長夜，刻畫其內心的痛苦與無可宣洩的鬱鬱苦悶。末句以薛王與壽王對比，薛王的心無掛礙、酣暢淋漓，正反襯壽王的憂心如焚、心如刀割。

　　由以上義山對馬嵬事件的評論可知，義山展現了兩個特殊的史觀：

　　（1）超越階級、地位、性別的限制，而以「人」的角度去思考問題、評價是非：

　　義山不受封建帝王至尊的觀念影響，也不企圖爲玄宗脫罪，他未將問題放在「女禍」層次，而是完全回歸道德正義，是以能同情被欺壓或犧牲的弱者如壽王、貴妃。

　　（2）跳脫家國政治興衰的成敗價值觀，而以護衛完美愛情爲核心價值：

────────────

﹝註124﹞《新唐書》卷七六〈后妃上〉，頁3493。

愛情是義山生命中最純美的信仰，對愛情完美的渴求使詩人在面對這一政治事件時，也情不自禁要為不圓滿的愛情深致哀悼，甚至提出批駁，因而義山不批判玄宗的治國無方，反而從愛情的角度去苛責玄宗，要他為不守愛情信諾負責。

由以上的論述，我們觀察到了李商隱的胸襟、氣度與見識，他的詩有豐富的歷史知識、社會內容，能以聖人之心，取天下公非以為本，或提出統一有賴人治而非天險的治國史觀，或提醒治國者任用賢者珍惜功臣的治道，或批判一個封建社會存在的不公與不義的現象，或揭示趨炎附勢、諂媚求寵者目光如豆、短視近利者永遠的悲哀，或不受限於現實的貴賤尊卑、男尊女卑，不以成敗論英雄，站在弱者失勢者的角度，勇敢批判是非，秉持自我的道德勇氣始終堅持正義，甚至跳脫家國政治興衰的成敗價值觀，而以護衛完美愛情為核心價值，展現出一士諤諤、卓然不群、鏗鏘有力的史識。

三、歷史意識中的理想性

西方哲學家羅素說：

> 學習歷史可以使我們神遊古人或來者的世界，靜觀過去和未來：可以提高我們的境界，「在一種永恆的觀點之下」達到一種精神上的無我或解脫。對於羅素，這是一種心靈的價值，一種審美的價值，一種無與倫比的偉大的精神價值。〔註125〕

這段話意指在歷史中存在著某種可供仰望或憧憬的價值，人不僅可從歷史中解決生存的迷惘與困惑，找到生存的自信、勇氣與意義，甚至可以藉此塑造出理想的人格典範，因而歷史具有其獨特的精神價值、審美價值與心靈價值，此即理想性之意義。太史公遭遇腐刑，支撐他忍辱含垢寫作史記的力量是「西伯拘而演周易，仲尼厄而作春秋，屈原放逐，乃賦離騷，左丘失明，厥有國語，孫子臏腳，兵法修列，不

〔註125〕嚴建強、王淵明著，《西方歷史哲學》，慧明文化事業有限公司，2001年，頁270。

韋遷蜀，世傳呂覽，韓非囚秦，說難、孤憤」歷史上一個個和他志同
道合，有著相同的夢想、相同的挫折，甚至在挫折中包羞忍恥的堅毅
生命，支持著他，使他終於完成「究天人之際，通古今之變，成一家
之言」的不朽著作。

　　文天祥在「風簷展書讀」的時候，通過詩中引證的十二個歷史人
物的「古道照顏色」，不僅紓解了自己現實的挫敗、疑惑，也體悟了
生命的意義與價值，為自己在歷史中找到了正確的位置，也為生命的
理想性，建構了一個美好的典範。史學既已成為李商隱生命經驗的重
心，他必然也在歷史中照鑑了人格生命的典範，發現了自我生命的安
頓與定位，為自己的生命找到了永恆的價值意義，完成了生命的理想
性。因而歷史人物經常出現在他的詩中：如〈楚宮〉：

　　　湘波如淚色灕灕，楚厲迷魂逐恨遙。楓樹夜猿愁自斷，女
　　蘿山鬼語相邀，空歸腐敗猶難復，更因腥臊豈易招，但使
　　故鄉三戶在，綵絲誰惜懼長蛟。

此詩為義山於宣宗大中二年自桂州鄭亞幕回長安，途經楚地時哀悼屈
原所作。首聯寫詩人經楚地時觸景傷情，遙想當年投江自沈的屈原冤
魂必茫然無所終，在湘江的悠渺中逐恨而去的悲愴情緒。頷聯寫楓樹
夜猿的淒然之聲，女蘿山鬼相邀的情境，完全重現屈原內心世界中「披
薜荔兮帶女蘿」的山鬼形象，予人哀傷悲苦的慨歎。頸聯想像屈原葬
身魚腹、遊魂難招的不幸際遇，「空」、「更」二字寫出了無限的嘆息
與不忍，末聯使用了兩個典故，分別是《史記》〈項羽本紀〉：「楚雖
三戶，亡秦必楚」，以及《續齊諧記》中屈原魂魄在漢建武年間出現
於長沙，為歐回所遇之典，屈原謂回曰：

　　　聞君當見祭，甚善。但常年所遺，並為蛟龍所竊，今若有
　　惠，可以楝葉寒其上，以五色絲縛之，此二物蛟龍所懼，
　　回依其言，世人作粽，并帶五色絲及楝葉，皆汨羅遺風也。

這兩個典故以高昂激越的筆力，表現世人對屈原的崇高愛戴與敬仰，
也間接寄寓了商隱內心的山高水長，詩人與屈原的靈魂在文字典故的

交錯建構中，化而爲一。這首詩不僅是屈原精神之再現，語言質地亦朗麗綺靡，再加上使用了傳說與神話，語言更具濃密性與多義性，故朱鶴齡說：「義山之詩乃風人之緒音，屈宋之遺響」。〔註 126〕賈誼是另一個義山生命理想而投影。又如〈賈生〉詩，歌詠賈誼：

> 宣室求賢訪逐臣，賈生才調更無論，可憐夜半虛席前，不
> 問蒼生問鬼神

賈誼是西漢河南郡洛陽人，生於漢高祖七年〈西元前二百年〉，卒於漢文帝十二年〈西元前一百六十年〉，他二十二歲受文帝賞識，後遭周勃、灌嬰等人詆毀，於文帝三年謫爲長沙王太傅，因感於長沙卑濕瘴癘之地，又因貶謫鬱抑不得志，三十三歲即英年早逝，曾上〈陳政事疏〉：「臣竊惟今之事勢，可爲痛哭者一，可爲流涕者二，可爲長太息者三」，其心繫國事、憂心忡忡的心情躍然紙上，義山總是藉賈誼投射其鬱抑不得志的悲傷，如「賈生游刃極，作賦又淪兵」（〈城上〉）、「賈生年少虛垂涕」（〈安定城樓〉）、「賈傅承塵破廟風」（〈潭州〉），而他的〈賈生〉詩，更具代表性：

> 宣室求賢訪逐臣，賈生才調更無倫，可憐夜半虛席前，不
> 問蒼生問鬼神。〔註 127〕

這首詩根據《史記》〈屈原賈生列傳〉：

> 孝文帝方受釐，坐宣室。上因感鬼神事，而問鬼神之本。
> 賈生因具道所以然之狀。至夜半，文帝前席。既罷，曰：「吾
> 久不見賈生，自以爲過之，今不及也。」

首二句寫文帝求才訪賢的殷切與謙卑，二句寫賈誼才華超凡絕塵，深爲文帝所欣賞。三句謂文帝求才若渴、虛心請教的求賢姿態。末句卻翻轉出新意，推翻前述文帝之美好形象而犀利諷刺文帝不知識賢、任賢，不恤蒼生苦難卻反諂事鬼神的荒誕。詩意新警透闢，不僅抒發個人懷才不遇的舊恨新傷，更可貴的是詩人超越了以個人榮辱得失爲衡

〔註 126〕朱鶴齡注《李義山詩集注》原序。文淵閣四庫全書本。
〔註 127〕同註三十三，頁 1518。

量遇合的標準，轉而以蒼生的福祉、生民的利害爲考量的價值，這高
遠超拔的襟抱，也正是義山生命理想的典型。胡應麟稱讚此認爲「宋
人議論之祖」(《詩藪》)，嚴羽稱道其卓越見識，認爲「非識學素高，
超越尋常拘攣之見，不規規然謟襲前人陳迹者，便以臻此」《藝苑雌
黃》，都能掌握此詩論述的層次，而給予高度的評價。

　　義山在作品中亦不斷提及宋玉，原因在於兩人有相似的遭遇，不
僅生當衰世，皆落拓不得志，且二人都關心國事、多愁善感。宋玉的
作品，根據《漢書》〈藝文志〉著錄爲十六篇，他的代表作〈九辯〉，
以秋日蕭瑟的景象抒發現實的失志與悽涼，李商隱亦以悲秋傷者的情
意，鎔鑄於詩篇之中。他的〈楚吟〉：

> 山上離宮宮上樓，樓前宮畔暮江流，楚天長短黃昏雨，宋
> 玉無愁亦自愁〔註128〕

歷史無情、江流無盡，轟然向前，卻留下「無愁自愁」矛盾不已的詩
人在樓台兀自佇立的悲吟，恍惚中，我們已分不清是詩人自己還是宋
玉的身影，那落寞寂寥的悲情像長短錯落的黃昏雨，敲擊深藏在心靈
深處的弦柱。在〈有感〉中：

> 非關宋玉有微辭，卻是襄王夢覺遲。一自〈高唐賦〉成後，
> 楚天雲雨盡堪疑。〔註129〕

他借宋玉自喻，表白自己承繼宋玉作〈高唐賦〉的特色，著意於塑造
一種朦朧幽約的情境，這種創作的自覺影響了詩人的風格，後世元好
問有「詩家總愛西崑好，獨恨無人作鄭箋」(〈論詩絕句〉)之慨，實
亦緣於此。可見，宋玉不僅是義山心靈寄託的對象，也是他文學創作
理論的啓蒙者，在〈宋玉〉一詩中，詩人有更明確的披露：

> 何事荊臺百萬家，唯教宋玉擅才華。楚辭已不饒唐勒，風
> 賦何曾讓景差。落日渚宮供觀閣，開年雲夢送煙花。可憐
> 庾信尋荒徑，猶得三朝託後車。〔註130〕

〔註128〕同註三十三，頁793。
〔註129〕同註三十三，頁1484。
〔註130〕同註三十三，頁690。

首聯以疑問句起興，對宋玉能在楚國人才濟濟中脫穎而出、聲名顯赫，致上無比的欽佩讚頌之意。頷聯具體鋪陳宋玉獨擅才華，不遜唐勒亦不讓景差。頸聯謂宋玉的客觀環境得天獨厚。末聯由宋玉旁及與宋玉有關的另一詩人庾信，庾信因居宋玉故宅而能霑其雨露，得歷任三朝而彰顯才華，反託喻自己淪落三朝，寓居幕府，詩人在宋玉的生命中寓託自己的理想。而在〈過鄭廣文舊居〉詩中：

宋玉生平恨有餘，遠循三楚弔三閭。可憐留著臨江宅，異
代應教庾信居。〔註131〕

詩人依然念念不忘宋玉，甚至在行經唐玄宗時才士鄭虔舊居時，亦聯想起宋玉而引發無限感慨。詩人在短短的的七絕中串聯了異代卻有著相同際遇的五個落拓文人的心事，把個人的落寞失志透過「後人復哀後人」的代代傳承——宋玉弔屈原、庾信弔宋玉、鄭廣文弔庾信、詩人自身弔鄭廣文，匯聚成一股強烈而流盪不止的震撼力，詩人對這些文采風流與自己如出一轍的人物，深致無限感慨與歎惋之意，而義山生命的理想典型亦因而昭然若揭。

　　諸葛亮也是義山生命中另一個嚮往的典範，他多次在詩中提及，例如〈武侯廟古柏〉：

蜀相階前柏，龍蛇捧閟宮。陰成外江畔，老向惠陵東。大
樹思馮異，甘棠憶召公。葉凋湘燕雨，枝拆海鵬風。玉壘
經綸遠，金刀歷數終。誰將出師表，一為問昭融。〔註132〕

此詩為大中五年冬奉派至西川推獄時，至武侯廟拜謁後所作。首聯述武侯廟柏樹參天，枝幹盤錯糾結，如龍蛇交拱。次聯藉柏樹的繁茂生發暗喻諸葛亮恩澤廣被蜀地，五、六句分別藉漢馮異勳業魁炳卻功高不伐，周召伯仁民愛物、勤政治國，一武功、一文治，以讚美諸葛亮盡忠先主、鞠躬盡瘁的崇高貢獻。七、八句以柏樹受風雨摧折喻諸葛亮在風雨如晦中，齎志以沒，出師未捷身先死的悲劇。

〔註131〕同註三十三，頁 906。
〔註132〕同註三十三，頁 1135。

未二句肯定其治國有高瞻遠矚的規劃與謀略，可惜漢代氣數已盡，終究難以迴天。本詩以柏樹爲詠，精簡摹刻諸葛亮經綸規劃的遠略及功高不伐、忠君愛國的品德，詩人並爲其功業未成，深致哀惋。另一首〈籌筆驛〉：

> 猿鳥猶疑畏簡書，風雲常爲護儲胥。徒令上將揮神筆，終見降王走傳車。管樂有才眞不忝，關張無命欲何如。他年錦里經祠廟，梁甫吟成恨有餘。〔註133〕

這是作者在大中九年冬隨柳仲郢調長安，途經當年諸葛亮出師伐魏時駐紮的堡壘——籌筆驛時所作。全詩善用抑揚交錯的方式，表現全詩的詩眼「恨」字，首聯借「猿鳥」、「風雲」的眞實景象，一方面渲染氣氛，使人產生肅穆之感，一方面重現當年諸葛亮在此籌擘時軍令森嚴、神威凜然的情景，此爲一揚。次聯慨歎諸葛亮徒有才智謀略，卻仍無法使後主免於投降，蜀漢免於滅亡，此爲一抑。頸聯讚美諸葛亮雖有如樂毅、管仲的治國長才，此爲一揚，可惜關羽、張飛二將無命早亡，終致功業不成，此又一抑。在一揚一抑之間，終於崩迸出諸葛亮才命相妨的悲劇。正如何焯所說「在抑揚頓挫處，使人一唱三嘆，轉有餘味」（《義門讀書記》），末聯藉吟誦諸葛亮所作之〈梁父吟〉，義山表達對其一生際遇的憾恨與惆悵之情，當然也有作者的隱然自喻之情，反映出義山自己的政治理想以及面對晚唐衰頹政局中的才智之士屢受現實環境影響，無法力挽狂瀾的悲憤與絕望。全詩成功地摹刻了諸葛亮的威望、才智、功勳，而由詩人對他的哀惋更可見其內心對他的崇敬與思慕。這首詩的主題與杜甫〈詠懷古跡〉其五神似：

> 諸葛大名垂宇宙，宗臣遺像肅清高。三分割據紆籌策，萬古雲霄一羽毛，伯仲之間見伊呂，指揮若定失蕭曹，運移漢祚終難復，志決身殲軍務勞。〔註134〕

〔註133〕同註三十三，頁1318。
〔註134〕杜詩鏡銓，卷十三，里仁書局，頁649。

杜甫的頷聯、頸聯正如義山的「管樂有才真不忝」，對諸葛亮的膽識、才智、人品、氣度做了精準的刻劃，而「運移漢祚終難復」則與本詩的「終見降王走傳車」、「關張無命欲如何」一樣，表達了志士仁人有才無命的千古悲劇。但兩相比較仍可發現二詩細微的差異，亦即義山對於諸葛亮所受的外在客觀條件的限制，多所著墨，這意謂著由於詩人自身所處時代的種種客觀環境的限圍──如宦官擅權、藩鎮割據、君王昏瞶……等，使詩人更能感同身受諸葛亮生命中隱微的悲情，而義山與諸葛亮的生命也因而交疊共振，義山在對這位歷史人物的緬懷與回顧中，逐次清楚照鑑自我生命的理想、挫敗、甚至絕望，如此熟悉，如此相彷，時間的距離模糊了，兩個生命終致合而為一。而詩人在深自讚賞與歎惋諸葛亮精神與際遇的同時，其實也隱約表白了詩人亟欲獻身救國，以紓國難的崇高情操，自我人格的理想就在詩人描摹歷史群像中，一一展演者。

　　不論是屈原、宋玉、庾信、鄭虔或是諸葛亮，詩人在重新建構、解釋、評價這些歷史人物的時候，他內心的抑鬱悲悽也隨著對這些人物的人格、命運之體認而逐次剝落，在詩人與歷史人物相悅以解的照鑑中，我們感受到詩人表述的已不是個體生命的悲傷或絕望，反而是一種不斷想要積極塑造自我完美人格的熱望與渴慕，這樣的渴慕使詩人與歷史的對話總蘊涵著激發與向上的無限力量，也終將引領我們，亦步亦趨，後之視今，亦猶今之視昔，人格的典範，於是永遠可以穿越時空，歷史彌新、永垂千古。

第四節　結　論

　　晚唐詩人李商隱，身處史學氛圍濃郁的文化風尚之中，又勤奮向學、研閱窮照、馴致懌辭，不僅多聞博識，且匠心獨具，使他成為一兼具史識、史情、史意、史筆的偉大詩人。他在政治的黑暗與仕途的頓挫中，轉向歷史的世界去重新省思政治、社會、自我、人生，透過

他和歷史的一段段深雋對話，他展現了一個豐富多姿、蘊涵無限的歷史意識，不論是他的歷史意識中的悲劇性、批判性或理想性，詩人以深情駕馭、檢視歷史，成就了一個繽紛豐盛卻充滿悲劇性的內心世界。他透過歷史事件進行生命悲劇意識的探勘，不僅深刻地感受到強烈的時間意識，甚至體悟到生命中無以言說的蒼涼的悲劇性；他也透過歷史事件對現實政治提出反思與批判、臧否是非、月旦人物，提出放諸四海而皆準、超越時空的價值判斷，展現自我獨特的生命情調與人生哲學，思辨永恆的生命價值，他在詩歌中表現的歷史意識是他思考歷史後的情志反映，

歷史不僅成為詩人個人困阨不遇情懷的符碼，是他個人隱微纖細的情感世界的投影，也是他感時傷世的寓託，甚至成為他勘破人生虛幻本質的媒介。而透過以上的論析，我們可以說李商隱企圖以詩歌記錄所處時代的歷史，也記錄他個人生命的歷史，展現比歷史更富哲理性，更有意義的內涵，而這也為評價李商隱詩歌提供了一個全新的觀照角度，使我們看到一個深具內蘊的傑出靈魂，益加肯定其在晚唐詩壇的不朽價值。

重要參考文獻

1. 清・彭定求等編，《全唐詩》，北京中華書局。
2. 歐陽修，《新唐書》，鼎文書局，1998 年。
3. 劉學鍇、余恕誠，《李商隱詩歌集解》，洪葉書局，1992 年。
4. 李商隱，《樊南文集》，上海古籍出版社，1988 年。
5. 中山大學中文學會主編，《李商隱詩研究論文集》，天工書局。
6. 張爾田，《玉谿生年譜會箋》，中華書局，1979 年。
7. 集張溥，《漢魏六朝百三名家》，文津出版社，1979 年。
8. 劉學鍇、余恕誠，《李商隱文編年校注》，北京中華書局，2002 年。
9. 馮浩，《玉谿生詩集箋注》，里仁書局，1981 年。
10. 郭紹虞，《中國歷代文學論著精選》，華正書局，1976 年。
11. 湯用彤，《隋唐佛教史稿》，北京中華書局，1992 年。

12. 劉楚華主編，《唐代文學與宗教》，香港中華書局，2004 年 5 月。

13. 孫昌武，《唐代文學與佛教》，谷風出版社。

14. 《李商隱研究資料彙編》，上海古籍書局。

15. 陳寅恪，《元白詩箋證稿》，上海古籍出版社，1978。

16. 傅璇琮，《唐才子傳箋校》，北京中華書局，1990。

17. 牟宗三，《歷史哲學》，學生書局。

18. Edward、H、Carr，王任光譯，《歷史論集》，著幼獅文化事業公司。

19. 羅素，何兆武、肖巍、張文杰譯著，《論歷史》，廣西師範大學出版社。

20. 葛劍雄、周筱，《歷史學是什麼》，揚智文化事業公司。

21. R、G、Collingwood 著，黃宣範譯，《歷史的理念》，聯經出版公司。

22. Eric J.Hobsbawm，黃煜文譯，《論歷史》，麥田出版社。

23. R、G、Collingwood 著，陳明福譯，《歷史的理念》，桂冠圖書公司。

24. 蔡英俊，《興亡千古事》，新自然主義出版社。

25. 李宜涯，《晚唐詠史詩與平話演義之關係》，文史哲出版社。

26. 郭紹虞，《中國歷代文學論著精選》，華正書局。

27. 羅根澤，《中國文學批評史》，龍泉屋書。

28. 郭紹虞，《中國文學批評史新論》，文山書局。

29. 聯添主編，《中國文學批評史資料彙〈隋唐五代卷〉》，成文出版社。

30. 王運熙、楊明，《隋唐五代文學批評史（上）》，上海古籍出版社。

31. 王運熙、楊明，《隋唐五代文學批評史（下）》，上海古籍出版社。

32. 黃保眞、成復旺、蔡鍾翔，《中國文學理論史》，洪葉出版社。

33. 李澤厚、劉綱紀主編，《中國美學史（一）》，里仁出版社。

34. 李澤厚、劉綱紀主編，《中國美學史（二）》，谷風出版社。

35. 吳功正，《唐代美學史》，陝西師範大學出版社。

36. 蔡英俊，《比興物色與情景交融》，大安出版社。

37. 王夢鷗，《文學論》，志文出版社。

38. 葉嘉瑩，《迦陵說詩叢稿》，桂冠出版社。

39. 呂正惠，《抒情傳統與政治現實》，大安出版社。

40. 陳世驤，《陳世驤文存》，志文出版社。

41. 陳寅恪，《隋唐制度淵源略論稿》，台灣商務印書館。

42. 陳寅恪，《唐代政治史述論稿》，台灣商務印書館。

43. 司馬光,《資治通鑑》,北京古籍出版社。

44. 高友工,《文學研究的美學問題〈上〉〈下〉》,中外文學,七卷十一、十二期。

45. 高友工,《文學研究的理論基礎〈上〉〈下〉》,中外文學,七卷七期。

46. 黑格爾著、朱光潛譯,《美學》,里仁書局。

47. 劉若愚,《中國文學理論》,聯經出版公司。

48. 杜維運,《中國史學史(一)(二)(三)》,三民書局。

49. 高友工,《中國美典與文學研究論集》,台灣大學出版中心。

50. 余英時,《歷史與思想》,聯經出版公司。

第五章　李賀詩歌美學

第一節　緒　論

　　李賀是中唐詩壇匆遽劃過的一顆流星，他以金相玉式的絢爛之姿，在剎那中創造了流傳千古的永恆詩作，他「以淒涼柔和的音樂美與陰暗穠麗之色彩美，交織出靈魂深處的憂鬱美。」〔註1〕開啟了晚唐李商隱沉博絕麗，溫庭筠深美閎約的詩歌美學。他的詩歌鎔鑄了個人的身世際遇、時代審美觀、楚騷傳統等特質，在內容上是「天若有情天亦老」（〈金銅仙人辭漢歌並序〉）的深情示現，在技巧上則是「筆補造化天無功」（〈高軒過〉）的奇崛詭譎，詩人勇敢挑戰詩歌的無垠疆域與讀者的審美界域，引領讀者攀向詩歌美學的登峰造極之境，後人更以「長吉體」〔註2〕稱之。歷代評其詩歌者眾：

　　　杜牧曰：雲煙綿聯，不足為其態也。水之迢迢，不足為其情也。春之盎盎，不足為其和也。秋之明潔，不足為其格也。〔註3〕

　　　張碧曰：春拆紅翠，闢開蟄戶，其奇峭者不可攻也。〔註4〕

　　　沈亞之：多怨鬱淒豔之功。〔註5〕

〔註1〕　李日剛，《中國詩歌流變史》。
〔註2〕　嚴羽，《滄浪詩話》〈詩體〉。
〔註3〕　葉蔥奇校註，《李賀詩集》，里仁書局，1982年，頁356。
〔註4〕　計有功撰，《唐詩記事》卷四十五。木鐸出版社，1982年，頁691。

　　劉昫：其文思體勢，如崇嚴峭壁，萬仞崛起，當時文士從
　　而效之，無能髣髴者。〔註6〕

這些論述，或從其情態風格之綺麗淒豔，或從其運思構篇之奇崛詭峭
著眼，均試圖詮釋李賀詩歌之美學特質，而爲辨析其詩歌美學，本論
文擬分兩節，分別從李賀詩歌美學之形成、李賀詩歌美學觀及其實
踐，探究其特殊的詩歌美學。

第二節　李賀詩歌美學之形成

一、中晚唐審美觀

　　魏晉時代是文學由「言志」傳統，轉向「緣情」說的關鍵。魏晉
時代的緣情說是人們對日益淪喪傾覆的時代完全絕望之後，轉而走向
對自我生命全心關注與反省的具體表現，那是對「自我生命的醒悟與
自覺」，即「抒情主體」的重新發現，〔註7〕文學因而不再是反映客觀
政治得失與興發的載體，文學開始以情感的抒發爲其最重要的特質。

　　緣情說的成立，使文學的表達形式、內容、技巧發生劇烈變化，
由於緣情說重現創作的心理活動，作者完全可以就個人喜怒哀樂好惡
的角度，去思考表達的方式，因而作者可有更多自由使用各種藝術技
巧，去描述內心受外物感發之後，各種複雜的情愫，文學的審美特質
在緣情說的推波助瀾下被重新思考，文學美的本質成爲作者有自覺的
追求，文學在內容上試圖擺脫政治社會的束縛，在形式上則致力追求
語言之美。

　　到了南朝後期，由於文人多不關心政治，只圖生活享樂，發爲文
辭，只著重形式之美，文學徒然成爲文字遊戲，故初唐時王勃曰：

　　故文章經國之大業，不朽之盛事。而君子所役心勞神，宜

〔註5〕　吳企明編，《李賀資料彙編》引《沈下賢文集》卷九。中華書局，2004
　　　　年，頁6。
〔註6〕　同上註。引《舊唐書》卷一三七，頁18。
〔註7〕　蔡英俊，《比興，物色與情景交融》，大安出版社，1995年，頁36。

　　於大者，遠者，非緣情體物、雕蟲小技而已。〔註8〕

反對「緣情體物」，強調文學的社會責任——經國之大業。陳子昂更以「彩麗競繁，而興寄都絕」〔註9〕批評齊梁詩歌，以恢復詩經風雅及漢魏風骨為職志。「緣情」的觀念，在此面臨被批判的命運。

　　至中唐，由於朝廷日衰，政治、社會陷入紊亂，以「宗經」、「原道」、「徵聖」為主的觀念成為文學思想的主流。

　　安史之亂以後，中唐的知識份子急於解決戰亂的社會窘境，以白居易為首的新樂府運動，以急切激進的方式試圖改變社會的亂象，他繼承漢代樂府「感於哀樂，緣事而發」的傳統，以儒家美學的理想——「文章合為時而著，詩歌合為事而作」（〈與元九書〉）為口號，其新樂府序中說：

> 其辭質而徑，欲見之者易諭也；其言直而切，欲聞之者深誡也。其事覈而實，使采之者傳信也；其體順而肆，可以播於樂章歌曲也。總而言之，為君、為臣、為民、為物、為事而作，不為文而作也。〔註10〕

積極鼓吹文學言志的功用，投入以文學救國的新樂府運動。柳宗元也提出：

> 及長，乃知文者以明道。是故不苟為炳炳烺烺、務采色、夸聲音而以為能也。（〈答韋中立論師道書〉）

又說：

> 聖人之言，期以明道。學者務求諸道而遺其辭。辭之傳於世者，必由於書，道假辭而明，辭假書而傳。〔註11〕

〔註 8〕　羅聯添編輯，《中國文學批評資料彙編——隋唐五代》，〈平臺秘署論藝文三〉，成文出版社，1979 年，頁 26。

〔註 9〕　羅聯添編輯，《中國文學批評資料彙編——隋唐五代》，〈陳伯玉文集‧修竹篇序〉，成文出版社，1979 年，頁 35。

〔註 10〕　羅聯添編輯，《中國文學批評資料彙編——隋唐五代》，〈白氏長慶集〉卷三。成文出版社，頁 172。

〔註 11〕　羅聯添編輯，《中國文學批評資料彙編——隋唐五代》，〈報崔黯秀才論為文書〉，成文出版社，1979 年，頁 194。

這種重視明道的思想，的確能使文章發揮爲政治服務的作用，然而，從另一角度思考，則與魏晉強調「緣情」的文學思想——個人自我生命、抒情主體的發現等相較，則明顯是一種抹殺文學獨立性的實用文學觀。

另外，以韓愈孟郊爲主的詩派，不但關注社會民生，也開始關懷人與自然，宇宙的種種關係，他們把生命的重心轉向內心世界的發現與省思，即抒情主体的發現，尋找文學最原始純粹的意義，詩歌因而成爲最純粹的審美形式，甚至可以是生命中苦心經營的場域，因而賈島可以爲一首詩「兩句三年得，一吟雙淚垂」（〈題後詩〉），盧廷讓可以「吟完一箇字，撚斷數莖鬚」（〈苦吟〉）。他們延續魏晉時期的緣情說，而提出兩個主張：

一、抒發眞情，不平則鳴：由於韓愈詩派的文人，多半出身貧賤且胸懷千里，身處國勢傾圮衰敗之際，卻報國無門、屈居下僚，因而對人生悲苦、世事滄桑有深切的體悟，他們內心充塞憤懟不平、窮愁鬱悶之氣，韓愈在〈送孟東野序〉中說：

> 大凡物不得其平則鳴。草木之無聲，風撓之鳴。水之無聲，風蕩之鳴。其躍也或激之，其趨也或梗之，其沸也或炙之。金石之無聲，或擊之鳴。人之於言也亦然，有不得已者而後言，其歌也有思，其哭也有懷，凡出乎口而爲聲者，其皆有弗平者乎！〔註12〕

韓愈在此提出了「不平則鳴」的創作主張，強調文學是人生苦難的投射。他在〈荊潭唱和詩序〉中，更發揮此一論述曰：

> 夫和平之音淡薄，而愁思之聲要眇。歡愉之辭難工，而窮苦之言易好。是故文章之作，恒發於羈旅草野；至若王公貴人氣滿志得，非性能而好之，則不暇以爲。〔註13〕

他認爲文窮而後易工，「愁思之聲」、「窮苦之言」較諸「和平之音」、「歡愉之辭」更能要眇易工，展現高超的美學價值。韓愈更以此角度肯定

〔註12〕 《韓昌黎文集校註》卷四。
〔註13〕 同上註。

柳宗元的藝術成就，謂其：「然子厚斥不久，窮不極，雖有出於人，其文學辭章，必不能自力，以致必傳於後，如今無疑也。」〔註14〕認爲苦難造就了柳宗元擲地有聲、斐然不朽的創作。

二、惟陳言之務去——辭必已出：由於唐開元、天寶時的詩歌對後代影響至巨，長期的肯定與認同，使得文壇不可避免地產生因襲與模倣的弊端，文壇墨守成規、充塞陳腔濫調，了無新意，清人葉燮曰：

> 開寶之時，一時非不盛，遞至大曆、貞元、元和之間，沿其影響字句者且百年，此百餘年之詩，其傳者已少殊尤出類之作，不傳者更可知矣。必待有人焉起而撥正之，則不得不改絃而更張之。愈嘗自謂「陳言之務去」，想其時陳言之爲禍，必有出於目不忍見，耳不堪聞者，使天下人之心思智慧，日腐埋於陳言中，排之者比於救焚拯溺，可不力乎。〔註15〕

對當時元和文壇做了精闢的觀察，可見韓孟詩派著力於改革語言上的「陳言之爲禍」，有意識地「起而撥正」，韓愈提出「規模背時利，文字覷天巧」（〈答孟郊〉）、「橫空盤硬語，妥貼力排奡」（〈薦士〉），強調「文字」之「巧」與「硬語」之「力」，極力倡導語言上的改革，務求新奇，以期激發創新，擺脫形式的桎梏，也因爲這樣，韓愈一方面「尋摘奇字，詰曲其詞，務爲不可讀，以駭人耳目」，〔註16〕一方面則以散文爲詩，在整體上改變詩的風格，而雄奇詭怪的風格，也因而誕生。

韓愈詩派的主張是承繼魏晉「詩緣情」觀念而來的重要發展，「窮苦之言易好」、「不平則鳴」的論點，就文學思想的演變而言，其實正發揚光大屈原「發憤以抒情」（〈九章·惜誦〉）的論述，文學由元、白時「鳴國家之盛」的熱望，轉而爲「自鳴其不幸」，雖然悖離傳統「溫柔敦厚」、「發乎情、止乎禮儀」的詩教，但他們以抒發一己窮愁困阨爲詩之宗旨，將詩歌由極端實用功利化導向心靈的抒情化，特重自覺的主觀抒情性，也強化了詩歌的抒情性，在詩歌審美歷史上具有

〔註14〕　同上註，卷七。
〔註15〕　葉燮《原詩》內篇上。
〔註16〕　趙翼，《甌北詩話》，卷三。

獨特的意義，作家因而可以更自由地擺脫政治、社會的牢籠，在內容上作更多元的實驗與創發，在形式上，也可打破窠臼，在「惟陳言之務去」、「辭必已出」的原則上，作各式非邏輯性的試驗與挑戰，嘗試新奇、追求奇崛。

二、李賀的身世際遇

　　李賀身歷德、順、憲三朝，正是社會、文化發生空前劇變的時期，安史之亂留下的藩鎮禍害，如影隨形，日益腐蝕著帝國的經脈，他們或「據險要，專方面，既有其土地，又有其人民，又有其甲兵，又有其財賦」，[註17]不僅自奉甚厚、跋扈猖狂，而且結為婚姻，互相表裏，貽其子孫，威加百姓，更有甚者則擁兵自重「為合從以抗天子」，[註18]德宗時更無力平亂，一昧採姑息政策，憲宗雖號稱「元和中興」，對抗尤力，但仍無法殲滅藩鎮勢力。

　　宦官擅權亦當時一大禍害，宦官由於參與唐王室繼承的政治鬥爭而日益囂張，最後「宦官之權，反在人主之上，立君、弒君、廢君，有同兒戲」，[註19]肅宗以後的皇帝，除德宗外，均為宦官所擁立，儼然已成為唐王室的權力核心。自元和十五年憲宗為宦官陳弘志、王守澄等殺害，直至唐帝國滅亡，共有穆宗、敬宗、文宗、武宗、宣宗、懿宗、僖宗、昭宗、哀宗等九個皇帝，其中七人為宦官所立，而敬宗、文宗、武宗亦皆死於宦官之手，宦官專權之禍，日益劇烈。姚文燮在〈昌谷詩話序〉中說：

> 外則藩鎮悖逆，戎寇交訌；內則八關十六子之徒，肆志流毒，為禍不測。上則有英武之君，而又惑于神仙。有志之士，即身膺朱紫，亦且鬱鬱憂憤，矧乎懷才兀處者乎？[註20]

〔註17〕《新唐書》卷五十〈兵志〉，鼎文書局，1988年，頁1328。
〔註18〕同上，卷二百一十〈藩鎮魏博列傳〉，頁5921。
〔註19〕趙翼，《二十二史箚記》卷二，〈唐代宦官之禍〉，世界書局，1980年，頁262。
〔註20〕王琦注，《李長吉歌詩》，中華書局。

正是當時局勢的縮影。

　　自稱「唐諸王孫」〔註21〕的李賀，背負了來自家族傾圮不振的宿命與中唐動盪不安、詭譎多變的惡劣情勢，走向了屬於自己偃蹇困頓的命運。他帶著「病骨傷幽素」（〈傷心行〉）〔註22〕「病骨獨能在」（〈示弟〉）〔註23〕多病的軀體，以及「嘔出心始已耳」〔註24〕的堅持，潛心創作，「尋章摘句老雕蟲，曉月當簾掛玉弓」〈南園十三首，其六〉〔註25〕正是刻劃其雕金鏤玉、鐫刻文字、嘔心瀝血的創作歷程。這個「細瘦、通眉，長指爪，苦吟疾書」〔註26〕的青年，他以超越驚風之才，名動京師，深得韓愈賞識，〔註27〕另外也得皇甫湜激賞。元和二年，通過府試，取得「鄉貢進士」的資格，準備赴長安應禮部試，他的應試詩〈河南府試十二月樂詞並閏月〉〔註28〕造語奇特、含蓄深婉，冠絕群倫。然而，由於賀為人恃才傲物，處處樹敵，「故輕薄為時輩所排」，〔註29〕府試後即因父親名「晉肅」，「晉」與「進」同音，遭時人誹謗，謂賀當避父名諱，迴避禮部考試。韓愈獨愛其才，乃力排眾議，更為作〈諱辯〉一文，批駁

〔註21〕 葉蔥奇校注，《李賀詩集》卷二〈金銅仙人辭漢歌並序〉，里仁書局，1982年，頁77。
〔註22〕 同上註。卷二，頁105。
〔註23〕 同上註。卷一，頁8。
〔註24〕 同上註。附錄，李商隱撰〈李長吉小傳〉，頁359。
〔註25〕 同上註。卷一，頁62。
〔註26〕 同註二十四。
〔註27〕 張固《幽閒鼓吹》：「李賀以歌詩謁韓吏部。吏部為國子博士分司。送客歸，極困。門人呈卷，解帶旋讀之。首篇〈雁門太守行〉曰：『黑雲壓城城欲摧，甲光向日金鱗開。』卻援帶，命邀之。」。
〔註28〕 同註十五。卷一，頁33。
〔註29〕 據晚唐康駢《劇談錄》，另唐張固《幽閒鼓吹》：「李藩侍郎嘗綴李賀歌詩為之集，序未成；知賀有表兄與賀為筆硯之舊，召之，見託以搜訪所遺。其人敬謝，且請曰：『某盡得其所為，亦見其多點竄者。請得所葺者視之，當為改正。』李公喜，並付之。彌年，絕跡。李公怒，復召詰之。其人曰：『某與賀中外，自小同處，恨其傲忽，嘗思報之。所得兼舊有者，一時投於溷中矣。』李公大怒，叱出之，嗟恨良久。故賀篇什流傳者少。」。

「避嫌名」之無稽，試圖與「避諱」的傳統相抗衡，然而唐確有其俗，白居易亦為避祖父諱放棄博學宏辭而選書判拔萃，〔註30〕故韓愈此說，無異強詞奪理，無法使人信服，於是李賀不得已乃放棄舉進士的資格，他的仕途才要啓程，卻已遁入日暮途窮的絕境之中。

　　元和三年，沮喪絕望的詩人落第歸昌谷〈河南福昌縣〉。同年九月，從昌谷再度至洛陽，韓愈、皇甫湜聯騎拜訪，詩人因賦〈高軒過〉：

　　華裾織翠青如蔥，金環壓轡搖玲瓏。馬蹄隱耳聲隆隆，入
　　門下馬氣如虹。云是東京才子，文章鉅公。二十八宿羅心
　　胸，元精耿耿貫當中。殿前作賦聲摩空，筆補造化天無功。
　　龐眉書客感秋蓬，誰知死草生華風。我今垂翅附冥鴻，他
　　日不羞蛇作龍。〔註31〕

一方面表達對二人學識與文章的推崇與仰慕之意，一方面抒發自己處窮愁困阨之境，亟盼能被薦舉，進而青雲直上、一展鴻圖的殷切期望。

　　終於在第二年春天，由宗人薦引，由父蔭得官，被任命為專司儀禮的奉禮郎。這卑微的小官消磨著詩人的凌雲壯志，那個曾經躊躇滿志的青春少年以馬自喻說出：

　　不從桓公獵，何能伏虎威，一朝溝隴出，看取拂雲飛。(〈馬
　　詩二十三首〉之十五)〔註32〕

那個總是杖劍負國，以劍自喻，意氣飛揚的少年吶喊著：

　　我有辭鄉劍，玉鋒堪截雲，襄陽走馬客，意氣自生春。(〈走
　　馬引〉)〔註33〕

　　衣如飛鶉馬如狗，臨歧擊劍生銅吼。(〈開愁歌〉)〔註34〕

　　天眼何時開，古劍庸一吼。(〈贈陳高〉)〔註35〕

<hr>

〔註30〕劉學鍇、余誠恕著，《李商隱文編年校注》，〈刑部尚書致仕贈尚書右
　　　　僕射太原白公墓碑銘〉，北京中華書局，2002 年。
〔註31〕同註二一。卷四，頁 281。
〔註32〕同上註。卷二，頁 92。
〔註33〕同上註。卷一，頁 60。
〔註34〕同上註。卷三，頁 211。
〔註35〕同上註。卷三，頁 192。

　　　自言漢劍當飛去，何事還車載病身。(〈出城寄權璩、楊敬之〉)

　　〔註36〕

文字中的刀光劍影、劍拔弩張，其實正是詩人在現實中羸弱多病、鬱抑不得志的補償心裡之投射。他甚至開始懷疑軟弱無力、只徒然與「幽寒做鳴呃」(〈致酒行〉)〔註37〕的書生，究於國家何益：

　　　男兒何不帶吳鉤，收取關山五十州。請君暫上凌煙閣，若
　　　個書生萬戶侯。(〈南園十三首〉其五)〔註38〕

鏗鏘有力地展現了詩人慷慨壯闊的心智，而隱藏在這灑脫的豪情背後，其實是滿腹的不合時宜吧！

　　　熱情而心念家國的詩人，報國無門，只能借用樂府舊題〈猛虎行〉抨擊藩鎮之禍：

　　　長戈莫舂，長弩莫抨。乳孫哺子，教得生獰。舉頭為城，
　　　掉尾為旌。東海黃公，愁見夜行。道逢騶虞，牛哀不平。
　　　何用尺刀，壁上雷鳴。泰山之下，婦人哭聲。官家有程，
　　　吏不敢聽。〔註39〕

全詩句句寫猛虎之兇猛猖狂、橫行霸道、殘暴橫行，甚至哺養子孫，相繼為惡，而實際上是以猛虎喻中唐藩鎮禍國的罪行。末句引用《禮記》〈檀弓〉篇「苛政猛於虎」的典故，批判中央，姑息養奸，人民只能生活在藩鎮的淫威之下。詩人以一士諤諤的嚴厲批判，引人注目、發人深思。然而，年輕的靈魂終究在現實政治人生殘酷的摧折下顛沛流離，早已垂垂老矣：

　　　我當二十不得意，一心愁謝如枯蘭。(〈開愁歌〉)〔註40〕
　　　長安有男兒，二十心已朽。(〈贈陳商〉)〔註41〕

詩人在長安任職期間的生活寫照，可以〈崇義里滯雨〉為代表：

〔註36〕　同上註。卷一，頁 7。
〔註37〕　同上註。卷二，頁 128。
〔註38〕　同上註。卷一，頁 65。
〔註39〕　同上註。卷四，頁 246。
〔註40〕　同上註。卷三，頁 211。
〔註41〕　同上註。卷三，頁 192。

> 落漠誰家子？來感長安秋。壯年抱羈恨，夢泣生白頭。瘦
> 馬秣敗草，雨沫飄寒溝。南宮古簾暗，濕景傳簽籌。家山
> 遠千里，雲腳天東頭。憂眠枕劍匣，客帳夢封侯。〔註42〕

秋日羈旅長安、困頓潦倒的憾恨啃囓著詩人，即便在夢中亦糾葛纏繞、催人白首，詩人藉「瘦馬」、「寒溝」、「雨沫」、「古簾」、「濕景」等秋日寒涼意象，表現內心深邃難遣的苦悶與悲悽，在思鄉情切中翻轉出欲投筆從戎、立功沙場的壯烈志向。

在長安期間，妻子亦因病於故鄉與之天人永隔，在〈後園鑿井歌〉中：

> 井上轆轤床上轉，水聲繁，弦聲淺。情若何，荀奉倩。城
> 頭日，長向城頭住。一日作千年，不須流下去。〔註43〕

詩人所渴慕的天長日久、一日千年，如水聲、弦聲繁淺相和的永恆愛情，只能成為他生命的絕唱。形影相弔，「無家室子弟，得以給養恤問」〔註44〕的詩人，徒然作著歸鄉與家人重敘天倫的美夢：

> 長安風雨夜，書客夢昌谷。怡怡中堂笑，小弟裁澗菉。家
> 門厚重意，望我飽飢腹，勞勞一寸心，燈花照魚目。(〈題歸
> 夢〉) 〔註45〕

弟弟和母親的溫柔笑靨，慰藉著長安風雨夜中疲憊孤寂的詩人，然而思及自己落魄窮窘的仕途，卻終將永遠辜負家人的殷切期許，詩人不覺淚出胸臆、悲從中來。

元和七年，詩人辭去奉禮部的官職，回家鄉昌谷。次年，出發至潞州長史郗士美幕府張徹，三年間，詩人感慨自己「老作平原客」(〈客游〉) 〔註46〕的羈旅生涯，終於在元和十年請辭返鄉，隔年歸家而卒，走完了二十七年的短暫人生。

〔註42〕同上註。卷三，頁189。
〔註43〕同上註。卷三，頁210。
〔註44〕杜牧，《樊川文集》卷十〈李賀集序〉，漢京文化事業有限公司。1984年，頁148。
〔註45〕同註二一。卷四，頁313。
〔註46〕同上註。卷三，頁188。

　　李賀以羸弱瘦骨俯仰於中唐日益凋敝傾頹的政治險巇之中，叱咤不羣、昂揚飛躍的青春生命正要高蹈遠舉，舞出絢麗自我，卻在人世的困籠中被牢牢禁錮，終致懷才不遇、仕途坎坷，他以「天若有情天亦老」的深情，面對蒼茫天地，卻終將天倫夢碎、孑然一身，家國、個人、際遇交相擁折的悲憤憂思，終於蛻變成其詩歌中的獨特旋律，正如李賀透過與巴童的對話所述：

　　巨鼻宜山褐，龐眉入苦吟，非君唱樂府，誰識怨秋聲。（〈巴
　　童答〉）〔註47〕

詩人唱出的是千古的苦吟悲秋、感時傷世的律調，終將跨越時空、流轉不輟。王思任在〈昌谷詩解序〉中說：

　　賀既吐空一世，世亦以賀爲蛇魅牛妖，不欲盡掩其才，而
　　藉父名以錮之。蓋不待溷中之投，而賀之傲忽毒人，將姓
　　氏不容人間世矣。賀既孤憤不遇，而所爲嘔心之語，日益
　　高渺，寓今托古，比物徵事……人命至促，好景盡虛，故
　　以其哀激之思，變爲晦澀之調。〔註48〕

詩人一生的悲劇彷彿是與生俱來的宿命，而詩人對人生的體悟也是悲劇性的「哀激之思」，他只能以「筆補造化天無功」〔註49〕的神乎其技，在文字的場域中舞文弄墨，展現隱微幽深的絕妙風調，王思任可謂李賀詩歌的千古解人。

三、楚騷傳說的影響

　　屈原的作品彷彿母性豐沃的田壤，不同的詩人在他身上汲取源源不盡的養分，「是以枚、賈追風以入麗，馬、揚沿波而得奇，其衣被詞人，非一代也。故才高者苑其鴻裁，中巧者獵其艷辭，吟諷者銜其山川，童蒙者拾其香草」（《文心雕龍》〈離騷〉），〔註50〕在李賀詩中

〔註47〕同上註。卷三，頁174。
〔註48〕王琦，《李長吉歌詩》，中華書局。
〔註49〕同註二一。卷四，頁281。
〔註50〕周振甫注，《文心雕龍注釋》，里仁書局。1984年，頁65。

亦不斷提及自己與楚辭的關係：

> 楞枷堆案前，楚辭繫肘後。（〈贈陳商〉）〔註51〕

> 坐泛楚奏吟。（〈南園〉）

> 咽咽學楚吟，病骨傷幽素。（〈傷心行〉）〔註52〕

顯見詩人對楚辭進行了深入的探析與研究，他學習楚辭的抒情方式，在〈昌谷北園新筍四首〉其二：

> 斫取青光寫楚辭，膩香春粉黑離離。無情有恨何人見，露壓煙啼千萬枝。〔註53〕

詩人將詩寫在竹枝上，藉竹林寒露，彷彿在煙霞中哭泣的淒美深幽圖景，抒寫自己懷才不遇的哀怨情愫，傳承著楚辭般深重的憂思，詩人明白表述以繼承楚辭為職志，甚至將自己的創作比為「楚辭」，其對楚辭的肯定與推崇，昭然可見。

李賀師法楚辭的內在縹緲淒然之情韻，以其〈帝子歌〉為例：

> 洞庭明月一千里，涼風雁啼天在水。九節菖蒲石上死，湘神彈琴迎帝子。山頭老桂吹古香，雌龍怨吟寒水光。沙浦走魚白石郎，閒取真珠擲龍堂。〔註54〕

前兩句正取〈湘夫人〉：

> 帝子降兮北渚，目眇眇兮愁予。嫋嫋兮秋風，洞庭波兮木葉下。

之詩意。描寫祭祀湘夫人的秋日洞庭場景。

「九節菖蒲石山死」四句正化自

> 麋何食兮庭中？蛟何為兮水裔？朝馳餘馬兮江皋，夕濟兮西澨。

之意，描寫湘夫人不來，水中苦候之情景。

「沙浦走魚白石郎」二句則化自

〔註51〕 同註二十一，卷三，頁192。

〔註52〕 同上註。卷二，頁105。

〔註53〕 同上註。卷二，頁135。

〔註54〕 同註二十。王琦注「旨趣全放《楚辭・九歌》，會其意者，絕無怪處可見」。

> 搴汀洲兮杜若，將呂〈以〉遺兮遠者。時不可兮驟得，聊
> 逍遙兮容與

之意，描寫水中送神的情景。李賀對〈楚辭〉的著迷，由此可證，詩人迷戀於〈九歌〉中飄忽美麗、神秘詭奇的情境，於是牽動自然山河、召喚明月清風，以江山瑰麗的想像鋪寫神明的世界。另外，在措辭、用語上，亦深度受《楚辭》的影響。如：

> 態貙食人魂，雪霜斷人骨。(〈公無出門〉)〔註55〕

似《楚辭‧招魂》：

> 雄貙九首，往來儵忽，吞人以益其心些。豭犬猙猙相索索，
> 舐掌偏宜佩蘭客。〔註56〕

上句如〈九辯〉：猛犬猙猙而迎吠，下句如〈離騷〉：紉秋蘭以為佩。

而屈原作品在兩方面深深影響李賀，一為情志怨懟的抒發：蓋兩者均懷持報效國家的共同抱負，都有追求清明政治的共同理想，同樣也有著遭讒畏譏，壯志難伸的憤懟情懷，茲以〈秋來〉為例：

> 桐風驚心壯士苦，衰燈絡緯啼寒素。誰看青簡一編書，不
> 遣花蟲粉空蠹。思牽今夜腸應直，雨冷香魂弔書客。秋墳
> 鬼唱鮑家詩，恨血千年土中碧。〔註57〕

「誰看青簡一編書」以下四句，訴說著美麗正直的靈魂結晶——青簡，卻被花蟲所蠹，正像屈原：

> 朝飲木蘭之墜露兮，夕餐秋菊之落英。苟餘情其信姱以練
> 要兮，長顑頷亦何傷。(〈離騷〉)
>
> 世溷濁而嫉賢兮，好蔽美而稱惡。(〈離騷〉)
>
> 世幽昧以眩曜兮，孰雲察餘之善惡。(〈離騷〉)

壯士仁人那份孤芳自賞、凜然高潔的凌雲心志，卻遭世人所棄。壯志困阨，碧血丹青，卻無人聞問的悲傷，亦像屈原：

> 謇吾法夫前修兮，非世俗之所服。雖不周於今之人兮，願

〔註55〕同上註。卷四，頁271。
〔註56〕同上註。
〔註57〕同上註。卷一，頁50。

> 依彭咸之遺則。(〈離騷〉)

> 曾歔欷余鬱邑兮，哀朕時之不當，攬茹蕙以掩涕兮，霑餘
> 襟之浪浪。(〈離騷〉)

李賀在屈原的作品中看見的不只是「雖九死其猶未悔」的不妥協之靈魂，而是一個特立獨行、憂懷絕望、孑然潦倒的自我生命的倒影，所不同的是李賀以獨特的詩歌美學重新處理這個亙古以來的悲情，刻意用黑暗凋蔽的意象如：衰燈、秋桐、蟲囊、香魂、秋墳、鬼唱、恨血，渲染詩人心中永不消歇的哀吟苦嘆。

　　楚騷傳統之影響李賀，表現在另一方面，即爲形式上的華麗。〈辨騷〉篇曾以「文辭麗雅，爲辭賦之宗」、「耀艷深華」、「驚采絕艷」、「金相玉式，艷溢錙毫。」、「騷經九章，朗麗以哀志」等形容楚騷，足見屈原作品在語言特質上屬朗麗綺靡，而觀李賀之詩風，陸游爲其如「白家錦衲，五色眩曜」（趙宧光《彈雅》引），毛馳黃謂其「設色濃妙」（《詩辯坻》），沈亞之謂其「多怨鬱悽艷之巧」（〈送李膠秀才詩序〉）〔註58〕杜牧曰：「時花美女，不足爲其色也」〔註59〕其中之華采魂妍可謂與屈原如出一轍，屈原藉朗麗之文辭表達綿密悽婉的深情，李賀亦傳承了屈原的技巧，以華采瓘妍的形式，或用典故，或用神話，抒發悲懷深邃，委婉曲折的情意。杜牧更以「《騷》之苗裔，理雖不及，辭或過之」〔註60〕論斷其作品，將之與〈離騷〉相提並論，可謂深得李賀風格之三昧。茲以李賀〈貝宮夫人〉爲例，說明李賀在技巧上師承屈原之處：

> 丁丁海女弄金環，雀釵翹揭雙翅關。六宮不語一生閒，高
> 懸銀榜照青山。長眉凝綠幾千年，清涼堪老鏡中鸞。秋肌
> 稍覺玉衣寒，空光貼妥水如天。〔註61〕

詩人在元和二年東南之行時過貝宮夫人廟而作。首四句特寫女神貝宮

〔註58〕　吳企明，《李賀資料彙編》，中華書局。2004 年，頁 6。
〔註59〕　同註四十四。
〔註60〕　同上註。
〔註61〕　同註二一。卷四，頁 283。

夫人旁的侍女，海風撥弄她的金環，丁丁作響，頭飾雀釵美麗安靜，卻只能空對青山而已。末四句呈現貝宮夫人的形象，她孤獨面對青山幾千年，彷彿也感受到秋氣之寒涼。詩人以「雀釵翹揭雙翅關」，刻劃海神侍女精緻華麗的頭飾，呈現其優美絕倫的形象，又運用「金環」、「雀釵」、「銀榜」、「玉衣」等華艷明亮的意象表達淒涼寂寞的悠悠情思，與「朗麗哀志」的楚辭傳統相互呼應。

　　這首詩不僅是屈原精神之再現，語言質地亦朗麗綺靡，故王琦在李賀彙解序：長吉下筆務為勁拔，不屑作經人道過語，然其源實出自楚騷，步趨於漢魏古樂府。〔註62〕李賀的審美觀與屈原的審美觀遙相應合。

　　李賀以其獨特的個性與際遇，在中唐審美觀的薰侵刺提中及楚騷傳統的涵詠潤澤下，融鑄出其個人的詩歌美學。以下茲就（一）緣情說的開展——天若有情天亦老（二）文學表現技巧的開展——筆補造化天無功論述之。

第三節　李賀詩歌美學及其實踐——緣情說的開展
——天若有情天亦老

　　由於李賀個人獨特的身世際遇，以及與韓愈之特殊遇合，在中唐韓孟詩派的審美觀及楚騷傳統的濡染下，因而他的審美觀亦深得「緣情」之旨，他腸枯思竭的挑戰心思的極限，曾自述搦翰運思的情狀曰：

> 尋章摘句老雕蟲，曉月當簾掛玉弓。（〈南園十三首〉其六）
> 〔註63〕

李商隱〈李賀小傳〉之亦曰：

> 恆從小奚奴，騎疲驢，背一古破錦囊，遇有所得，即書投囊中。及暮歸，太夫人使婢，受囊出之，見所書多，輒曰：「是兒要當嘔出心始已耳」〔註64〕

〔註62〕同註二十。
〔註63〕同註一，頁62。
〔註64〕劉學鍇、余誠恕著，《李商隱文編年校注》，〈李賀小傳〉，中華書局。

嘔出「心」才肯罷休的李賀，以心爲主，馳騁八方四域，他縱橫天地，「萬塗競萌，規矩虛位，刻鏤無形，意翻空而易奇」，〔註65〕無邊無際的想像彌補了短暫二十七年生命歷程的不足，「具有敏銳的想像力始有強烈的直覺上的同情、復由同情而交感〈tranfusion〉，由交感而合一〈identification〉。具有這種想像力，才能將自己的生命注入宇宙的大生命、才能將個人的注入民族的、人類的、生物的、和無生物的一切，所以想像力愈強的詩人，他的同情交感合一的範圍也愈廣，對象也愈大」，〔註66〕因爲這種「同情共感」的想像力，詩人不斷挑戰情意的多元性，他的詩，在內容上除了是失意的不平之鳴、諷喻、批判時事之作外，更重要的是內在心靈世界的呈現與投射，跳脫「文以明道」的現實功利性而恣任心志，抒寫情意，翻宕出「奇」的特質，這「奇」不是「辭尚奇詭」，〔註67〕也不是指「文思體式，如崇巖峭壁，萬仞倔起」，〔註68〕而是指詩人以繾綣深情，即「天若有情天亦老」爲經，以高度的「同情共感」之作用而發揮旖旎想像，即「筆補造化天無功」爲緯，所織就成的綺麗詭譎、奇幻曼妙的情意世界，方拱乾在〈昌谷集註序〉中說：

> 其詩詣當與揚子雲之文詣同，所命止一緒，而百靈奔赴，
> 直欲窮人以所不能言，並欲窮人以所不能解。〔註69〕

可算是對此「奇」的精闢詮解。而李賀在緣情上的開展，更啓發了晚唐杜牧「以意爲主」〔註70〕、李商隱「以自然爲祖」〔註71〕的反實用

2002 年，頁 2265。

〔註65〕 周振甫注，《文心雕龍注釋》，〈神思〉，里仁書局。1984 年，頁 515。

〔註66〕 《唐詩論文選集》，余光中〈象牙塔到白玉樓〉，長安出版社，頁 383。

〔註67〕 吳企明，《李賀資料彙編》引《新唐書》卷二零三。中華書局，2004 年，頁 19。

〔註68〕 同上註，頁 18。

〔註69〕 同註二一，頁 366。

〔註70〕 杜牧，《樊川文集》，卷十三，〈答莊充書〉，漢京文化事業公司，1983 年，頁 194。

〔註71〕 同註六四，引〈獻相國京兆公啓〉，頁 1911。

功利文學觀，揭示了以「真情」爲文學之精神特質的審美觀，在緣情的發展歷史上具有重大的意義。以下將以李賀作品中所展現的特殊時間歷史意識爲例，分成三個方向討論，分別是自然萬物、神鬼世界、歷史世界，觀察詩人如何在這個以「時間」爲軸心的主題中，展現出「奇」的特質，以作爲論述其詩歌美學——緣情觀的開展之依據。

　　一、自然萬物：李賀在自然萬物的變化上，看到時間流逝的痕跡：

　　　　曲水漂香去不歸，梨花落盡成秋苑。(〈河南府試十二月樂詞並閏月〉三月)〔註72〕

　　　　花臺欲暮春辭去，落花起作迴風舞。(〈殘絲曲〉)〔註73〕

　　　　老景沉重無驚飛，墜紅殘萼暗參差。(〈河南府試十二月樂詞並閏月〉四月)〔註74〕

　　　　百日不相知，花光變涼節。(〈秋涼詩寄正字十二兄〉)〔註75〕

　　　　唯愁苦花落，不悟世衰道。(〈感諷六首〉其六)〔註76〕

　　　　今日菖蒲花，明朝楓樹老。(〈大堤曲〉)〔註77〕

在落花跌撞起落的舞步裏，敏銳的詩人之心魂即隨花翩然飄飛，而當滿地殘紅墜地，詩人的心也頹然不起了，在〈南園十三首之一〉：

　　　　花枝草蔓眼中開，小白長紅越女腮。可憐日暮嫣香落，嫁與春風不用媒。〔註78〕

詩人賞玩這春日盛開如越女腮紅的綺麗花朵，卻眼睜睜看它在夕陽下隨風而逝，青春的香消玉殞，豈不正如春風中零落的花瓣，詩人在自然萬物的消長變化中，感知了時間的力量，詩人的焦灼不安，正來自「咽咽學苦吟，病骨傷幽素，秋姿白髮生，木葉啼風雨」(〈傷心行〉)

〔註72〕　同註二一。卷一，頁 36。
〔註73〕　同註二一。卷一，頁 5。
〔註74〕　同註二一。卷一，頁 37。
〔註75〕　同註二一。卷三，頁 239。
〔註76〕　同註二一。頁 326。
〔註77〕　同註二一。卷一，頁 24。
〔註78〕　同註二一。卷一，頁 62。

〔註79〕那份羈旅他鄉，孤獨孑然的寂寥與落魄，來自「那知堅都相草草，客枕幽單看春花」（〈仁和里雜敘皇甫湜〉）〔註80〕、「桐風驚心壯士苦，衰燈絡緯啼寒素。誰看青簡一編書，不遣花蟲粉空囊。」（〈秋來〉）〔註81〕那樣不被發掘、不被重用的驚恐與絕望，甚至是來自「翩聯桂花墜秋月，孤鸞驚啼商絲發」（〈李夫人〉），〔註82〕那份對人間無以圓滿的愛情之慨歎。然而，物華搖落，深藏在時間之流裏更深的恐懼，其實是來自詩人內心如春草綿綿，永無止盡的深情意緒——「天若有情天亦老」〔註83〕而致的那份對生的眷戀、對美好的渴求、以及對永恆不朽的嚮往之落空，因而詩人的悲傷註定是永無寧日、日以繼夜了。

得了時間敏感症的詩人，〔註84〕除了從自然的消長變化中感知時間的力量外，他更以穿透時間的靈明之眼，觀看時間在宇宙中變化的軌跡，如〈古悠悠行〉：

> 白景歸西山，碧華上迢迢。今古何處盡，千歲隨風飄。海
> 沙變成石，魚沫吹秦橋。空光遠流浪，銅柱從年消。〔註85〕

首聯以日升月落的規則變化呈現大自然亙古不變的存有定律。頷聯從宇宙永恆無限的角度，觀察今古、千歲的永無止盡，暗喻人生如夢幻泡影，飄忽與匆遽的悲哀。末四句化用秦始皇、漢武帝或築秦橋或造銅柱以求永生、力圖與時間相頡頏，卻終究不敵，而在流光的浪濤中銷聲匿跡。詩人站在時間之流，在巨石與魚沫中檢視淘淘過往，所感知的已不是人生的短暫而已，而是一種永刼不復的幻滅感，那份「以宇宙為背景的幻滅感」。〔註86〕

〔註79〕　同註二一。卷二，頁105。
〔註80〕　同註二一。卷二，頁119。
〔註81〕　同註二一。卷一，頁50。
〔註82〕　同註二一。卷一，頁58。
〔註83〕　同註二一。卷二，頁77。
〔註84〕　同註六十六。
〔註85〕　同註二一。卷三，頁119。
〔註86〕　同註六十六，頁382。

在這份幻滅感的包圍環伺下，束手無策的詩人只好潛入神話世界，恣任想像：

> 折折黃河曲，日從中央轉。暘谷耳曾聞，若木眼不見，奈何鑠石，胡為銷人，羿彎弓屬矢，那不中足，令久不得奔，詎教晨光夕昏。（〈日出行〉）〔註87〕

> 天東有若木，下置銜燭龍。吾將斬龍足，嚼龍肉。使之朝不得回，夜不得伏。自然老者不死，少者不哭。（〈苦晝短〉）〔註88〕

詩人以奇特的想像，驅遣神話中的故實，他寄望后羿能射中日足，或自己能化身為神話中的一角，斬斷為羲和駕車的龍足，徹底拯救人們免於遭受日夜更迭、生老病死的煎熬之苦，詩人內心無以紓解、糾葛交纏的幻滅的悲哀，在奇字奇語中被曲折深刻、淋漓盡致地傳達而出，所謂「以峭曲寫其哀致」（《昌谷集句解定本》），〔註89〕錢鍾書先生曾說：「古人病長吉好奇無理，不可解答，是蓋知有木義，而未知有鋸義耳」〔註90〕大抵指此類，後人不察，只觀其奇特造語、造句，因而無以深探詩人內心隱涵的幽致曲意。

這份以宇宙為背景的幻滅感，如影隨形，啃囓著他，於是，他以超越人間世界的奇幻想像，在神鬼世界中延伸他的特殊宇宙觀。

二、神鬼世界：游走於陰陽界的李賀，以一雙靈明的雙眼透視著來來去去的生、死。試看他的〈感諷五首〉之三：

> 南山何其悲，鬼雨灑空草。長安夜半秋，風前幾人老。低迷黃昏徑，裊裊青櫟道，月午樹立影，一山唯白曉，漆炬迎新人，幽壙螢擾擾。〔註91〕

整首詩描寫秋風鬼雨的夜晚中，荒山野墳的情景，詩人傾其坎坷偃

〔註87〕 同註二一。卷四，頁 248。
〔註88〕 同註二一。卷三，頁 219。
〔註89〕 王友勝、李德輝校注，《李賀集》，岳麓書社。2003 年，頁 283。
〔註90〕 錢鍾書，《談藝錄》，頁 61。
〔註91〕 同註二一。卷二，頁 154。

蹇、衰敝傾圮之人生體驗於一詩,刻摹一種近乎隱晦、顛躓、絕望的心情。秋天迷濛的黃昏小徑、兀自搖曳的青櫟枝椏,彷彿生命蕭瑟的旋律——瘖瘂、幽暗、苦澀,揮之不去。而最引人側目的是「月午樹立影,一山唯白曉」二句,詩人竟能穿越時空甬道而覷見山崗上生、死交接、熱鬧而又奇異的明亮場景,奇異的景觀不僅震撼了讀者,也延伸了詩歌的視域,隱藏在詩歌背後的深意其實是詩人對生的眷眷不捨,企求以文字架構的鬼域,接引這垂垂老去、滿目瘡痍、疲憊不堪的靈魂!因為對死亡的恐懼,而故意又把死亡視為另一個旅程的開始,一種安撫恐懼的短暫慰藉,這正是李賀在時間觀上的奇異觀點。正如〈公無出門〉所說:

　　　　顏回非血衰,鮑焦不違天。天畏遭銜齧,所以致之然。〔註92〕

詩人將思緒引領至鬼域,應是試圖在對生的眷戀與對死的驚懼之中,找尋一個靈魂的出口吧!

　　有時詩人則以其高超的想像,建構一個神仙世界,如〈夢天〉:

　　　　老兔寒蟾泣天色,雲樓半開壁斜白,玉輪軋露濕團光,鸞
　　　　珮相逢桂香陌,黃塵清水三山下,更變千年如走馬,遙望
　　　　齊州九點煙,一泓海水杯中瀉。〔註93〕

詩人寂然凝慮、思接仙界,為我們勾勒出一幅夢中登天所見神仙世界。首聯以神話中的玉兔、蟾蜍的淚水,渲染出月宮高樓外一抹詭怪奇幻的天色,詩人的視角與天齊高,因而能看見半開的樓門。次聯以奇特新穎的比喻形容月亮圓滑流轉的動感與晶瑩剔透的質感,並想像自己與仙女在月宮中相遇的綺麗景致。「黃塵清水三山下」以下四句,以滄海桑田的神話典故表示神仙眼中的人間世界,正如杯水煙塵般微不足道。詩人的視角奇崛,從高高在上,和諧美好的神仙世界俯瞰人間,以突顯出人間世剎那即逝的悲哀,詩人跨越至神仙世界表達對時間的敏感意識。

〔註92〕同註二一。卷四,頁271。
〔註93〕同註二一。卷一,頁28。

而在另一首詩中：

> 天河夜轉漂回星，銀浦流雲學水聲，玉宮桂樹花未落，仙
> 妾采香垂珮纓，秦妃捲簾北窗曉，窗前植桐青鳳小，王子
> 吹笙鵝管長，呼龍耕煙種瑤草，粉霞紅綬藕絲裙，青洲步
> 拾蘭苕春，東指羲和能走馬，海塵新生石山下。(〈天上謠〉)

〔註94〕

也是以同樣的視角觀看人間，首四句勾勒天河夜轉、流雲漂浮、桂花
飄香、仙女佩纓，一片絢麗明亮的神仙世界榮盛之景。「秦妃捲簾北
窗曉」以下四句呈現神仙和樂悠哉之氣氛，像人間一樣男子耕作，所
不同的是祂們「呼龍耕煙」，種植仙草。「粉霞紅綬藕絲裙」二句則形
容仙女們四處行走遊春，美不勝收。末二句和〈夢天〉結尾四句一樣，
以神仙高高在上的永恆視角俯瞰人世滄海桑田的刹那與虛空。

　　〈夢天〉和〈天上謠〉兩詩中所描寫的神仙世界都具有賞心悅目、
瑰麗絢爛，令人目不暇給的特色，更特別的是兩詩都從天上俯視人
間，從神仙的永恆對比人間的刹那短暫、虛空飄渺，且都使用了「滄
海桑田」的典故，李賀屢次運用此典，另外如：

> 少年安得長少年，海波尚變爲桑田。(〈嘲少年〉)〔註95〕
>
> 南風吹山作平地，帝遣天吳移海水。(〈浩歌〉)〔註96〕

此典典出晉葛洪《神仙傳》卷三王遠條：

> 麻姑自說：「接待以來，已見東海三爲桑田。向到蓬萊，水
> 又淺於往者，會時略半也，豈將復爲陵陸乎？」方平笑曰：
> 「聖人皆言，東海行復揚塵也。」〔註97〕

陳允吉已注意到此現象說：

> 李賀在詩中描寫「滄海桑田」之多，在唐人中間最可注目。這
> 一看來奇怪的現象，實際上卻能顯示出他的精神世界。〔註98〕

〔註94〕　同註二一。卷一，頁 46。
〔註95〕　同註二一，頁 342。
〔註96〕　同註二一。卷一，頁 48。
〔註97〕　文淵閣《四庫全書》第 1059 冊。台灣商務印書館，頁 270。
〔註98〕　《唐詩中的佛教思想》——〈夢天〉的遊仙思想與李賀的精神世界。

歐麗娟也提到：

> 中晚唐後明顯受到大量採用「滄海桑田」此一套語，乃至
> 「天地劫灰」此一意象的突顯，傳示了時間之激化的強烈
> 感受，毋寧可視爲一種宇宙觀、世界觀的轉型下，因緣湊
> 泊地投合於新視野的結果。〔註99〕

雖然，在詩作中表達人生如寄、虛幻如夢的人生感懷，早已不是獨特
的主題，從初唐劉希夷、張若虛：

> 已見松柏摧爲薪，更惜桑田變成海。古人無復洛城東，今人
> 還對落花風。年年歲歲花相似，歲歲年年人不同。(〈白頭吟〉)
> 江畔何人初見月，江月何年初照人，人生代代無窮已，江
> 月年年望相似，不知江月待何人，但見長江送流水。(〈春江
> 花月夜〉)

到盛唐的李白：

> 今人不見古時月，今月曾經照古人。古人今人若流水，共
> 看明月皆如此。(〈把酒問月〉)

但是李賀反覆不斷使用這個典故的意義，則在於這典故表達了中唐時
代的氛圍與詩人個人的敏感特質、精神世界、身世際遇混融而成的宇
宙觀，也象徵性地傳達了詩人對時間流逝的激烈、敏銳的獨特感受。
於是，我們彷彿在這些詩中傾聽到了更隱微的弦外之音，原來詩人內
心世界對人生刹那的恐懼竟是如此椎心刺骨，對永恆、無限的憧憬卻
又如此執迷不悟，神仙世界正如鬼域，也是他尋找暫時慰藉的烏托
邦。事實上，李賀並不相信神仙世界永恆不朽：

> 幾回天上葬神仙，漏聲相將無斷絕。(〈官街鼓〉)〔註100〕

> 王母桃花千遍紅，彭祖巫咸幾回死。(〈浩歌〉)〔註101〕

他〈苦晝短〉中說：

商鼎出版社，頁217。
〔註99〕歐麗娟，《唐詩的樂園意識》，里仁書局，2000年，頁370。
〔註100〕同註二一。卷四，頁308。
〔註101〕同註二一。卷一，頁48。

　　　劉徹茂陵多滯骨，嬴政梓棺費鮑魚。〔註102〕
他認為神仙世界終究無法擺脫死亡的陰霾，因而，他嘲諷秦始皇、漢
武帝追求長生不死的愚駿荒誕。在〈馬詩二十三首〉其二十三：
　　　武帝愛神仙，燒金得紫煙。廄中皆肉馬，不解上青天。〔註103〕
更批判漢武帝求神問卜、不懂重用賢才的昏聵。

　　敏銳多感的詩人，既不相信鬼域，也不相信神仙世界，他只是以
宇宙的永恆角度俯瞰人世，體悟了生命的渺小與飄忽，他以一種高高
在上的神的全知視域，悲憫地俯觀人世，那份深情、不捨、眷戀、執
迷，令人屏氣凝神，不能自己。

　　三、歷史世界：歷史是時間鐫刻而成的軌跡，時間是歷史化整為
零的單位，詩人以其敏銳的時間意識去解讀歷史，以「天若有情天亦
老」的深情去檢視歷史，為歷史人物或事件慨歎著，歷史本身的悲哀
成為了他的悲哀，每一分每一秒，他在自己有限的困阨情境中早衰，
在歷史的無限記憶裏早衰，於是不論是從南朝名妓蘇小小到晉名將王
濬，或是從安樂宮到金銅仙人，歷史成為他反映特殊時間意識的載
體。茲以〈蘇小小墓〉為例：
　　　幽蘭露，如啼眼。無物結同心，煙花不堪剪。草如茵，松
　　　如蓋。風為裳，水為佩。油壁車，夕相待。冷翠燭，勞光
　　　彩。西陵下，風吹雨。〔註104〕
這首詩脫胎自樂府〈蘇小小歌〉：「我乘油碧車，郎騎青驄馬，何處結
同心，西陵松柏下。」，詩人走入歷史長廊，進入南朝美人蘇小小的
墓地，在一個虛幻迷離的鬼魅世界建構自己的人生感悟。首二句以幽
蘭上的露水，輕巧點染出美人的眼眸波光，沒有具體形貌的刻劃，卻
以部份代全體，摹刻出美人動人心魄、蘭質蕙心的美麗優雅。三、四
句描述煙花女子蘇小小雖已為鬼魂，卻始終想要尋覓永結同心的情

〔註102〕同註二一。卷三，頁219。
〔註103〕同註二一。卷二，頁99。
〔註104〕同註二一。卷一，頁27。

人，其追求美好愛情的信念與堅定執著的形象，宛然如在目前。「草
如茵」以下四句利用周遭景物：草、松、風、水等烘托美人飄逸美妙
的迷人風姿。「油壁車，夕相待」則勾勒出蘇小小的堅持不悔的痴心
情狀，「久」字正見其矢志靡他的執著。「冷翠燭，勞光彩」一方面形
容無星月卻有風雨的夜晚，僅存翠燭微光的幽黯氣氛，一方面也暗示
著蘇小小空有渴望執著，卻徒然不可實現的悲戚命運。末二句使詩歌
嘎然止於風雨淒淒的西陵場景，留下餘音繚繞、不絕如縷的悠悠情
思。詩人以一己深情解讀歷史中的一個小女子的情意世界，其實也正
反射出詩人個人的縣縣深情，正如「一日作千年，不須流下去」〔註
105〕那樣，直到地老天荒都要延續下去的永恆美好之愛情。在這裏，
時間彷彿靜止了，詩人生命中的憾恨似乎也被彌平了，蘇小小墓不再
是鬼影幢幢的世界，而是詩人渴求永恆，逃避時間敏感症的心靈樂
土。畢竟，情感永不凋零，跨越陰陽界，亙古如一。

　　而對另一位晉朝的名將王濬，詩人也寫下〈王濬墓下作〉：

　　人間無阿童，猶唱「水中龍」。白草侵煙死，秋藜繞地紅。
　　古書平黑石，神劍斷青銅。耕勢魚鱗起，墳科馬鬛封。菊
　　花垂濕露，棘徑臥乾蓬。松柏愁香澀，南原幾夜風。〔註106〕

行經王濬墓地的詩人，首二句感慨叱咤一世的晉將王濬竟不及一首歌
頌他的童謠〈水中龍〉之源遠流長，物是人非的遺憾在不經意中洩露。
「白草侵煙死」以下四句刻劃墓地白草枯死、遍地秋藜，墓碑上字跡
早已模糊，連陪葬的神劍也以被蝕鏽了，融合墓地實景與想像的虛
景，鋪陳出衰敗、殘破的情境，「白」、「紅」、「黑」三種主色調與「死」、
「秋」、「古」、「斷」等荒涼傾頹的字眼暈染出濃暗陰森的氣氛。「耕
勢魚鱗起，墳科馬鬛封」藉墳地已成耕地的劇變寓託世事無常、滄海
桑田的無奈，對時間的敏感意識也濡染至歷史上的一介英雄。「菊花
垂濕露」以下四句，表現了詩人在歷史的荒煙蔓草中沈沈不願面對的

〔註105〕同註二一。卷三，頁210。
〔註106〕同註二一。卷三，頁187。

結局——死亡之無可遁逃、不可迴避，死亡像花露乾蓬、夾雜著松柏的香澀，無聲無息、窒人鼻息、沁人耳目，詩人深重無可奈何的感傷，在南園的夜風中，被輕輕吹動著。

　　歷史來勢洶洶，無所不在，他在斑駁的宮室中、殘凋的遺物裏，經歷時間風起雲湧的摧折，每一件都喚起他對人間剎那的回憶，對時間永恆的記憶。詩人經過玄宗當年的舊宮苑：

　　春月夜啼鴉，宮簾隔御花。雲生朱絡暗，石斷紫錢斜。玉碗盛殘露，銀燈點舊紗。蜀王無近信，泉上有芹芽。(〈過華清宮〉)〔註107〕

李賀總是一而再、再而三感知到那些衰殘與淒清的意象：春月啼鴉、隔簾的御花、被雲煙點淡了的朱絡、斷裂石階上漫生的苔痕……，藉此勾勒一幅華清宮今日的荒涼場景，展現了詩人對今昔盛衰的變化之無限感懷，末二句委婉含蓄，以極清淡的筆致，諷刺了玄宗的昏庸無能，是李賀在面對歷史世界中，少數明確表達強烈諷諭性的作品。詩人在面對歷史陳跡時總是隱微地展現另一種情意：

　　梁王臺沼空中立，天河之水夜飛入。臺前鬥玉作蛟龍，綠粉掃天愁露濕。撞鐘飲酒行射天，金虎蹙裘噴血斑。朝朝暮暮愁海翻，長繩繫日樂當年。芙蓉凝紅得秋色，蘭臉別春啼脈脈。蘆洲客雁報春來，寥落野湟秋漫白。(〈梁臺古意〉)〔註108〕

全詩可分成三部份，首四句描寫西漢梁孝王宮殿流水高臺、壯麗華美，臺前以玉雕蛟龍爲欄，互相鬥合，露溼竹葉、高聳入雲。中四句則鋪陳梁王僭越爲王、醉生夢死、日夜享樂、驕縱放肆的意態。後四句則描述梁王日夜擔憂歡樂無以爲繼，貪婪耽溺逸樂，甚至突發奇想，欲以長繩繫日停止日夜輪迴的狂妄心態，末四句以秋日蒼涼寥落之景爲結，寫盡四季更迭、流光不再的惆悵。歷來評斷此詩曰：

　　此追諷太平公主也。主權震天下，將相皆出其門。作觀池

〔註107〕同註二一。卷三，頁 14。
〔註108〕同註二一。卷四，頁 269。

> 樂游原，環瑤山集，侈迷過於天子，乃潛謀大逆，竟至伏
> 誅。後台沼荒涼，野水瀰漫。賀蓋撫景而托梁孝王以比之。
>
> (《清姚文燮《昌谷集注》卷四》) 〔註 109〕
>
> 此詠梁王雪苑，借古諷今，不指定何王。(清·陳本禮《協律
> 鉤玄》卷四) 〔註 110〕

這些論述實有待商榷，亦實未深體詩人內心坎坷之所致。蓋就本章前
文所論，詩人的敏感時間意識，漫天鋪地，無時無刻，不深受影響。
首六句雖明顯鋪陳梁王的侈靡僭越、驕奢淫逸之態，但到第七句，當
詩人說「朝朝暮暮愁海翻，長繩繫日樂當年」時，其實已陷入了個人
無可救藥的敏感、脆弱的感傷情緒之中，誠然，這正是杜牧所謂：「理
雖不及，辭或過之」〔註 111〕之處，但詩人此時已超越批判現實政治
之層次，他關心的不是興亡盛衰的治國之道，不是驕奢糜爛，終致禍
國的儒家之道，而只是時間的浩渺無盡，春來秋去，使人無可如何的
悲劇性體悟。因而，與其說這是李賀批判嘲諷前朝僭君越權的叛亂者
之一種表述，毋寧說這是詩人站在亙古時間長河中，對渺滄海一粟的
人類在時間之流中的倉皇、束手無策的了解與感知，對世事無常、白
雲蒼狗的人生之憂心忡忡，甚至是對逝者已矣的悲憫與同情，當然，
也是他此生縈繞於心、盤桓不去的因對生的眷戀而致的沉沉痛楚。

在另一首〈安樂宮〉中：

> 深井桐烏起，尚復牽清水。未盡邵陵瓜，屏中弄長翠。新
> 城安樂宮，宮如鳳凰翅。歌回蠟板鳴，左慳提壺使。綠繫
> 悲水取，茱萸別秋子。〔註 112〕

全詩以今、昔、今交錯的結構為主線，詩人敏銳地牽引我們跳躍於過
去與現在之間，感受時間幻化人生的力量，詩人選擇了涓涓流水作為
開始，彷彿訴說時間之流的永不止息，最後卻以寧靜無聲的落花為

〔註 109〕 王友勝、李德輝校注，《李賀集》，岳麓書社，2003 年，頁 308。

〔註 110〕 同上註。

〔註 111〕 杜牧，《樊川文集》卷十〈李賀集序〉，漢京文化。1984 年，頁 148。

〔註 112〕 同註二一。卷三，頁 205。

結，訴說生命的殘敗與死亡。流水、落花春去也的亙古悲情，豈不正是此詩所欲傳達的不輟的弦音？

詩人在時間之流翻騰跌宕，剎那之生與無垠時間的對比，使他惴惴不安，他總在歡樂中同時覷見死亡的虎視眈眈；

> 秦王騎虎遊八極，劍光照空天自碧。義和敲日玻璃聲，劫灰飛盡古今年。龍頭瀉酒邀酒星，金槽琵琶夜根之，洞庭雨腳來吹笙。酒酣喝月使倒行，銀雲櫛櫛瑤殿明，宮門掌事報一更。花樓玉鳳聲嬌獰，海绡紅紋香淺清。黃鵝跌舞千年觥，仙人燭樹蠟煙輕，青琴醉眼淚泓泓。(〈秦王飲酒〉) 〔註113〕

從「秦王騎虎遊八極」以下至「劫灰飛盡古今年」，稱頌秦王駕騎猛虎、意氣風發、安定天下的雄姿英發。「龍頭瀉酒邀酒星」以下至「海绡紅紋香淺清」則敍秦平天下後日月笙歌、沈酒樂舞、宴飲酣醉之樂。「黃鵝跌舞千年觥」一句是情境轉折的關鍵，詩人生動規劃宮女以曼妙綽約如黃毛雛鵝的舞步，舉杯祝賀君王長壽千年。就在這一刻，與跌舞舉觥同時的是輕煙裊裊之中，剎那歡樂之後，秦王已溘然長逝，徒留宮女們婆娑的淚眼依依，詩人藉情景錯置交疊的剎那張力，傳達了一個永恆的時間鐵律：生的希望、榮耀、歡樂與死的蒼涼、絕望、虛空，同時並存，他在生的歡樂中清醒地感知了死的悲悽，正如他在〈將進酒〉所說：「況是青春日將暮，桃花亂落如紅雨」，〔註114〕即春即暮，即開即落，詩人的恐懼終究無所逃遁於天地之間。〈金銅仙人辭漢歌并序〉是李賀在歷史世界的思考中，最具有深度的體悟：

> 魏明帝青龍元年八月，詔宮官牽車，西取漢孝武捧露盤仙人，欲立置前殿。官官既拆盤，仙人臨載，乃潸然淚下。唐諸王孫李長吉，遂作〈金銅仙人辭漢歌〉
>
> 茂陵劉郎秋風客，夜聞馬嘶曉無迹。畫欄桂樹懸秋香，三十六宮土花碧。魏官牽車指千里，東關酸風射眸子。空將漢月出宮門，憶君清淚如鉛水。衰蘭送客咸陽道，天若有

〔註113〕同註二一。卷一，頁53。
〔註114〕同註二一。卷四，頁303。

情天亦老。攜盤獨出月荒涼，渭城已遠波聲小。〔註115〕
據《三輔黃圖》：「神明臺，武帝造，上有承露盤，有銅仙人舒掌棒銅盤、玉杯，以承雲表之露。」《三輔故事》：「漢武帝以銅作承露盤，高二十丈，六十圍，上有仙人掌承露，和玉屑飲，以求仙也。」《魏略》：「明帝景初元年徙長安諸鐘，簴、駱駝、銅人。承露盤。盤拆，銅人重，不可致，留于灞壘。《漢晉春秋》：帝拆盤，盤拆聲聞數十里，金狄（銅人）或泣，因留灞壘。」

　　根據金銅仙人的歷史典故，詩人爲銅盤泣淚的記載動容，於是經由想像寫下此詩。首二句寫漢武帝如秋風中的過客，夜間長逝，曉來已無迹可尋，「畫欄桂樹懸秋香」二句，則述武帝逝去後的景象，宮室畫欄外的桂樹依然飄香，三十六所離宮別館已苔蘚遍佈。「魏官牽車指千里」以下四句，述魏官至咸陽搬遷銅人，銅人卻不忍遷離故土，出關時即感覺淒風刺目，終因懷念武帝，離情依依而淚如雨下。無生命的銅人因爲有情而留下鉛水，更何況是其他有生的存在。「衰蘭送客咸陽道」寫宮中秋蘭似乎也感染了人情，而爲銅人送行。「天若有情天亦老」一句，不僅「奇絕無對」，〔註116〕寫盡天下有情人之淚痕心聲，亦是詩人在歷史長河中最透闢的領會。末二句化銅人懷遠傷離的悲情於渭水滾滾的濤聲之中，情意綿綿無盡，餘韻嫋嫋，全詩「悲涼深婉」。〔註117〕詩人在時間之流，懸心掛念的不是興亡盛衰的輪轉法則，或弔古傷今的慨歎惋惜，而是因深情而不捨萬物的消長變化、離情別愁，這悲哀正是詩人在〈銅駝悲〉〔註118〕中以銅駝的角度所說：「橋南多馬客，北山饒古人，客飲杯中酒，駝悲千萬春」，那是源自一份對永恆不朽的渴望而來的悲哀，是來自生命渺小、虛空幻滅的悲哀，來自歡樂的短暫，死亡相隨的悲哀，來自是非成敗、盛衰興亡，

〔註115〕 同註二一。卷二，頁 77。
〔註116〕 王琦《李長吉歌詩匯解》卷二。
〔註117〕 高步瀛《唐宋詩舉要》卷二。
〔註118〕 同註二一。卷三，頁 235。

在時間歷史之流中，早已模糊了界限，變得荒誕可笑、微不足道的悲
哀。而他總以為天地萬物與己同悲歡，是故，在處裡這段歷史事件時，
他完全移情於銅人之身，假借銅人之眼、耳、鼻、舌、身、意，抒寫
人對世界獨有的深情意緒，在銅人眷眷不忍離去的身影裡，揭示其對
人生最深雋的體悟——天若有情天亦老。原來，時間之流驚濤駭浪、
物是人非，唯情感不朽、唯真情不渝，這是詩人在永恆的時間之流中，
唯一的信仰與堅持，是以，縱然歷史的濤聲已遠，有情人內心的波濤
卻正漫天蓋地、洶湧澎湃而至！

　　〈官街鼓〉總結詩人在以時間為軸心的主題中之思考，尤令人驚
心動魄：

> 曉聲隆隆催轉日，暮聲隆隆催月出。漢城黃柳映新簾，柏
> 陵飛燕埋香骨。磓碎千年日長白，孝武秦皇聽不得。從君
> 翠髮蘆花色，獨共南山守中國。幾回天上葬神仙，漏聲相
> 將無斷絕。〔註119〕

官街鼓是京城設置用以報曉與警夜的鼓，根據《新唐書》卷四九上
〈百官志〉：

> 左右街使，掌分察六街徼巡。……日暮，鼓八百聲而門
> 閉。……五更二點，鼓自內發，諸街鼓承振，坊市門皆啟，
> 鼓三千撾，辨色而止。〔註120〕

鼕鼕鼓聲，震天價響，敲著過去，敲著現在，敲著未來，正象喻著時
間晝夜不舍的流逝。詩人因長年日夜聽聞其聲，敏感的神經被鼓譟
著，脆弱的生命意識因而備受煎熬，於是以鼓聲串連死亡與永恆的時
間，透過二者的強烈對比，表達韶華易逝、生命短暫的無奈與感傷，
詩人運用三組對比的敘述，強化這份悲哀，分別是：春日柳樹映竹簾
時，卻是嬪妃埋葬皇陵時；其次是鼓聲磓碎千年，而秦皇、漢武已永
不得聽聞；最後是翠髮蘆花的短暫人生與長伴終南、日夜守護京城的

〔註119〕 同註二一。卷四，頁308。
〔註120〕 《新唐書》，鼎文書局，頁1285，1998年。

鼓聲，末二句以超乎常理的想像說出「幾回天上葬神仙，漏聲相將無斷絕」，大膽戳破神仙不死的謬誤，而歌頌時間的永恆不朽。

詩人雖然有超越時空、凌駕宇宙的奇幻想像力，但二十七年的人生，畢竟太過短促，使他終究缺少透闢精準地月旦人物或評斷是非所需要的人生閱歷與智慧，況且，他也無意著力於此，他完全無意於描寫歷史的背景、歷史的事件本身、歷史的人物特徵，因而，當他以個人獨特的生命體悟與經驗，匯聚時代衰敗的氛圍而成的特殊之時間意識，去面對時間長河、歷史世界時，自然少有強烈批判嘲諷之作（如〈過華清宮〉），或以歷史人物為典範的理想的投射之作，他完全被時間的永恆性所懾服，他以宇宙永恆時間的巨視觀點，揭示刹那與永恆、歡樂與死亡角力的結果——幻滅、虛空，但同時也體悟到「天若有情天亦老」，情感終究可以跨越時空、永不止息，在歷史之流，在幻滅與虛空之中，李賀完全在自己的世界裡解讀時間、解讀歷史，這神奇幽微的體悟，的確異乎常情、常人。杜牧曾論曰：

> 賀能探尋前事，所以深嘆恨古今未嘗經道者，如〈金銅仙人辭漢歌〉〈補梁肩吾宮體謠〉。求取情狀，離絕遠去筆墨畦徑間，亦殊不能知之。賀生二十七年死矣，世皆曰：「使賀且未死，少加以理，奴僕命騷可也」〔註121〕

杜牧能掌握李賀集中「探尋前事」、「深嘆恨古今未嘗經道者」有關歷史世界的作品加以論述，眼光的確精闢獨到，然而杜牧因其個人的家世，早年即對「治亂興亡之跡，財賦兵甲之事，地形之險易遠近，古人之長短得失」〔註122〕了然胸臆，他身處晚唐特殊的文化氛圍中，雖非史家，卻以其敏銳的歷史嗅覺與深厚的史學涵養，覷見生命荒涼的悲劇本質，評斷史實、批判現實、臧否是非、月旦人物，甚至表達自我人生哲學，思辨永恆的生命價值，展現個人處於亙古歷史洪流中

〔註121〕《樊川文集》卷十〈李賀集序〉，漢京文化事業有限公司。1984年，頁148。

〔註122〕同上註。卷十二〈上李中丞書〉，漢京文化事業有限公司，1983年，頁183。

獨特的歷史意識，這歷史意識是他個人對歷史世界的情志反映，也記錄了他通今昔遠近而生發的各種複雜情懷，是故他的詩像一道穿透歷史長廊的智慧光羽，光彩熠熠，展現了詩人的「史論」、「史才」的特色。因而以杜牧的標準去批評李賀，自然覺其「亦殊不能知之」者。而錢鍾書先生對李賀則是了然於心，他說：

> 深有感於日月逾邁，滄桑改變，而人事之代謝不與焉，他
> 人或以弔古興懷，遂爾及時行樂，長吉獨純從天運著眼，
> 亦其出世法、遠人情之一端也。〔註123〕

錢先生所說「出世」、「遠人」之法，是指李賀面對歷史長河，不僅不像常人或及時行樂，或生發弔古情懷，也不似得道之人，超越世情、太上忘情，而是指他深體天運必然之道，故不言人事興衰，他以其深厚情感、恣意想像，以深情澆灌萬物，萬物亦染其深情──「天若有情天亦老」是也，他超越時空幽冥之界，出入天、人、神、鬼之域，在歷史的流逝中，深情綣繾，沉湎其中，踟躕徘徊，不願醒來，他以「情」字貫串自然萬物、神鬼世界、歷史世界，不強調時間、歷史中的諷諫意義、歷史教訓，詩人以極盡想像、誇張，「離絕遠去筆墨畦徑間」〔註124〕的筆致，掣動宇宙、呼神喚鬼、召喚歷史人物、景觀，一起在時間之流慨歎扼腕，在神鬼世界尋找暫時的烏托邦，在歷史世界體悟情感不朽、真情不渝，訴說一種奇特幽渺的生命感悟。這些作品正是李賀承繼緣情說，將詩歌情意世界無限開展之後的經典之作，在緣情的發展歷史上，具有階段性與開創性的意義。

第四節　李賀詩歌美學及其實踐──詩歌表現技巧的開展──筆補造化天無功

　　由第一節的論述可知，李賀以其獨特的身世際遇，益以中唐文學

〔註123〕羅聯添編，《中國文學史論文選集》三，〈李賀詩論〉，學生書局，頁1117。
〔註124〕杜牧，《樊川文集》卷十〈李賀集序〉，漢京文化。1984年，頁148。

審美觀的濡染，以及楚騷傳統的餘緒，鎔鑄成「筆補造化天無功」的
表現技巧，建立了個人的詩歌美學，以下將論述「筆補造化天無功」
的意義，進而檢視李賀作品，觀察其在實際創作中的美學實踐。

　　由於韓愈與李賀的特殊遇合，韓愈護愛賀才，不遺餘力。韓愈在
文學內容與技巧上的挑戰與突破，也深深撼動了李賀。田北湖曾說：

　　　賀受排斥，護持尤力，蓋其生平知之盛，無有比於愈者。
　　　當時文運陵遲，愈以振起爲己任，務反近體，去陳言。其
　　　徒雖奉師法，不能歷其藩翰。賀少于愈二十歲，髮齡便屬
　　　詞，爾雅入古，卓然獨立，一洗盛唐浮薄鄙俚之習，尤不
　　　喜爲七言律詩，與愈異曲同裁，宜乎氣類之感，有眞契焉。
　　　〔註125〕

李賀不僅延續韓愈「以振起爲己任，務反近體，去陳言」的主張，不
願嘗試當時的七言律體，而且標榜「學爲堯舜文，時人貴衰偶」（〈贈
陳商〉）。〔註126〕雖然年齡小韓愈二十歲，但在文學理念上的好尙與
堅持，卻與韓愈互相倡和、互通聲氣。韓愈主張「文學覷天巧」（〈答
孟郊〉）〔註127〕與李賀主張「筆補造化天無功」（〈高軒過〉）〔註128〕
更有異曲同工之妙。

　　韓愈的「文學覷天巧」認爲文學即當造化、模寫自然，造化雖美，
但仍須經創作者選擇取捨，所謂覷巧是也。而李賀的「筆補造化天無功」
之主張，不只是其「精神心眼」之所在，也是「道術本源，藝事極本」，
〔註129〕他認爲自然無美可言，唯透過人的創作才華，方可創造勝境。
前者強調藝術須師法自然，再透過人爲的修飾與雕塑，後者則強調藝術
與自然無關，只有透過人爲的創造修飾，方能創造巧奪天工之美。

　　錢鍾書先生從創作的源起，論述二者的關係時認爲：

〔註125〕《昌谷別傳並注》。
〔註126〕葉蔥奇注，《李賀詩集》，里仁書局。1982年，頁192。
〔註127〕《韓昌黎繫年集釋》卷一。
〔註128〕同註二一，頁281。
〔註129〕羅聯添編，《中國文學史論文選集》三，〈李賀詩論〉，學生書局，
　　　　頁1118。

> 夫模寫自然，而曰「選擇」，則有陶甄矯改之意。自出心裁，
> 而曰「修補」，順其性而擴充之曰補，刪削之而不傷其性曰
> 修，亦何嘗能盡離自然哉。〔註130〕

二者的差別僅在於是否肯定自然爲美的範式而已。其實，創作者不論透過自然「選擇」或加以「修補」，均與「自然」有著密切的關係，更何況藝術是造化與匠心圓融混合的結果，因而兩者「若反而實成，貌異而心則同」，〔註131〕可見李賀、韓愈眞正把詩歌視爲一生志業，並以追求巧奪天工的藝術成就爲詩歌美學的極致，而本章擬由物象與情意互相生發的角度，論述李賀在詩歌表現技巧上的成就。

李賀承繼「感物吟志」的詩歌傳統，以其敏銳獨特的觀物能力、感受能力，投注萬物、解讀萬物，透過情感的移出與移入，開拓感官的多種可能，或著重情意的抒發，或著重物象的情韻之摹刻，甚或情景交融，達到情意與物象交融、物我合一的境界，詩人「把一個原已存在於某種經驗層次上的實在具體啓示出來。……而以某種樣式創造了全新的實在」，〔註132〕向我們揭示一個我們早已熟悉的物象世界中的陌生又深微雋永的情境，引領我們去「發現」，逗引外在物象、喚醒沉睡的感官及僵化的情意。以下將分就（一）感官的復萌、情境的發現（二）移情入物，細密深雋兩部份論述。

一、感官的復萌、情境的發現

李賀以其多情善感的靈魂，貼近物象，挑戰讀者的感官敏銳度，引領我們去發現自然世界的有情天地。首先，他善於驅動自然物象以表情思：

> 衰蘭愁空園。（〈河南府試十二月樂詞並閏月〉之七月）〔註133〕

〔註130〕同上註。
〔註131〕同上註。
〔註132〕Herbert Reael 著，杜若洲譯，《形象與觀念》，日盛出版社，1976 年，頁 140。
〔註133〕同註二一，頁 39。

簾外月光吐。(〈河南府試十二月樂詞並閏月〉之八月)〔註134〕

缸花夜笑凝幽明。(〈河南府試十二月樂詞並閏月〉之十月)〔註135〕

宮花拂面送行人。(〈出城寄權璩、楊敬之〉)〔註136〕

遙巒相壓疊,頹園愁墮地。(〈昌谷詩〉)〔註137〕

草髮垂恨鬢,光露泣幽淚。〔註138〕

風露滿笑眼。〔註139〕

弱蕙不勝露,山秀愁空春。(〈蘭香神女廟〉)〔註140〕

蘭臉別春啼脈脈。(〈梁臺古意〉)〔註141〕

鯉魚風起芙蓉老。(〈江樓曲〉)〔註142〕

曉釵催鬢語南風。(〈江樓曲〉)〔註143〕

大自然的花草樹木山水,在詩人的筆下,都有了靈動的生命力,或愁、或笑、或恨或啼,是自然風景的呈現,也是詩人內心世界的投影,在這個詩人所揮灑的世界,萬物皆染就詩人的情意,「以我觀物,故物皆著我之色彩」,〔註144〕自然物象被賦予強烈的情感與生命力。如:

暗黃著柳宮漏遲。(〈河南府試十二月樂詞並閏月〉之七月)〔註145〕

薄薄淡靄弄野姿。〔註146〕

柳葉暗黃像是造物者私自染就的色調,宮漏像遲遲不肯經過時間之

〔註134〕同註二一,頁 40。
〔註135〕同註二一,頁 42。
〔註136〕同註二一,頁 7。
〔註137〕同註二一,頁 227。
〔註138〕同上註。
〔註139〕同上註。
〔註140〕同註二一,頁 284。
〔註141〕同註二一,頁 269。
〔註142〕同註二一,頁 292。
〔註143〕同上註。
〔註144〕王國維,《人間詞話》,
〔註145〕同註二一,頁 39。
〔註146〕同上註。

流，天上的雲靄在綠野中搔首弄姿。詩人以活潑流利的筆觸形容春月柳色、春日遲遲，以及春日的輕雲變幻，別具風姿。又如：

宜男草生蘭笑人。(〈河南府試十二月樂詞並閏月〉之七月)〔註147〕

勞勞胡燕怨酣春，薇帳逗煙生綠塵。〔註148〕

爲刻劃春日生機盎然、百物崢嶸的氣氛，詩人移情於花、草、禽燕、薇帳，寫其或含苞待放如笑，或張狂呢喃如怨，或逗引帳外如茵綠野，百姿媚態，各顯神通，使人在感官上清晰體驗了春日爛漫的蓬勃氣息。在〈昌谷讀書示巴童〉中：

蟲響燈光薄，宵寒藥氣濃。〔註149〕

寫一個寂靜的夜晚，蟲鳴鼓譟，燈光隱薇，空氣中瀰漫著煎煮藥味，簡短十個字揉合著聽覺、視覺、嗅覺、觸覺的效果，展現出聲音、光線、氣味、溫度細膩而多層次的感受，烘托出詩人因仕途坎壈、苦悶抑鬱，卻又體弱多病而匯聚成的那份難以言喻的絕望感傷情緒。王夢鷗先生曰：

自我的價值感情，與對象之精神內容相應而統一，於是自我所感到者，已忘其爲自我價值感情，而但覺其爲對象之價值感情。〔註150〕

李賀最擅於抒寫這種隱微深隽的感受，他精準地模擬外物的精神內容，在各種感官的刺激與觸發中，表現其內心之價值情感，也輕易地牽動了讀者，與其發出共鳴，甚至感同身受。

　　詩人更善於運用各種感官互相交錯、揉合的體驗，去呈現詩人幽隱深邃的內在情意，這種陳述表現的方式，劉若愚先生稱之爲「轉移感覺的意象」，〔註151〕即五官感覺的轉換，以一種感覺取代另一種感覺，象徵主義所謂的「官能經驗的交融」，〔註152〕錢鍾書先生更有精

〔註147〕同註二一，頁39。

〔註148〕同上註。

〔註149〕同註二一，頁174。

〔註150〕王夢鷗，《文藝美學》，新風出版社，頁221。

〔註151〕《中國詩學》，幼獅文化，頁165。

〔註152〕William C. Golightly〈李賀詩中的超現實意象〉，王津平譯，《幼獅

關的詮釋：

> 尋常眼、耳、鼻三覺亦每通有無而忘彼此，所謂「感受之
> 共產」〈Sinnesgüter-gemeinschaft〉，即如花，其入目之形色、
> 觸鼻之氣息，均可移音響以揣稱之。〔註153〕

這意謂著人的感覺器官之間彼此可互相轉換與溝通，即視覺、聽覺、
味覺、觸覺、嗅覺的交通與感應，也就是聲音可以有觸感，顏色可以
有味道，氣味也可以有色澤，各種感覺之間可以互通交感，而形成一
種嶄新獨特的美學經驗。

　　詩人以敏銳的感官尋繹各種表述的可能，在各種獨特感官經驗的
品嚐與感發中，不斷帶領讀者尋幽訪勝，一句句的詩像一個個全新的
感官場域，使人身歷其境、耳目一新，例如：

> 老兔寒蟬泣天色。(〈夢天〉)〔註154〕

這首詩描寫夢中登天所見的奇幻世界，本句詩形容天色的詭譎奇妙圖
象竟是玉兔與寒蟾的泣淚所致，在聽覺、視覺的迅捷轉換、交互通感
之中，成功刻劃了神仙世界的超現實風貌。又如：

> 楊花撲帳春雲熱。(〈蝴蝶舞〉)〔註155〕

寫閨中婦人等待丈夫的歸來的心情，詩人以含蓄溫婉的筆調形容春光
瀰漫，一片綺麗，楊花撲帳卻帶來春日正在蒸騰、醞釀的溫熱氣息。
婦人長年等待之孤寂與此刻憧憬期待的心緒，被隱約渲染著，劉辰翁
所謂「質而不俚，麗而不淫」，〔註156〕又如：

> 石澗凍波聲。(〈自昌谷到洛後門〉)〔註157〕

詩人著力刻劃寒冷的感覺，不落入窠臼描寫溪澗的水被凍結，反而說
原本潺潺流水之聲已不可聞，流水聲宛如被凍結一般，視覺、聽覺的

文藝》37卷5期，頁9。

〔註153〕《管錐編》第三冊。中華書局。1979年，頁1073。

〔註154〕同註二一，頁28。

〔註155〕同註二一，頁206。

〔註156〕王友勝、李德輝校注，《李賀集》引《箋注評點李長吉歌詩》卷三。
　　　　　岳麓書社，2003年，頁240。

〔註157〕同註二一，頁236。

交感互通卻併發出觸覺的寒冷感受，果然別出新裁。又如：

> 玉輪軋露溼團光。(〈夢天〉)〔註158〕

詩句描寫月宮中超現實的景象，月亮軋過露水之後，飛濺而下的不是水珠，竟是一團溼了的光暈，這又是視覺與觸覺通感匯合下的奇句。又如：

> 羲和敲日玻璃聲。(〈秦王飲酒〉)〔註159〕

詩人覺日之光芒正如玻璃之光輝，於是想像羲和敲日而發出如玻璃般的聲響，如此奇特的通感，其實「是一種創造性的審美想像，也可以說是一種自覺的藝術思維」，〔註160〕是詩人通過審美主體自覺的藝術創造所完成。又如：

> 銀浦流雲學水聲。(〈天上謠〉)〔註161〕

流雲和流水均具有流動的特質，詩人因而以此想像流雲也如流水一樣發出潺潺水流之聲，這種新奇獨特的視聽通感，使詩句展現雋永的美感。

> 一編香絲雲撒地，玉釵落處無聲膩。(〈美人梳頭歌〉)〔註162〕

美人秀髮如雲撒地，成功刻劃了髮長如絲的質感。以玉釵滑落過髮絲的無聲形容頭髮的柔順美麗，「膩」字以觸覺代替聽覺，詩人運用感官的互通交感手法，棄絕陳腔爛辭，不斷嘗試新奇，推陳出新，不僅傳達其獨豎一幟的審美感受，也開展了美感的多元性與豐富性，予人新奇獨特的感受，同時不斷激發挑戰讀者天馬行空的聯想與想像之無限可能，擴充了讀者的審美情感。在他的一首描述音樂的作品中，展現了驅動自然物象與感官通感技巧的極致：

> 吳絲蜀桐張高秋，空山凝雲頹不流。江娥啼竹素女怨，李憑中國彈箜篌。崑山玉碎鳳凰叫，芙蓉泣露香蘭笑。十二門前融冷光，二十三弦動紫皇。女媧煉石補天處，石破天

〔註158〕同註二一，頁28。
〔註159〕同註二一，頁53。
〔註160〕李元洛，《詩美學》，東大圖書，1990年，頁560。
〔註161〕同註二一，頁46。
〔註162〕同註二一，頁304。

　　驚逗秋雨。夢入神山教神嫗，老魚跳波瘦蛟舞。吳質不眠

　倚桂樹，露腳斜飛濕寒兔。(〈箜篌引〉) 〔註163〕

李憑是中唐宮廷樂師，以善彈箜篌聞名，詩人才思敏捷，以其精湛純

熟、出神入化的文學技巧，呼喚宇宙自然甚至神話人物，以再現李憑

演奏的樂曲中樂音的特質、音樂感動興發的力量，在幽微隱約中，記

錄了一段永恆的旋律，與白居易〈琵琶行〉韓愈〈聽穎詩彈琴〉，並

稱古典詩歌中描寫音樂的三絕。

　　首先，在驅動自然物象以表達情思上，詩人使用「崑山玉碎鳳凰

叫」、「芙蓉泣露香蘭笑」，藉崑山玉碎、鳳凰鳴叫，形容聲音音色的

激越。以芙蓉的泣露、蘭花的淺笑，摹刻近乎低沉隱微的自然物象的

神韻，形容音色的深幽婉約。另外：「江娥啼竹素女怨」、「女媧煉石

補天處，石破天驚逗秋雨」、「夢入神山教神嫗，老魚跳波瘦蛟舞」、「吳

質不眠倚桂樹」，在這些句子中，詩人發揮高度想像，刻劃箜篌樂音

牽動娥皇的淚水、素女的愁緒、神嫗的翩翩起舞、魚蛟的跳躍及舞蹈、

吳質的失眠，甚至連女媧補天也受到影響，呈現音樂的感人、牽引人

心的巨大力量，詩人成功地驅動自然物象，融合超現實的形式，展現

音樂歷久彌新、感人肺腑的效果。

　　其次，詩人亦運用感官通感作用，表現音樂的震撼力：

　　空白凝雲頹不流

詩人視行雲如流水，寫音樂驚天動地的奇幻力量，竟使天空雲朵停止

流動，視覺上所見的雲朵與聽覺上所聞之流水聲，在通感作用下匯通

著，展現出雋永的詩意。另如：

　　十二門前融冷光

十二門為長安四面的十二座城門，冷光是冰雪反射的寒光，詩句形容

樂曲感發、改變空間、溫度氣氛的奇特作用，音樂中的熱情、動人之

處已能化解冰雪寒光，表現出李憑彈奏箜篌爐火純青的高超技藝。余

光中先生論李賀詩時說：「它給讀者的影響不是心智的，不是情感的，

〔註163〕同註二一，頁3。

而是感官的」，〔註164〕詩人挑逗著讀者感官的多種可能，激發出身歷
其境卻又詭怪奇特的神秘感覺，使讀者享受一場既寫實又超現實的獨
特饗宴。

　　另外，在情境的發現上，詩人亦有卓越的表現，在詩人另一首〈難
忘曲〉中：

　　　　夾道開洞門，弱楊低畫戟。簾影竹華起，簫聲吹日色。蜂

　　　　語繞妝鏡，畫蛾學春碧。亂繫丁香梢，滿欄花向夕〔註165〕

這是一首深美蘊藉的閨怨之作，首二句以簡約的筆致寫重重開啓的院
門與柳樹邊有著華麗雕飾的畫戟，暗示院宅氣勢之富麗閎大、寂然靜
謐的氛圍。「簾影竹華起，簫聲吹日色」二句，寫日光下的竹簾，風
吹起的簾幕，在風、日、影互相交疊牽動的變化裏，詩人精微地勾勒
出竹簾在光影中的細緻紋理與風拂過簾幕所發出的微微聲響。「簫聲」
是指風透過簾隙所發出的微聲，宛如遠方的簫聲。簫聲竟能吹動日
色，運用聽覺、視覺互通揉合的體驗，詩人展現了室內幽靜、隱密的
悠揚氣氛。五、六句則藉蜂語繞妝鏡的熱鬧景象，襯托女子如春草碧
色的華麗裝扮與薰人香氣。末二句以滿院花欄的丁香爲結，在一片絢
麗花海中，詩人比喻閨怨女子的芳心如丁香花結，無人能解，含蓄深
婉，留下無限情韻。美學家里格爾認爲「最完美的抒情詩所表現的就
是凝聚一個具體情境的心情」，〔註166〕這首詩正爲我們呈現了凝聚生
命中的一個具體情境的心情，也將物象與詩人內在情感的密切關切，
作了最深刻的詮釋。在另外一首以寫景爲主的詩中，李賀更把物象、
情意透過想像，融鑄成清新深雋的獨特情境：

　　　　白狐向月號山風，秋寒掃雲留碧空。玉煙青濕白如幢，銀

　　　　灣曉轉流天東。溪汀眠鷺夢征鴻，輕漣不語細游溶。層岫

　　　　回岑覆疊龍，苦篁對客吟歌筒。（〈溪晚涼〉）〔註167〕

〔註164〕《唐詩論文集》，余光中〈象牙塔到白玉樓〉，長安出版社，頁385。

〔註165〕同註二一，頁184。

〔註166〕《美學》，里仁書局。

〔註167〕同註二一，頁288。

全詩以描寫秋夜山中幽深靜謐的景致為主。首句以白狐號月的悠揚之聲，渲染出山中自然寧靜的幽冷氛圍。次句勾勒出秋日碧空如洗，浮雲散盡的明淨晴朗。次聯寫溪邊煙霧迷濛如白色旗幡，銀河由西而東流轉，直至天明。五句「溪汀眠鷺夢征鴻」，「夢」字輕巧的將空間由陸地擴展至天空，詩人的情感投注於眠鷺、征鴻之中，以眠鷺的夢境寄託飛揚如征鴻般高蹈遠舉的理想，含蓄婉轉、意蘊深厚，隱隱透露著秋日中揮之不去的愁懷悲緒。六句以下寫溪水緩緩流動，映襯出山中的寧靜，描寫層層蜿蜒的山峰及秋風中發出微吟的苦篁。全詩從兩方面成功渲染秋日晚間溪邊的寒涼氣氛，一方面以清冷意象的塑造，如白狐、月、山風、玉煙、銀灣等，一方面透過視覺上的迴旋、層疊、幽深的山中景象，及聽覺上的風吹篁竹之聲響，在情韻上呈現山中晚涼的情境。

二、移情入物，細密深雋

　　李賀以前的詠物詩，從因物起興、單純詠物到託物言志，物我合一，已臻至成熟，他承繼了傳統六朝詠物詩精緻細緻的特色，吸收以物象融入情感於無跡的特質，更結合其個人的詩歌審美理論，以其敏銳而獨特的觀物方式，創造出具有個人特質的詠物之作。茲以〈楊生青花紫石硯歌〉為例：

> 端州石工巧如神，踏天磨刀割紫雲。佣刓抱水含滿唇，暗灑萇弘冷血痕。紗帷晝暖墨花春，輕漚漂沫松麝熏。乾膩薄重立腳勻，數寸光秋無日昏。圓毫促點聲靜新，孔硯寬碩何足云。〔註168〕

這首詩是詩人對硯石精心體會後的作品。硯石既是文人必備的書寫工具，詩人日夜玩索，早已濡染於心，不受限於物象而能深入其神韻，呈現其獨具之韻致。首二句以新奇的想像踏天割紫雲為喻，刻劃石工採集斷取之艱辛坎坷，以突顯其質地之稀罕珍貴。三、四句寫磨去硯

〔註168〕同註二一，頁216。

石棱角作成水池以注水，水蓄滿後，水中映出如萇弘碧血般的痕跡，即青花（硯中有碧色眼也），勾勒出硯石上的花紋。萇弘的典故出自《莊子》，「萇弘死於蜀，藏其血，三年而化爲碧」，[註169] 李賀在〈秋來〉一詩中曰：「秋墳鬼唱鮑家詩，恨血千年土中碧」，[註170] 亦用此典故，可見對此典故有所偏好。周大夫忠於周卻被殺，死後三年，血化爲碧。在〈秋來〉中，用以指詩人內心的委屈憾恨，正如萇弘碧血深埋千年也難以釋懷；而在本詩中則藉此典故擴充詩意，在小小硯石中注入抽象的精神韻致，點「硯石」成具有人文精神的象徵，注入了使用硯石者的內在精神、不僅延伸了詩意，也豐富了硯石的生命。五、六句寫磨墨時墨花上產生小細沫，散發松煙、麝香的芳香，如春花絢爛，使書室飄香，形容此硯的香氣。七、八句寫墨汁無論乾、潤、濃淡，墨的下端都很均勻，磨出的汁液亦如秋空般澄淨明潔，形容此硯的效用。末二句則描述筆鋒輕快蘸上墨花，聲音細緻，絕勝孔子所用孔硯。全詩不僅稱美了端州石工高超的技藝，且運用奇特的比喻，精巧的構思將紫石端硯的質地、硯品、香氣、效用細緻摹刻，可謂詠物詩中的傑作，陳本禮因而說：「讀此歌，知長吉體物精深，非奚囊中所可捨得者」。[註171]

　　詩人觀物、體物，無不入詩作，在〈羅浮山人與葛篇〉中：
　　　　依依宜織江雨空，雨中六月蘭臺風。博羅老仙持出洞，千
　　　　歲石床啼鬼工。蛇毒濃凝洞堂濕，江魚不食銜沙立。欲剪
　　　　湘中一尺天，吳娥莫道吳刀澀。[註172]
對於一塊山中老者相贈的葛布，詩人摩娑其間，愛賞不已。首句形容葛布質地纖柔細密，依稀隱約的展開的葛布如江雨織空、縣縣密密。詩人不說葛布如江上細雨，卻說如江雨織空，比喻新奇，具有更鮮明的靈動感、層次感。次句言其如同六月的蘭臺風，在雨中吹拂著，令

[註169] 《莊子集釋》卷九上〈雜篇外物〉，頁920，河洛圖書出版社。
[註170] 同註二一，頁50。
[註171] 同註一五六，頁252。
[註172] 同註二一，頁118。

人神清氣爽，解除溽暑之不適。「博羅老仙持出洞，千歲石床啼鬼工」二句則運用神奇的想像，描述因仙人持布贈人而引起織布鬼工的哭號，暗示此布乃鬼斧神工的精美之作，千年石床、鬼工哭泣正渲染出此布的神秘奇絕。「蛇毒濃凝洞堂濕，江魚不食銜沙立」二句更是詭奇，藉毒蛇躲進潮濕洞窟，噴出濃濃毒液凝結洞堂，江魚停止覓食，只銜沙子靜靜站立，形容天氣的濕熱而引出末二句。「欲剪湘中一尺天」，形容葛布如湘水中倒映的一尺天空，暗寓其質地之細柔光潔、顏色之純潔湛白，沁涼舒爽、精緻絕倫。而末句「吳娥莫道吳刀澀」則以吳地剪刀、吳地美人映襯葛布的珍貴稀有。全詩以靈巧的比喻，加上神話式的想像，詩人自由召喚神鬼烘托葛布的特出之處，巧奪天工的摹刻技巧，重現布匹幽絕美妙的風姿，令人為之悠然神往、低迴再三，布匹的生命，因而跨越時空，一江如練，亘古不朽。對一把劍，詩人也是涵詠於心，〈春坊正字劍子歌〉塑造了劍獨特的生命力：

> 先輩匣中三尺水，曾入吳潭斬龍子。隙月斜明刮露寒，練帶平鋪吹不起。蛟胎皮老蒺藜刺，鸊鵜淬花白鷴尾。直是荊軻一片心，分明照見春坊字。按絲團金懸簏簌，神光欲截藍田玉。提出西方白帝驚，嗷嗷鬼母秋郊哭。〔註173〕

為了寫出劍的獨具的神形，詩人細膩地從各種角度摹寫劍。首二句形容其來歷不凡，早已展現正義的神功——深入吳潭，砍殺猛虎。「隙月斜明刮露寒」二句寫其晶亮鋒芒沈穩質地。「蛟胎皮老蒺藜刺」二句則勾勒劍鞘的質地與花紋。「直是荊軻一片心」二句則引用歷史人物荊軻之典故，形容劍具有碧血丹心的內在精神。「按絲團金懸簏簌，神光欲截藍田玉」則從劍的穗飾襯托其光芒耀目，具有截斷藍田美玉的鋒利特性。末二句引用「白帝驚」、「鬼母哭」典故：「高祖被酒夜徑澤中，令一人行前。行前者還報曰：『前有大蛇當徑，願還。』高祖醉曰：『壯士行，何畏』乃前拔劍斬蛇。……後人來至蛇所，一老嫗夜哭。人問何哭？嫗曰：『人殺吾子』，故哭之人曰：『嫗子何為見殺？』嫗曰：『吾子白帝

〔註173〕同註二一，頁20。

子也，化爲蛇當道。今爲赤帝子斬之，故哭。』」，〔註174〕刻劃此劍可與劉邦斬蛇劍相比，具有高尚的精神與理想，皆以疾邪除佞爲職志，詩人成功運用典故、比喻、烘托的方式，在劍的生命中注入自我亟欲匡扶正義、斬殺奸惡的豪情壯志。沈德潛在《唐詩別裁集》卷八：「從來寫劍者，只形其利，此并傳其神」，〔註175〕李賀這種將生命感注入描述之物象而形成象喻的技巧，已至出神入化，對後世的創作，可謂影響深遠。

　　「詩人從感官的世界取得材料，爲他自己或他的夢冶鑄一個象徵的視景，他要求於感官世界的是，給他手段以表達他的靈魂」，〔註176〕李賀眞正的去感覺萬物、體驗萬物，以出神入化的通感與想像去冶鑄自我的視域，他以筆補造化的高超技巧，將物象與情意互相生發的關係作了多元的詮解。他以敏銳的感官引領讀者去感受自然世界繽紛的有情天地，運用感官互通交感的手法，尋繹各種陳述的可能，啓發讀者去經歷耳目一新的文字場域，更開啓了美感的豐富性與多元性。他致力於喚醒沉睡的感官與活絡僵化了的情意，拒絕陳腐與窠臼，帶領我們去發現隱藏在生命中的幽冥之處，那些深微雋永的境界或情境。他更貼近物類，不僅體物、狀物、窮物之情、盡物之態，而且透過物象與情意的交融，在物象與情意互相投射、渲染、對應之中，創造一個奇詭瑰麗的世界，他所詠的物象，已非物象而已，而是經由曼妙的想象、典故、比喻融鑄而成，一種具有深刻意蘊或象徵的精神或神韻。宋張耒曰：「少年詞筆動時人，末俗文章久失眞。獨愛詩篇超物象，祇應山水與精神」，〔註177〕實爲的論，確已精要論述李賀在創作上的這一特色。

第五節　結　論

　　本文從中唐的審美觀、李賀的身世際遇、楚騷傳統的影響等三

〔註174〕《史記》，〈高祖本紀〉第八，文馨出版社，頁164。
〔註175〕同註一五六，頁24。
〔註176〕顏元叔，《西洋文學批評史》，志文出版社。
〔註177〕《張右史文集》卷二十六〈李賀宅〉。

方面論述李賀詩歌美學形成的背景，在「文變染乎世情，興廢繫乎時序」的文風遞嬗中，思索變化的潛因，觀想時代美學與個人特質興發碰撞後變化更迭的次序，並從中得出李賀的兩個詩歌美學觀。其一為詩歌內容的開展——天若有情天亦老，詩人傳承中唐韓孟詩派對緣情觀的開展，在內容上不斷挑戰情意的多元性，因而其詩歌內容除了失意的不平之鳴、諷喻、批判時事之外，更是其心靈世界的呈現與投射。詩人在以時間為主軸的主題中，表現尤為出色，他以「情」字貫穿自然、神鬼、歷史世界，以綣綣深情為經，旖旎想像為緯，織就出綺麗詭譎、奇幻曼妙的世界，在時間之流慨歎扼腕，在神鬼世界寄託暫時的烏托邦，在歷史世界體悟情感不朽、真情不渝，跳脫時間歷史中的諷諫意義、歷史教訓，而訴說一種奇特幽渺的生命感悟。其二為詩歌表現技巧的開展——筆補造化天無功，本節分別從（一）感官的復萌、情境的發現（二）移情入物、細密深雋兩方面，論述其爐火純青、巧奪天工的創作技巧。詩人以其敏銳多感的觀物、感物之能力，透過情感的移出、移入，開拓了感官的無限可能，一方面喚醒沉睡的感官、活絡僵化的情意，帶領讀者去發現生命中幽微深雋的情境。一方面在情意與物象互相投射、渲染、對應中，表現出超越物象，與物融匯的物我合一之境。因而，我們可以說：這才是真正的藝術家，「因為藝術家一定要有所發現，不是生活的本身，就是表達的手段」，﹝註178﹞李賀在詩歌內容與表現技巧上的開展與發現，的確舉足輕重，震古鑠今。

重要參考文獻

1. 方瑜，《唐詩論文集及其他》，臺北市：里仁書局。
2. 王運熙、楊明，《隋唐五代文學批評史（上）（下）》，上海：上海古籍出版社。

﹝註178﹞ 羅式剛、麥任曾譯，《現代西方文論選》中〈嚴肅的藝術家〉一文。書林，1992年，頁282。

3. 王夢鷗，《文學論》，臺北市：志文出版社。

4. 王夢鷗，文《學概論》，臺北市：帕米爾出版社。

5. 司馬光，《資治通鑑》，北京：北京古籍出版社。

6. 朱光潛譯，《黑格爾美學》，臺北市：里仁書局。

7. 吳功正，《唐代美學史》，陝西：陝西師範大學出版社。

8. 呂正惠，《抒情傳統與政治現實》，臺北市：大安出版社。

9. 李賀，《李賀歌詩編》，臺北市：商務四部叢刊影鐵琴銅鑑樓藏金刊本。

10. 李賀，《李長吉歌詩》，臺北市：商務四庫全書珍本。

11. 李賀著、王琦注，《李長吉歌詩彙解》，臺北市：世界書局。

12. 李賀著、曾益注，《李賀詩解》，臺北市：世界書局。

13. 李澤厚、劉綱紀主編，《中國美學史（一）》，臺北市：里仁出版社。

14. 李澤厚、劉綱紀主編，《中國美學史（二）》，臺北市：谷風出版社。

15. 杜國清，《李賀研究的國際概況》，現代文學復刊號二期。

16. 高友工，《中國美典與文學研究論集》，臺北市：台灣大學出版。

17. 清彭定求等編，《全唐詩》，北京：北京中華書局。

18. 郭紹虞，《中國歷代文學論著精選》，臺北市：華正書局。

19. 郭紹虞，《中國文學批評史新論》，臺北市：文山書局。

20. 陳世驤，《陳世驤文存》，臺北市：志文出版社。

21. 陳弘志注，《李長吉歌詩》，臺北市：嘉新基金會。

22. 陳昌明，《六朝文學之感官辯證》，臺北市：里仁書局。

23. 陳寅恪，《隋唐制度淵源略論稿》，臺北市：台灣商務印書館。

24. 陳寅恪，《唐代政治史述論稿》，臺北市：台灣商務印書館。

25. 彭國忠註譯，《李賀詩集》，臺北市：三民書局。

26. 黃保真、成復旺、蔡鍾翔，《中國文學理論史》，臺北市：洪葉出版社。

27. 黑格爾著、朱光潛譯，《美學》，臺北市：里仁書局。

28. 葉嘉瑩，《迦陵說詩叢稿》，臺北市：桂冠出版社。

29. 劉若愚，《中國文學理論》，臺北市：聯經出版公司。

30. 劉學鍇、余恕誠，《李商隱詩歌集解》，臺北市：洪葉出版社。

31. 蔡英俊，《比興物色與情景交融》，臺北市：大安出版社。

32. 蔡英俊，《古錦囊與白玉樓》，臺北市：偉文圖書。

33. 蔡英俊，〈李賀詩的象徵結構初探〉，中外文學四卷七期。

34. 羅根澤，《中國文學批評史》，臺北市：龍泉屋書。

35. 羅聯添主編，《中國文學批評史資料彙編隋唐五代卷》，臺北市：成文出版社。

36. 朱自清編，《李賀年譜》，清華學報十卷四期。

37. 朱自清編，《李賀年譜補記》，清華學報十一卷一期。